DIE WAHRE LIEBE EINES COWBOYS

Die Holden Brüder –
Die Cowboys von Mule Hollow, Buch Drei

DEBRA CLOPTON

Die Wahre Liebe Eines Cowboys
Copyright © 2020 Debra Clopton Parks

KAPITEL EINS

„A̲ber hallo, Colt Holden, Bullenreiter Extraordinaire. Meine Güte, Sie sind atemberaubend anzusehen auf einem Stier. Oh, und übrigens, ich bin hier, um Ihnen zu sagen, dass Sie Daddy sind!"

Annie Ridgeway ging die Worte in ihrem Kopf durch. Nein, das war sicherlich nicht der Weg, ihm das zu sagen. Obwohl Humor meistens eine schwierige Situation auflockern konnte, in diesem Fall … nicht so sehr.

Annie und ihre Schwester Jennifer hatten immer sehr unterschiedliche Vorstellungen vom Leben gehabt. Annies Ansicht nach war es gar nicht gut gewesen, dem Rodeozirkus zu folgen und zu freundlich zu den Cowboys zu sein, die Bullen und Broncos ritten. Andererseits waren sie und ihre

Schwester schon immer grundverschieden gewesen. Jennifer hielt Annie für eine Spaßbremse, und sie hielt Jennifer für eine … na ja, für jemanden, der viel zu freigiebig mit ihrer Zuneigung umging.

Die beiden Schwestern waren sich bis zu dem Tag, an dem Jennifer vor einem Jahr gestorben war, so gut wie nie über irgendetwas einig gewesen.

Sie waren in so ziemlich allem anderer Meinung gewesen, außer, was ihre Liebe zu Leo anging. Über die Liebe zu Leo waren sie sich vollkommen einig gewesen.

Darüber, was für Leo am besten war, waren sie sich bis zum Ende uneins gewesen (wenigstens darüber waren sie sich einig).

Annie fing von vorne an. *„Mr. Holden, Sie wissen es nicht, aber Sie sind der Vater meines sechsjährigen Neffen Leo. Überraschung!"*

Stöhnend biss sie sich auf die Lippe und dachte über diesen unkomplizierten Ansatz nach. Er war sehr direkt. Aber es war die Wahrheit.

Sechs Jahre. Das war eine lange Zeit, um etwas so Wichtiges wie das für sich zu behalten. Ob der Cowboy es wissen wollte oder nicht, ihre Schwester hätte es ihm sagen sollen.

Darum würde sie es heute tun.

Annie hatte entschieden, dass heute der letzte Tag

war, an dem sie für den Mangel eines so bedeutenden Teils im Leben ihres Neffen verantwortlich sein würde. Diese monumentale Entscheidung zu treffen war ihr nicht leicht gefallen. Oh nein. Sie würde lügen, wenn sie das behaupten würde. Es war richtig schwer gewesen. Tatsächlich war ein verheerendes Feuer nötig gewesen, um sie dazu zu bringen.

Sie versuchte erneut, den Drang zu unterdrücken, kehrt zu machen und davonzulaufen. Die Angst lastete so schwer auf ihr, dass sie kaum atmen konnte, als sie mit ihrer alten Rostlaube auf die Schotterstraße zur Holden Ranch einbog. Sie blinzelte gegen den strahlenden Julisonnenschein an und überlegte, wohin sie gehen sollte – zum Haus oder zum Büro. Der kleine Bürocontainer war näher an der Straße, und davor waren drei Trucks geparkt, was ihn zur logischen Wahl machte.

Sie knabberte wieder an ihrer Lippe und betrachtete den einfachen Bürocontainer der Holden Ranch und dann das weiße Ranchhaus in der Ferne. Das Gefühl der Angst schlang sich fester um sie und drohte, sie zu ersticken…

Du hast keine andere Wahl.

Ha! Sie konnte einen Weg finden, es zu schaffen–

Das ist für Leo.

Sie schloss die Augen.

Sie war bereit, alles für ihren kleinen Leo zu tun. „Wohnt er *hier*?"

Leos Frage brach in ihre Gedanken ein. Annie riss sich zusammen und drehte sich zu ihrem sechsjährigen Neffen um. Er saß in seinem Kindersitz auf dem Rücksitz und strahlte vor Erwartungen, die sie erschreckten.

Was, wenn dieser Typ ein Idiot war?

Auch wenn Leo dachte, sie würden Colt Holden treffen, den Mann, den er auf der ganzen Welt am meisten bewunderte, hatte Leo keine Ahnung, was dieses Treffen für seine Zukunft bedeutete.

Sie zwang sich zu einem Lächeln und ignorierte das Flattern ihres Magens. Sie antwortete: „Ja, ich glaube schon. Das ist ein großartiger Tag, nicht wahr?" So übel wie ihr war, konnte sie nicht anders, als für Leo aufgeregt zu sein — schließlich würde er heute seinen Helden treffen.

Er vergötterte den Profi-Bullenreiter Colt Holden. Bis zu ihrem Tod vor einem Jahr hatte ihre Schwester Leo alle möglichen Gutenachtgeschichten über ihn erzählt. Sie hatten es sich immer im Fernsehen angesehen, wenn ein Rodeo, an dem er teilnahm, übertragen wurde. Und Jennifer hatte in Leos Zimmer zahllose Bilder von Colt Holden aufgehängt.

Annies Gedanken füllten sich mit Bildern des

blendenden Lächelns des Bullenreiters in vielen Posen und seiner entschlossenen Konzentration, wenn er einen wilden Bullen ritt.

Sie konnte nicht leugnen, dass der Cowboy in dieser Hinsicht beeindruckend war. Und kein Wunder, dass Leo, der keine Ahnung hatte, wer sein Vater war, von dem Cowboy begeistert war, den seine Mutter als den wunderbarsten Mann der Welt dargestellt hatte. Das hätte Annie ein wenig beruhigen sollen. Doch es war nicht so.

Sie war sich nicht sicher, ob der Mann wirklich so wunderbar war. Selbst wenn er ein guter Mann wäre, hatte Jennifer die Latte mit ihren Heldengeschichten über ihn hoch gelegt.

„Tante Annie, lebt er wirklich hier?", fragte Leo und nannte sie, wie er sie sein ganzes Leben lang genannt hatte.

„Ja. Zumindest glaube ich das. Er wird überrascht sein, wenn er dich kennenlernt und herausfindet, wie viel du über ihn weißt."

Er strahlte sie stolz an. „Er ist der beste Bullenreiter auf der *ganzen* Welt. Er hat die Meisterschaft nicht gewonnen, weil er beim großen nationalen Rodeo immer den gemeinsten Bullen zugelost bekommt."

Sie war sich nicht sicher, was das anging, und

hatte wirklich keine Ahnung, warum er die Meisterschaft nie gewonnen hatte, auch wenn er es fünf Mal bis ins Finale geschafft hatte.

Der Mann gehörte zur Elite auf seinem Gebiet, ob er die Krone nun gewonnen hatte oder nicht. „Du versetzt mich immer wieder ins Staunen, Leo. Ich kann dir eins sagen – dieser Cowboy kann sich glücklich schätzen, einen Fan wie dich zu haben."

Leos Gesicht strahlte. „Ich bin so aufgeregt, Tante Annie!", rief er und kicherte. „Oh, Tante Annie, das wird toll!" Er schaukelte vor Begeisterung in seinem Kindersitz und sagte: „Er wird mich mögen. Und da wir im selben Ort leben werden, bringt er mir bestimmt das Bullenreiten und Lassowerfen bei – und vielleicht sogar Fischen!"

Annies Mund wurde trocken, und sie bekam Sodbrennen. Leos Erwartungen als Fan waren riesig. Wie würde Colt Holden auf einen kleinen Fan reagieren, der ihn so liebte?

Doch die wichtigere Frage war – wie würde er reagieren, wenn er erfuhr, dass er einen Sohn hat?

* * *

Colt Holden starrte seine Brüder an. Sie meinten es gut, aber im Moment war das Letzte, was er gebrauchen konnte, ihr Mitgefühl. Oder von ihnen bemuttert zu werden.

„Du schläfst nachts kaum", sagte Kurt, sein ältester Bruder, vorwurfsvoll.

Die Worte hallten von der dicken Holztäfelung des Büros und von Colts schlechter Laune wider. Er runzelte die Stirn. „Das habe ich nie gesagt. Wenn das eine Art Intervention sein soll, lasst mich in Frieden."

„Komm schon, Colt." Jess, sein zwei Jahre älterer Bruder, fuhr sich mit einer Hand durch die dunklen Haare, Sorge in seinen blauen Augen. „Hast du in letzter Zeit mal in einen Spiegel geschaut? Du hast seit dem Unfall kaum mehr geschlafen. Und du hast mindestens zehn Pfund abgenommen. Du hast dich dort draußen versteckt und bist nicht aus deiner Hütte weggekommen, seit du wieder zu Hause bist."

„Du siehst äußerlich einfach schlecht aus, und wir machen uns Sorgen, dass du innerlich noch schlechter aussiehst", fügte Kurt hinzu. Seine braunen Augen, die denen von Colt so sehr ähnelten, waren ernst.

Colt rieb sich mit seiner unverletzten Hand die Stoppeln am Kinn. Er musste nicht in einen Spiegel blicken, um zu wissen, wie er aussah. Im Augenblick ging es ihm umso besser, je weniger er in einen Spiegel sah. Die Verachtung, die er für sich selbst empfand, war fast zu viel, um sie zu ertragen. Und dieses Mitgefühl/diese Intervention, wie auch immer sie es nannten, half nicht.

„Du musst das in den Griff bekommen", fuhr Kurt fort. „Du musst versuchen, darüber hinwegzukommen."

„Darüber *hinwegzukommen*." Finstere Emotionen fegten durch Colt hindurch. „Wenn das alles ist, warum ihr mich heute Morgen hierher gerufen habt, dann könnt ihr mir mal den Buckel runterrutschen. Ich will einfach nur in Ruhe gelassen werden."

„Das verstehen wir", sagte Kurt mit sanfter Stimme. „Aber du musst dich aus diesem Loch herausziehen, in dem du steckst. Dich zu quälen bringt auch niemanden zurück und ändern, was passiert ist, wird es auch nicht."

„Es war nicht deine Schuld", fügte Jess hinzu.

„Das hilft mir nicht, nachts zu schlafen", knurrte Colt. Er war sechs Jahre jünger als Kurt und zwei Jahre jünger als Jess. Seit seine Mutter sie verlassen hatte, als er acht Jahre alt gewesen war und ihr Zuhause in Trümmern gelegen hatte, waren seine älteren Brüder seine Helden gewesen. Sie waren diejenigen gewesen, die für ihn gesorgt und auf ihn aufgepasst hatten, als ihre Eltern sich nicht um sie geschert hatten. Sie hatten ihn so gut sie konnten beschützt und ihm so viel Liebe gegeben, wie zwei Jungen in ihrem Alter bieten konnten. Doch er war jetzt erwachsen, und sie konnten ihm nicht helfen. Niemand konnte das.

Er war sich nicht einmal sicher, ob Gott ihm helfen konnte.

„Du musst einen Weg darüber hinweg finden", sagte Kurt.

Colt sprang aus dem Sessel auf. Jeder Muskel in seinem angespannten Rücken protestierte, während sein gebrochenes Schlüsselbein Schmerzen wie Feuer durch seinen Körper jagte. Es waren Schmerzen, die er begrüßte — Schmerzen, die er verdient hatte.

Erinnerungen schwelten wie ein Grasbrand in seiner Seele. „Jungs, ich kann das hier nicht. Nicht jetzt." Er ging zur Tür und konnte nur an Flucht denken. Die Hölle auf Erden war eine Untertreibung für das, was er empfand. Jess schob sich ihm in den Weg, als Kurt um den Schreibtisch herum ging und sich neben ihm aufbaute.

„Wir haben mit einem Spezialisten gesprochen", sagte Kurt. „Und er hat eine Therapie vorgesch–"

„Ich bin nicht–" Colt starrte seine Brüder an. „Ich brauche keinen Typen mit einem Doktortitel, der mir sagt, dass ich darüber hinwegkommen muss", presste er heraus. „Glaubt ihr, die Familie, die ich ausgelöscht habe, interessiert es, ob ich darüber hinwegkomme? Nein. Sie würden sich wünschen, dass ich in dieser

Nacht vernünftig gewesen wäre. Sie würden sich wünschen, dass ich zehn Minuten vor dem Crash rangefahren wäre, als ich bemerkt habe, dass ich kaum noch die Augen offenhalten konnte, doch ich bin weitergefahren!"

„Colt–", versuchte Kurt zu ihm durchzudringen, doch Colt unterbrach ihn.

„Und was ist mit ihren Hinterbliebenen? Sie würden sich auch wünschen, dass ich am Straßenrand angehalten hätte. Dort hätte ich hingehört, und nicht auf die Straße als–" Er konnte den Satz nicht beenden. Konnte es nicht noch einmal durchmachen – warum konnten seine Brüder das nicht verstehen? Manche Narben reichten einfach zu tief.

Mit dröhnendem Schädel ging er zur Tür. Jess rührte sich nicht. „Colt, wir machen uns Sorgen um dich."

Er blickte von einem Bruder zum anderen. „Versteht ihr es nicht? Ihr könnt das nicht für mich in Ordnung bringen. Nichts kann das."

Kurt legte seine Hand auf Colts Arm. „Die Zeit wird helfen. Und G–"

„Nein, wird sie nicht. Nichts kann das." Er riss sich los. Die Worte, wie eine scharfe Klinge, schnitten tief. Er spie die letzten Worte aus, damit sein Bruder begriff, dass er nichts mehr hören wollte. „Dieser

Familie kann auch niemand mehr helfen. Dafür ist es zu spät."

Vor zwei Wochen hatte er Punkte gesammelt, um im Dezember beim National Finals Rodeo in Las Vegas anzutreten. Er war von Rodeo zu Rodeo quer durch das Land gezogen und hatte seine Position als Top-Anwärter im Finale-Rodeo verteidigt. Er war müde gewesen in der Nacht, in der der Betrunkene frontal mit ihm zusammengestoßen war und ihn in den Gegenverkehr katapultiert hatte, wo sein Truck mit dem Wagen der Familie kollidiert war… Allein der Gedanke daran trieb ihn fast in den Wahnsinn. Und stürzte ihn tiefer in das finstere Loch, in dem er sich befand.

Er ging um Kurt herum und stieß die Tür auf. Sie flog auf und krachte gegen das Gebäude. Colt stürmte nach draußen, fest entschlossen, zu seiner abgelegenen Hütte zurückzukehren, die im Wald auf der Rückseite ihrer Ranch versteckt lag.

Als er die Stufen hinunter stürmte, rannte er genauso vor seinen Gedanken wie vor seinen Brüdern davon und wäre fast mit der Frau zusammengestoßen, die am Fuß der Treppe stand. Wenn sie nicht beiseite gesprungen wäre, hätte er sie umgerannt.

„Tut mir leid", platzte es heraus. „Ich hab Sie nicht gesehen."

„Schon okay", versicherte sie ihm und musterte ihn aufmerksam mit großen Augen, die im grellen Sonnenlicht blass lavendelviolett schimmerten. Sie strich ihr warmblondes Haar hinter ihr Ohr und hielt den Atem an. Er hatte sie offensichtlich erschreckt. Sie war spindeldürr, und ihre Kleider hingen an ihr, als ob sie jemand anderem gehörten.

Kurt und Jess traten hinter ihm aus dem Container, und ihr Blick huschte von ihm zu den beiden anderen, bevor er wieder zu ihm zurückkehrte.

Colt versteifte sich, als Argwohn sich wie eine Bleikugel in seiner Magengrube festsetzte. Er hatte in den letzten drei Wochen gelernt, dass es nichts Gutes bedeutete, wenn jemand ihn so musterte.

„Hi", sagte Kurt und übernahm die Kontrolle über die Situation. „Ich bin Kurt Holden. Das sind meine Brüder – Jess, und der Typ, der Sie fast umgerannt hätte, ist Colt. Was können wir für Sie tun?"

„Also, ich suche nach..." Sie hielt inne, und ihr Blick bohrte sich in seinen. „Sie sind Colt Holden. Der Bullenreiter?", fragte sie, als ob sie sich nicht sicher war, so, wie er aussah.

Colt rieb sich seinen Dreitagesbart. Sah er so schlecht aus? Er blickte an sich herab. Seine Jeans hingen lose um seine Hüften und bestätigten, was Jess gesagt hatte – er *hatte* abgenommen. Und er musste nicht in den Spiegel blicken, um zu wissen, dass er älter und abgehärmt aussah. Er spürte es auch so.

Er musste hier weg, doch er konnte seinen Blick nicht von den blassen Augen der Frau losreißen. Etwas regte sich in seiner Brust, als sie sein Gesicht studierten, als wollte sie in seinen Kopf blicken – was gerade kein guter Ort war.

„Kenne ich Sie?" Etwas prickelte in seinem Gedächtnis. Einen Moment lang hatte er befürchtet, dass sie eine Reporterin sein könnte. Er hatte auf die harte Tour gelernt, dass Reporter unschuldig aussehen und doch so tödlich sein konnten wie Haie.

„Ähm, nein", antwortete sie schnell. „Wir sind uns nie begegnet. Ich..." Sie schluckte schwer und holte dann tief Luft, während sie den Blick senkte, bevor sie ihn wieder auf ihn richtete.

Log sie etwa? Ihre Körpersprache schien ihre Worte Lügen zu strafen.

„Ich habe meinen Neffen hierher gebracht, damit er Sie kennenlernen kann. Er ist Ihr größter Fan. Tut mir leid, falls ich ungelegen komme, doch vielleicht könnten Sie sich nur einen kurzen Moment Zeit nehmen, um hallo zu sagen?"

Ein *Kind*. Colts Herz stolperte bei dem Gedanken, und er schüttelte den Kopf. „Ich kann nicht – ich meine, ich bin nicht–" Hinter ihr zog das Knarren der

Tür eines ramponierten blauen Autos seine Aufmerksamkeit auf sich. Ihm wurde schwer ums Herz, als ein kleiner Junge, ungefähr fünf oder sechs Jahre alt, herauskletterte. Colt wappnete sich gegen die Schuldgefühle, die sich sofort wieder regten.

„Colt!" Das Kind starrte ihn mit großen, weit aufgerissenen und vor Aufregung tanzenden Augen an, als wäre er eine Art Superstar. „Du bist es!", rief der Junge und rannte los.

Colt wich einen Schritt zurück und wollte sich umdrehen und in die andere Richtung davonrennen, doch er blieb stehen und starrte die Frau an. Ihr Mund stand offen, als der Junge vor ihm zum Stehen kam.

„Ich habe mein ganzes langes Leben darauf gewartet, dich zu treffen!", rief er und schlang glücklich seine Arme um Colts Beine.

Bilder eines anderen Kindes blitzten in Colts Gedanken auf und ließen sein Herz erneut in zahllose Stücke zerspringen. Schweiß lief ihm über die Stirn, und sein Herz donnerte in seiner Brust. Es kostete ihn immense Kraft, nicht die Flucht zu ergreifen, als sein Blick vom begeisterten Gesicht des Jungen zu der Frau zurückschoss. Er konnte es kaum fassen, doch sie sah verängstigter aus, als er sich fühlte.

Vor drei Wochen hätte Colt dem Kind den Kopf getätschelt und ihm Fragen gestellt, ihn in ein

Gespräch verwickelt und versucht, einen guten Eindruck auf den Jungen zu machen. Heute konnte er nicht atmen, alle Worte blieben in seiner Kehle stecken, und alles, woran er denken konnte, war Flucht. Sein Leben hatte sich von einem Moment zum anderen verändert. Im einen Moment war er ganz oben gewesen und hatte den Traum verfolgt, der sich in den Augen dieses kleinen Jungen widerspiegelte. Heute bedeutete dieser Traum nichts im Vergleich zu den Leben, die seinetwegen ausgelöscht waren. Wie sollte er sein Leben nach so etwas weiterleben?

Wie hatte er es verdient, über eine Tragödie hinwegzukommen, die er hätte verhindern können?

Mit dieser Frage rang er.

Colt sah dem kleinen Jungen in die Augen und wollte nur weg.

Weit, weit weg.

KAPITEL ZWEI

Leo, Leo, Leo. Annies Herz zog sich angesichts seiner kindlichen Schwärmerei zusammen. Es war offensichtlich, dass Colt Holden es nicht gewohnt war, von Kindern angehimmelt zu werden. Das überraschte sie. Der Mann war ein Rodeo-Held, und es gab eine Menge Fotos von ihm, auf denen er strahlend Autogramme gab... *Bitte sag mir, dass er nicht einer dieser Typen ist, die alles nur für die Kamera vortäuschen.*

Wenn er das wäre, könnte sie genauso gut in ihr Auto einsteigen und nach Hause fahren. Der Mann sah verängstigt aus ... und vollkommen erschöpft. Tiefe Müdigkeit prägte sein Gesicht.

Sie war erschrocken über sein Gesamterscheinungsbild, als er aus dem Büro gestürmt kam und aufgebracht und zerzaust und zottelig aussah. Er brauchte eine Rasur und zwei Wochen Schlaf.

Ganz anders als auf den Fotos, die Jennifer in Leos Zimmer aufgehängt hatte. Auf ihnen war ein gepflegter, glatt rasierter Cowboy mit einem faszinierenden Schimmer in den Augen und einem verschmitzten Gesichtsausdruck zu sehen. Dieser Cowboy hier sah zehn Jahre älter aus als achtundzwanzig … immer noch unglaublich gutaussehend, trotz der Haare, die über seinen Kragen fielen, und des zotteligen Zwei- oder Dreitagesbartes.

Annie überwand ihren Schock, bückte sich und griff nach Leo. Sein unschuldiges Gesicht strahlte vor Glück, als er sich an Colt Holdens Beine klammerte. Er war sechs Jahre alt und hatte sich noch nie so an jemanden geklammert wie an Colt. Andererseits war das hier jedoch ein wahr gewordener Traum für ihn. Ein Traum, der aussah, als hätte er das Potential, ihr um die Ohren zu fliegen.

Die Ausmaße dessen, was sie hier tun wollte, trafen sie mit neuer Wucht, und die Angst um Leo packte sie erneut.

Sie war eine Frau, die die Kontrolle übernahm. Die Tatsache, dass sie diesen Schritt ein Jahr lang hinausgeschoben hatte, war Zeugnis ihrer Angst und Sorge. Eine große Dosis Realität war nötig gewesen, um sie in Bewegung zu bringen. Sie hatte beschlossen, den Stier bei den Hörnern zu packen, und hier war sie und fühlte sich ... wirklich dumm, den Jungen hierher gebracht zu haben, bevor sie den Mann überprüft hatte.

„Honey, lass – lass Mr. Holden los." Strahlende Augen blickten zu ihr auf.

„Aber, Tante Annie, ich habe eeeewig darauf gewartet."

„Ja, ich weiß." Sie lächelte und hatte das Gefühl, ihn dringend von ihm loseisen zu müssen, als sie sanft seinen Arm nahm und ihn wegzog. Als sie aufblickte, begegnete ihr Blick wieder Colts alarmierten braunen Augen.

Annies Herz zog sich zusammen. Seit sie erfahren hatte, wer Leos Vater war, war das Wissen eine schwere Belastung für sie gewesen. Ihr Haus hatte abbrennen müssen, um sie zum Handeln zu zwingen. Sich darüber klar zu werden, was sie tun musste.

Und das war, herzukommen, um herauszufinden, was für ein Mann Colt Holden, der selbstbewusste Cowboy-Rodeo-Star, wirklich war.

Besaß er unter dieser Fassade so etwas wie Ehre?

Sie war noch keine zehn Minuten hier, und es sah alles andere als gut aus. Sie gab jedoch nicht auf. „Tut mir leid. Ich denke, ich sollte mich vorstellen. Ich bin Annie Ridgeway, und das ist mein Neffe Leo."

„Unser Haus ist abgebrannt, und mein Zimmer ist weg", erklärte Leo und starrte Colt mit großen, strahlenden Augen an. „Aber Tante Annie hat mir gesagt, dass wir hierher in Ihre Stadt ziehen, und jetzt macht es mir nichts mehr aus." Er legte den Kopf schief. „Gibt es Maultiere in Mule Hollow?" Da er dazu neigte, jede Menge Fragen zu stellen, war das nur eine von vielen, die kommen würden.

Colt runzelte bestürzt die Stirn. „Dein Haus abgebrannt?"

Seine Worte waren erstickt, und ihr entging nicht der Anflug von Mitgefühl in seiner Reaktion. *Also hatte der Mann irgendwo da drin ein Herz vergraben,* dachte Annie erleichtert.

Immer bereit, eine Geschichte zu erzählen, stemmte Leo die Hände in die Hüften, legte seinen kleinen blonden Kopf zur Seite und studierte seinen Helden noch genauer – wenn das überhaupt möglich war. „Meine Tante Annie sagt immer, dass das Leben einem manchmal in den Hintern tritt. Aber man muss die Dinge einfach nehmen, wie sie kommen." Er war so ernst wie ein kleiner alter Mann, und sie hätte ihm in die süßen Wangen kneifen können.

„Wie alt bist du nochmal?", fragte Kurt Holden sichtlich beeindruckt.

„Ich bin sechs. Tante Annie sagt, ich bin als Zwanzigjähriger auf die Welt gekommen — und das ist wirklich alt. Ich habe sogar schon einen Zahn verloren. Sehen Sie?" Er grinste und zeigte seine Zahnlücke.

Das brachte Kurt und Jess zum Lachen. Sogar Colts Lippen verzogen sich auf einer Seite nach oben.

„Das ist schrecklich, dass du dein Zuhause verloren hast", sagte er, und sein Blick wanderte zu ihr.

In den Tiefen seiner Augen fehlte etwas. Es war, als würde sie in einen See blicken, einen völlig stillen See ohne jegliche Wellen. Schmetterlinge flatterten in ihrer Magengrube. „Ja", antwortete sie. Mehr als fasziniert von dem Mann, war sie nicht bereit zu akzeptieren, dass ihr Puls tatsächlich schneller schlug, als diese seelenvollen braunen Augen in ihre blickten. Sie wollte mehr sagen, eine intelligente Bemerkung machen, doch es kam nichts heraus.

„Das ist schrecklich für dich und all die anderen, die ihre Häuser verloren haben", fuhr Colt fort. „Wir hatten Glück und haben hier nur ein paar kleine Grasbrände gehabt, die wir früh bemerkt haben."

Jess, dem es zu reichen schien, zuzuhören, während er seinen Bruder musterte, fügte hinzu: „Die Feuer in der Nähe von Austin waren übel. Zum Glück nicht so schlimm wie die Brände in Bastrop und

Montgomery letztes Jahr, aber immer noch schlimm genug. Nicht wahr, Colt?", fragte er, und für Annie hörte es sich so an, als würde er versuchen, seinen Bruder in das Gespräch einzubeziehen.

„Bei unseren Bränden ist zum Glück niemand ums Leben gekommen", sagte Colt leise. Seine Brauen zogen sich zusammen, und er blickte zu seinem Truck, machte sogar einen Schritt darauf zu, als ob er es nicht erwarten könnte, wegzukommen.

Da wurde ihr bewusst, dass er es eilig gehabt hatte zu gehen, als er aus dem Gebäude gerannt war. „Es tut mir leid", sagte sie und meinte es ernst. „Wir halten Sie sicher von irgendwas ab."

„*Nein*", bellten Kurt und Jess gleichzeitig.

„Geh nicht", sagte Leo und zog an Colts Hose, was dazu führte, dass Colt mitten im Schritt stehen blieb.

„Ich muss hier weg. Tut mir leid." Er sah Leo an, und Annies Herz zog sich erneut zusammen und nahm ihr den Atem.

„Du kannst noch ein paar Minuten bleiben, Colt. Oder nicht?", fragte Kurt, legte eine Hand auf Colts Schulter und drückte sanft zu.

Ihr Blick fiel auf die Hand — drückte Kurt auf Colts Schulter besonders fest?

„Ja. Sicher." Colt warf seinem Bruder einen scharfen Blick zu.

Auch wenn sie nicht wusste, was es war – hier brodelte definitiv etwas unter der Oberfläche.

„Ich muss zurück zu meiner Hütte." Seine Worte waren leise, doch sie hörte eine Schärfe, die so klar war wie eine schwere Stahltür, die zuschlug. Kurts Miene verhärtete sich, doch er sagte nichts mehr.

Die Unsicherheit traf Annie mit gleicher Wucht. Wie würde er auf die Nachricht reagieren, wegen der sie hierhergekommen war? Es würde mehr als diese merkwürdige Begegnung nötig sein, damit sie ihre Entscheidung treffen konnte.

Das war sicher.

„Was hat Sie nach Mule Hollow gebracht?", fragte Kurt und richtete seine Fragen an sie, als würde das Colt davon abhalten zu gehen. „Sicher nicht, um meinen dickköpfigen Bruder zu sehen."

Oh, wenn er nur wüsste. „Genau genommen haben wir nach einer Veränderung gesucht. Und mir ist bewusst geworden, dass uns nichts mehr dort hält, nachdem sich meine Landschaftsgärtnerei mit unserem Haus in Rauch aufgelöst hat."

„Sie hat entschieden, dass es Zeit für einen Neuanfang war", sagte Leo grinsend, als würde er ihre

Worte rezitieren. Worte, die er mehr als nur ein paarmal von ihr gehört hatte.

Annie zerzauste seine Haare. „Vollkommen richtig, ich habe einen neuen Job gebraucht, und ich wusste, wenn ich zu Hause suche, würde ich nie den Mut aufbringen, wegzuziehen."

Oder den Mut, dir die Wahrheit zu sagen.

Ihre Pläne, Colt zu sagen, dass er einen Sohn hatte, schwirrten ihr durch den Kopf – alle unbrauchbar. Sie hatte es sich vorgenommen, weil es wahrscheinlich das Richtige war, doch sie wusste, dass nur die Zeit zeigen würde, ob dem so war. Und auch, weil Leo eines Tages seinen Vater brauchen könnte. Ein Flashback daran, in ihrem brennenden Haus gefangen zu sein, erinnerte sie allzu lebhaft daran, wann sie diesen Entschluss gefasst hatte.

Sie zwang ihre Gedanken von diesem wenig Angenehmen weg und sah, wie Leo Colt anstrahlte. Er wippte auf seinen kleinen Cowboystiefeln hin und her, während seine Augen, so voller Anbetung, seinen Helden fixierten.

„Tante Annie sagte, wir würden ein Abenteuer erleben. Ich mag Abenteuer sehr. Meine Mama hat mir viele Geschichten über Abenteuer von Bullenreiten und Bronco Busting und Rodeos erzählt." Er strahlte

Colt noch breiter an. „Sie waren *immer* in den Geschichten!"

Colt sah geschockt aus oder so schockiert, wie ein Mann, der wenig Emotionen zeigte, aussehen konnte.

„Ihr müsst hier rauskommen und reiten. Nicht wahr, Colt?" Kurt stieß Colt mit dem Ellbogen an, als er nichts sagte.

Einen Moment lang sah Colt aus, als wollte er etwas sagen, doch stattdessen griff er nach der Tür seines Trucks, riss sie auf und stieg ein.

Wie unhöflich – mitten in einer Unterhaltung fuhr der Mann einfach weg! Und er hatte Leo kaum eines Blickes gewürdigt. Da sie so weit gereist waren und Leo so aufgeregt gewesen war, Colt zu sehen, wusste sie, dass das wehtun würde.

Gerade, als sie dachte, die Begegnung wäre vorbei und erledigt, blickte Colt aus seinem offenen Fenster auf Leo hinunter. „Hey, Kleiner. Ich ... ich muss los. Aber nimm das."

Er hielt ein steifes blaues Seil aus seinem Truck. Es hatte eine Schlaufe an einem Ende, und Annie erkannte, dass es von der Art war, die zum Einfangen von Ochsen verwendet wurde.

„Kannst du mit einem Lasso umgehen?", fragte er, und Leos Augen wurden groß.

„Das habe ich noch nie gemacht. Kann ich es versuchen?"

Colt reichte Leo das Seil. „Sicher kannst du. Damit kannst du üben – es gehört dir."

„Danke", strahlte Leo mit vor Ehrfurcht kleinlauter Stimme und flüsterte es noch ein paarmal, während er sein Geschenk betrachtete.

Annie war sprachlos.

„Colt, warte", rief Kurt ihm nach, als er aus der Einfahrt fuhr.

Doch es war zu spät. Der Cowboy war weg.

„Hast du gesehen, was er mir gegeben hat, Tante Annie? Hast du gesehen, was Colt mir gegeben hat?"

„Ist das nicht nett?", brachte Annie heraus, völlig überrascht, als der Cowboy dem Mittagshorizont entgegenfuhr. Was in aller Welt war gerade passiert? Gott sei Dank lenkte Leos Begeisterung von Colt und das Geschenk, das er erhalten hatte, ihn ab.

Kurt bückte sich und streckte seinem Neffen die Hand entgegen. Annie hielt den Atem an, als Leo aufhörte zu versuchen, die Schlaufe kreisen zu lassen und Kurt die Hand schüttelte.

„Möchtest du, dass ich dir zeige, wie man das Seil hält?"

„Oh ja. Sind Sie auch ein Bullenreiter?", fragte

Leo und ließ Kurt seine kleinen Hände auf das Seil legen. „Oder fangen Sie Bullen ein?"

Jess lachte und mischte sich in die Unterhaltung ein. „Machst du Witze? Kurt könnte nicht einmal die Breitseite einer Scheune mit einem Seil treffen."

Anstatt verärgert zu reagieren, verzog sich Kurts Mund zu einem breiten Grinsen. „Hör nicht auf ihn. Er und Colt können in unserer Familie besser mit dem Seil umgehen, aber frag sie mal, wer es ihnen beigebracht hat."

Annie lächelte und entspannte sich ein wenig. Sie mochte die Wärme, die von diesen Männern ausging. Sie zogen einander auf, um vom Verhalten ihres Bruders abzulenken. Sie wussten nicht, dass sie mit ihrem Neffen sprachen, darum erwachte erneut die Hoffnung in ihrem Herzen, dass sie das Richtige tat.

Leo sah Jess an. „Wer hat es Ihnen beigebracht?", fragte er, wie Kurt vorgeschlagen hatte.

Ein amüsiertes Grinsen breitete sich auf Jess' Gesicht aus. „Mein großer Bruder Kurt. Weißt du, als ich ein kleines Kind war wie du, dachte ich, dass niemand besser mit dem Lasso umgehen kann als Kurt. Dann hat er mir und Colt beigebracht, wie es geht, und wir haben bemerkt, wie schlecht er darin ist, irgendwas mit der Schlinge zu treffen. Aber er ist ein wirklich guter Lehrer."

Leo wandte sich wieder einem lächelnden Kurt zu. „Haben Sie Colt auch das Bullenreiten beigebracht? Er ist der Beste, den es gibt, und ich möchte, dass er mir beibringt, wie man einen reitet."

Nervös wegen allem, was Leo gesagt hatte, wurde Annie klar, dass sie ohne einen gut durchdachten Plan gekommen war, und musste sich das jetzt eingestehen. Bevor sie etwas sagen konnte, wandte sich Jess an Leo.

„Das mit dem Feuer tut mir leid, kleiner Kumpel. Aber ein Bulle hat vor ein paar Wochen Colts Schlüsselbein gebrochen, darum wird er so bald kein Lasso werfen können. Aber ich wette, du könntest ihn dazu überreden, sobald es verheilt ist."

„Hundis!", rief Leo, plötzlich abgelenkt, als er zwei kleine Welpen bemerkte, die um die Rückseite des Bürogebäudes kamen und herumpurzelten, während sie miteinander rangen. Leo rannte zum Spielen und ließ Annie mit den beiden Brüdern allein zurück. Sie sahen zu, wie Leo auf die Knie fiel und die Welpen auf seinem Schoß begrüßte. Beide Brüder hatten Fragen in den Augen, als sie Leo beobachteten. Als sie sich fast gleichzeitig zu ihr umdrehten, spürte Annie das Gewicht ihrer Blicke. Ein seltsames Schuldgefühl überkam sie.

„Das war gutes Timing", sagte Kurt. „Können wir

irgendwas für Sie tun? Irgendwas, was wir wissen müssen?"

Annies Herz stolperte. *Dass er euer Neffe ist.*

„Ja", fügte Jess hinzu, ein seltsames Leuchten in seinen Augen. „Sie sind hier rausgekommen, um Colt zu sehen. Gab es dafür einen besonderen Grund? Außer, dass er Leos ... Held ist? Vielleicht etwas, bei dem wir helfen können?"

Das seltsamste Gefühl überkam Annie – sie wussten es. Sie schrieb es ihren Schuldgefühlen zu, die sie paranoid machten, als sie über ihr Dilemma nachdachte. Sie hatte niemanden, dem sie ihre Probleme anvertrauen oder den sie um Rat bitten konnte, außer ihrer besten Freundin zu Hause, die sie gedrängt hatte, Leos Leben so zu lassen, wie es war, als Annie ihr anvertraut hatte, dass sie versuchen wollte, den Vater des Jungen zu finden.

Als sie Leos Onkel ansah, redete sie sich ein, dass sie nichts wussten. Ihre Fantasie spielte ihr einen Streich. Sie war paranoid. Als sie schließlich bemerkte, dass sie auf eine Antwort warteten, fragte sie: „Können Sie mir sagen, wie ich zur Tierklinik komme? Ich bin die neue Büroleiterin da."

Jess schnippte mit den Fingern. „Oh, ja – darum ist mir Ihr Name bekannt vorgekommen", sagte er und seine Lippen verzogen sich zu einem schiefen Lächeln. „Meine Verlobte Gabi Newberry ist die Tierarzthelferin da. Ich wusste, dass sie jemanden erwarten. Wir hatten so viel zu tun, dass ich ganz vergessen habe, dass Sie diese Woche kommen würden."

Sie würde mit Colts baldiger Schwägerin zusammenarbeiten... „Oh, wirklich", sagte sie und versteckte ihre Überraschung. „Ich habe letzte Woche mit Gabi gesprochen. Ich freue mich darauf, mit ihr zu arbeiten."

Nachdem Annie ein paar Minuten über die Klinik gesprochen hatte, rief sie Leo zu sich, und sie folgten der Wegbeschreibung, die Jess ihr gegeben hatte, zur Klinik. Die Klinik war nur ein Stück die Straße runter.

Annie warf einen Blick in ihren Seitenspiegel auf Leos Onkel, als sie wegfuhr. Sie war sich nicht sicher, ob sie die Karten auf den Tisch legen würde oder nicht – nur die Zeit konnte es zeigen. Sie war jedoch hier und musste zugeben, dass sie die Brüder sehr mochte. Was Colt Holden anging, war sie sich jedoch noch alles andere als sicher.

Annie – und nur Annie allein – würde entscheiden, ob Colt würdig war, Leos Vater zu sein, oder ob er für immer Leos Rodeoheld bleiben würde.

KAPITEL DREI

„Wir werden dieses letzte Rodeo zum bisher besten machen", erklärte eine lebhaft aussehende Rothaarige, als Annie und Leo die Tierarztklinik von Mule Hollow betraten.

Mit ihrem feuerroten Haar, das von der orangefarbenen Caprihose und dem sonnengelben Top noch betont wurde, wäre es eine Untertreibung gewesen, zu sagen, dass sie ein wenig *grell* war.

Alle vier Frauen im Raum drehten sich zu ihnen um, als Annie die Tür hinter sich schloss. Zwei andere Frauen, die wie die sonnige Rothaarige um die sechzig zu sein schienen, standen im Wartebereich.

Eine war eine kräftige Frau in einem blaukarierten Hemd und einer Jeanslatzhose. Ihr kurzes graues Haar hatte die Farbe von Stahlwolle und wirkte genauso borstig. Sie hatte ein Lächeln, das so breit wie ein

Halbmond war, und das Funkeln in ihren Augen war so hell wie die Milchstraße. Neben ihr stand eine feingliedrige Frau mit auffallend saphirblauen Augen, die sich von ihrem schneeweißen Haar abhoben, das kurz geschnitten ihr zartes Gesicht umrahmte. Annie sah sie an und fühlte sich sofort warm und willkommen, obwohl sie noch kein Wort gesagt und bisher nur gelächelt hatte.

Hinter dem Empfang stand eine Frau Ende zwanzig. Sie trug ihr dunkles Haar zu einem dicken Pferdeschwanz gebunden, der über ihre linke Schulter fiel und über ihrem Herzen hing. Annie nahm an, dass dies Gabi war, Jess' Verlobte.

Bevor Gabi etwas sagen konnte, begrüßten alle sie und Leo gleichzeitig. Mule Hollow, Texas, war bekannt für seine Kupplerinnen aufgrund einer fortlaufenden syndizierten Zeitungskolumne über den kleinen Ort, die von einer staubigen, sterbenden Geisterstadt zu einem blühenden Städtchen geworden war. Alles wegen einer *Ehefrauen gesucht*-Anzeige. Annie wusste sofort, dass sie den Kupplerinnen gegenüberstand. Der bloße Gedanke jagte einen Adrenalinstoß durch sie hindurch. Nicht, dass sie verkuppelt werden wollte. Es war nur irgendwie nett, die Frauen persönlich zu sehen.

„Hallo", gurrte die Rothaarige, eilte auf sie zu und bückte sich, um Leo ihre Hand zu reichen.

Es bestand kein Zweifel, dass das Esther Mae Wilcox war. „Bist du nicht ein hübscher kleiner Kerl?"

„Howdy", dröhnte die kräftige Frau mit der Latzhose mit derselben überlebensgroßen Persönlichkeit wie in der Zeitungskolumne. Das musste die Rancherin Norma Sue Jenkins sein. „Esther Mae, jetzt mach dem Jungen doch keine Angst, bevor wir überhaupt wissen, wie er heißt."

„Ich bin Leo. Und ich habe keine Angst", erklärte Leo. Er strahlte die Frauen an, während sie über seine niedliche Vorstellung kicherten.

„Du musst Annie sein, unsere neue Büroleiterin", sagte die jüngere Frau, kam hinter der Theke hervor und streckte Annie die Hand entgegen. „Ich bin Gabi Newberry, bisher Tierarzthelferin, Empfangsdame und Bürokraft in Personalunion. Ich bin *so* froh dich zu sehen."

Sie hatte bis zu diesem Moment nicht gewusst, wie groß die Beklommenheit gewesen war, die sie empfunden hatte. Die Sorgen, die sie sich wochenlang darüber gemacht hatte, was sie tun sollte, verflogen, als sie den herzlichen Empfang der vier Frauen spürte. Erleichterung überkam sie. Sie hatte Angst, was mit

Colt passieren würde, doch ihre Entscheidung hierherzukommen war eine gute gewesen. Wenn alle Leute hier so fürsorglich waren, würde Leo in Mule Hollow gedeihen.

„Ich bin so froh, hier zu sein", sagte sie lächelnd.

Die zarten Hände der zierlichen alten Dame schlossen sich um Annies. „Wir sind so froh, dass du hier bist. Ich bin Adela Ledbetter Green, Gabis Großmutter", sagte sie und bestätigte Annies Vermutung, wer die zierliche, gutaussehende Frau war.

„Und ich bin Esther Mae Wilcox", mischte sich die Rothaarige ein, dann stellte sich Norma Sue vor.

„Wir freuen uns immer, wenn neue Leute in die Stadt ziehen", fügte Norma Sue hinzu. „Du hast Lilly Wells' altes Haus gemietet, oder? Wir nennen es das Tipps-Haus, weil das ihr Mädchenname war und es schon eine Ewigkeit im Besitz ihrer Familie ist."

„Ja. Wir wollen gleich dahin. Wir haben nur vorbeischauen wollen, um uns zu melden. Und um zu sagen, dass ich morgen früh zur Arbeit komme."

„Und ich werde in meine neue Kindertagesstätte gehen", erklärte Leo, bevor Annie erwähnen konnte, dass sie Jess getroffen hatten. „Ich bin sechs. Ich komme dieses Jahr in die erste Klasse", fügte er strahlend hinzu.

„Das klingt großartig. Ihr zwei müsst nächste

Woche zu unserem Rodeo kommen", sagte Norma Sue. „Das würde Leo sicher Spaß machen."

„Oh ja! Wird Colt Holden Bullen reiten?"

Kaum hatte er die Frage ausgesprochen, spitzten alle die Ohren — oder bildete Annie sich das ein?

„Du kennst Colt?", fragten alle im Chor. Sie bildete sich das definitiv nicht ein.

„Natürlich. Er ist der beste Bullenreiter der *ganzen* Welt. Und das weiß jeder."

„Leos..." Annie biss sich auf die Zunge bevor sie herausplatzen konnte, dass Leos Mutter ein großer Fan gewesen war. „Leo liebt Rodeo. Und er ist ein großer Fan von Colt. Ich habe ihn vorhin auf gut Glück auf die Holden-Ranch gebracht, falls er zufällig in der Stadt ist."

„Wie wunderbar", rief Esther Mae begeistert. Ihr Blick wanderte von Gabi zu Norma Sue, und ein Grinsen breitete sich auf ihrem Gesicht aus.

„Ich bin mit Colts Bruder Jess verlobt", erklärte Gabi. „Waren alle da?"

„Ja, sie waren alle da, und Jess hat mir gesagt, dass du hier arbeitest. Er hat mir den Weg hierher beschrieben."

Norma Sue stemmte die Hände in die Hüften. „War Colt auch da?"

„Ja."

„Colt hat mir ein Lasso gegeben", sagte Leo stolz. „Kann ich es holen gehen?"

„Sicher, aber wenn du damit spielen willst, bleib bitte vor dem Büro – nicht weiter weg", sagte sie und war froh, dass er etwas hatte, um sich die Zeit zu vertreiben.

„Das war nett von Colt, Leo ein Lasso zu schenken", sagte Adela mit warmen blauen Augen. „Ich bin froh, dass er da war. Ich bin sicher, er hat es genossen, einen Fan zu treffen, besonders einen so süßen."

Annie dachte über sein seltsames Verhalten nach und war sich da nicht so sicher. „Ich weiß, Leo hat sich gefreut, ihn zu treffen", sagte sie ehrlich.

„Hast du Susan nicht erzählt, dass du das Tipps-Haus mietest?", fragte Gabi und sprach Annies neue Chefin an.

„Doch, doch. Und wir wollen gleich hinfahren. Ich bin einfach so froh, dass es frei war."

Die Frauen diskutierten die Tatsache, dass das Haus möbliert war und sich weit draußen auf dem Land befand, an einer unbefestigten Straße, an der nur ein einziges anderes Haus lag, das Annies neuen Vermietern Lilly und Cort Wells gehörte.

Bald verabschiedeten sich die Kupplerinnen, und zu Annies Erleichterung gab es keine Fragen darüber, ob sie nach Liebe suchte. Annie war ein wenig überrascht, da die Frauen als ziemlich hartnäckig bekannt waren. Sie mussten wirklich gut sein in dem, was sie taten, wenn sie dazu beigetragen hatten, dass der Ort wieder blühte. Annie dachte, wenn sie eines Tages auf die Idee kommen sollte, einen Ehemann zu suchen, dann wäre sie hier genau an der richtigen Stelle. Nicht, dass das in ihrer absehbaren Zukunft der Fall sein würde. Sie hatte dringendere Anliegen und keine Zeit, sich mit einer Romanze zu befassen.

Sie musste an Leo denken. Und das war alles, worauf sie sich jetzt konzentrieren konnte.

Annie fuhr zu ihrem neuen Zuhause und freute sich über ihren Job. Susan war unterwegs gewesen, um eine Rinderherde zu impfen, doch Gabi hatte gesagt, Annie würde sie morgen treffen. Gabi sagte, wenn Annie sich um das Büro kümmerte, wäre es für sie viel leichter, Susan bei Patientenbesuchen zu unterstützen. Es war offensichtlich, dass Gabi es vorzog, draußen im Einsatz zu sein, anstatt hinter dem Schreibtisch zu sitzen.

Annie war begeistert von den Menschen, die sie kennengelernt hatte, und trotz ihrer Sorge wegen Colt Holden und was sie wegen Leos Situation unternehmen würde, hatte sie ein sehr gutes Gefühl, was Mule Hollow betraf. Die Frauen waren so hilfsbereit und ermutigend gewesen. Und sie waren wirklich begeistert, dass sie Lilly Wells' Haus gemietet hatte.

Es klang ein wenig abgelegen, aber nett, mit viel Platz für Leo zum Herumrennen und Spielen. Sie konnte es kaum erwarten, es zu sehen.

Sie war sich sicher, dass sie und Leo es lieben würden.

Annie stand am nächsten Morgen auf der Veranda ihres neuen Hauses und konnte ihr Glück ehrlich gesagt nicht fassen. Es war ein typisches Farmhaus – alt, aber komfortabel mit einem warmen, gemütlichen Ambiente, das ihr gefiel. Sie hatte das Glück gehabt, es zu einem Preis zu bekommen, den sie sich leisten konnte. Sie wusste, dass sie alles ihrer Immobilienmaklerin Hailey Belle Sutton zu verdanken hatte.

Als sie nichts gefunden hatten, das für sie funktionierte, hatte Hailey ihre Freundin angerufen und wenig später war Annie dieses kleine Paradies angeboten worden. Hailey hatte Lilly von Annies und Leos Situation erzählt – dass sie bei einem Brand alles verloren hatten und wenn möglich ein möbliertes Haus brauchten. Obwohl Lilly ihr Haus normalerweise zuvor nicht vermietet hatte, hatte sie beschlossen, es für Annie und Leo zu tun.

Sie hatte ihre Vermieterin noch nicht persönlich kennengelernt und konnte es kaum erwarten, dass Lilly von ihrem Ausflug nach Hause kam, damit sie sich bei ihr bedanken konnte. Annie würde Lilly niemals sagen können, wie viel ihr dieser Akt der Barmherzigkeit bedeutete.

Die Tatsache, dass das alte Gehöft am Ende einer unbefestigten Straße von Weideland umgeben war, das sie – wie an diesem Morgen – erkunden konnten, war noch besser. Es erinnerte sie an die Ranch für verwaiste oder vernachlässigte Mädchen, in der sie und Jennifer für kurze Zeit gelebt hatten. Von allen Pflegeheimen, in denen sie gelebt hatten, war die Ranch die beste gewesen.

„Schau, Tante Annie, ein Kälbchen!", rief Leo, nachdem sie ungefähr eine halbe Meile über eine Weide gelaufen waren. Sie hatten viele Rinder auf der angrenzenden Weide gesehen, doch dieses Kalb war direkt vor ihnen und auf ihrer Seite des Stacheldrahts. Bevor Annie Leo aufhalten konnte, rannte er auf das kleine, ziemlich frische Kalb zu.

„Leo, bleib stehen!", rief sie und eilte ihm hinterher. Ihr Blick war auf das Muttertier gerichtet, das ein halbes Fußballfeld vom Kalb entfernt stand.

Leo blieb stehen, als sie rief. Er war kaum mehr als fünf Meter vom Kalb entfernt. Erschrocken begann es zu heulen, während es vor Leo davonrannte.

Als sie ihr Baby heulen hörte, peitschte der Kopf der Mutter hoch und ihre großen Augen blitzten.

Oh nein! Das war nicht gut.

Annie rannte zur gleichen Zeit los wie die Kuh. „Lauf, Leo, lauf!", schrie sie.

Leo riss die Augen auf, und er stand wie angewurzelt, während er die riesige Kuh beobachtete, die auf ihn zu preschte. Annie erreichte ihn, riss ihn in ihre Arme und rannte weiter. Als er seine Stimme wiederfand, schrie er, dass sie sich beeilen solle. Das einzige, was aus der Ferne einem Unterschlupf ähnelte, war ein windschiefer Baum, der nicht viel dicker war als ein Fahnenmast. Aber wenigstens war er besser als ein Büschel Ziegenkraut!

Das wütende Muhen der Mutter und das Donnern ihrer Hufe, die näher kamen, ließ Annie schneller laufen als je zuvor in ihrem Leben. Sie atmete schwer und schrie Leo an, dass er sich festhalten sollte, als er aus ihrem Griff rutschte. Er war so viel schwerer als sie ihn in Erinnerung hatte. Annie betete um ein Wunder. Woher sie sich Hilfe erhoffte, wusste sie nicht, da sie allein mitten im Nirgendwo waren. Keuchend schaffte sie es bis zum Baum. Sie setzte Leo hinter dem Baum ab und drehte sich zu dem entgegenkommenden Güterzug um.

Der arme Leo schrie, und sie bemerkte, dass sie es auch tat. Sie hielt ihre Hand auf Leos Schulter, bereit, alles zu tun, was nötig war, um ihn zu schützen.

Das Muttertier rammte gegen den Baum, und sie wichen entsetzt schreiend zurück, als der Stamm beim Aufprall erzitterte.

Was hatte sie ihnen da nur eingebrockt?

Colt zuckte zusammen, während er versuchte, den Sack mit Futtermais aufzureißen. Hier im tiefen Wald hing die Stille des frühen Morgens in der Luft, und das Geräusch des Zerreißens des Sacks ließ Schockwellen durch die Stille schwappen. Das Rascheln der Blätter sagte ihm, dass er auch eine Menge Tiere erschreckt hatte, als er den Sack mit einer Hand öffnete.

Zu sehen, wie das Rehwild jeden Morgen und Abend auf die Lichtung hinter seiner Hütte kam, gab ihm so etwas wie ... Er konnte es nicht Frieden nennen – es war eher das Gefühl, dass die dunklen Gefühle, die in ihm lauerten, sich ein wenig beruhigten.

Es war schön, zuzusehen, wie die Rehe in Scharen zum Mais kamen. Und bei der Dürre, unter der Texas in den letzten Monaten stöhnte, waren die armen Tiere hungrig. Ihre Rippen zeichneten sich schlimmer als jemals zuvor ab, und sie waren so dankbar für den Mais.

Er hob die Kaffeedose auf, die er als Schaufel benutzte, grub sie in den harten gelben Mais und verstreute das Futter am Boden, der durch die vielen Hufabdrücke von der Fütterung der vergangenen Nacht weichgetrampelt war.

Wie viel zu oft, um es zu zählen, wanderten seine Gedanken zu der Frau und dem kleinen Jungen. Er hatte es gehasst, dass er nicht damit umgehen konnte, dass Leo an ihm gehangen und voller Verehrung zu ihm aufgeblickt hatte.

Colt hatte es nicht verdient, dass diese Gefühle ihm aus Leos Herz entgegen strahlten.

Die Tante war wütend auf ihn gewesen. Er hatte ein paarmal Feuer in ihren Augen blitzen sehen, als sie dachte, dass er Leo nicht behandelte, wie er es sollte. Er hatte das Gefühl nicht loswerden können, dass ihm etwas entgangen war. Doch andererseits lief er in letzter Zeit nicht ganz rund.

Er grub die Kaffeedose wieder in den Mais, streute ihn in weitem Radius aus und legte noch ein paarmal nach. Er brauchte die Einsamkeit, die hier in seinem Wald herrschte, weg von Menschen – in der Nähe von Leo und Annie zu sein hatte ihm das nur bestätigt. Und doch war er unruhig. Er nahm an, dass das immer so sein würde. Alle Leute, die ihm Ratschläge gegeben hatten, hatten gesagt, dass die Zeit seine Wunden heilen würde. Er wusste, dass dem nicht so war. Er konnte sich nicht vorstellen, dass die Zeit seine Schuldgefühle auch nur eine Spur lindern würde. Denn egal wie oft seine Brüder ihm sagten, dass ihn keine Schuld traf – er wusste in seinem Herzen, dass er diesen Unfall hätte verhindern können, wenn er nicht so müde gewesen wäre. Er war erschöpft gewesen und hätte anhalten sollen. So sehr er sich auch bemühte, er konnte sich nicht an den Aufprall erinnern. Er konnte sich nicht an den Moment erinnern, als er gesehen hatte, was geschah. Er konnte sich nicht erinnern, ob er wach war oder eingenickt, als der Betrunkene ihm in den Truck gefahren war.

Hatte er am Steuer geschlafen, als das Auto über die gelbe Linie gekommen war, ihn getroffen und in den Gegenverkehr gestoßen hatte? Es war eine Frage, die er sich für immer stellen würde.

Doch was bedeutete es schon? Er wusste, wie müde er gewesen war und wie sehr das seine Reaktionszeit beeinträchtigt hatte.

Er wusste es.

Und keine Zeit der Welt würde etwas an diesem Wissen ändern.

Nein, er war dafür verantwortlich. Er hatte diese Familie getötet, und er würde für immer damit leben müssen.

Es gab keine Gefängnisstrafe, die hart genug war für das, was er getan hatte, daher waren lebenslange Schuldgefühle eine äußerst gerechte Strafe.

Als ihn der Junge mit Heldenverehrung in den Augen angesehen hatte, hatte ihn das fast umgebracht.

Er hatte es nicht ertragen können – darum war er davongelaufen.

Die Einsamkeit seines Waldes war der Ort, wo er zumindest zur Zeit hingehörte. Zumindest bis er herausgefunden hatte, wie er damit umgehen sollte. Er schloss die Hand fester um die Dose, grub sie tief in den Mais und warf die gelben Körner in weitem Bogen. Fast im selben Moment hallten Rufe in der Ferne wider.

Schreie.

Colt erstarrte und dachte einen Moment lang, es sei ein Flashback zur Nacht des Unfalls. Als die Schreie erneut kamen, unverkennbare Angstschreie, wusste er, dass dem nicht so war.

Colt war plötzlich hellwach. Er ließ die Kaffeedose fallen und ignorierte den Schmerz, der durch sein Schlüsselbein schoss, als er durch den Wald in Richtung der Schreie rannte.

Sie kamen vom Tipps-Hof. Doch seit Lily ausgezogen war, wohnte dort niemand mehr. Zumindest nicht, dass er wusste.

Er näherte sich den Schreien. Er rannte, schob sich durch tiefhängende Zweige, wich Felsen und Baumstümpfen aus. Es hörte sich an wie zwei Leute, eine Frau und ein Kind. Es waren ungefähr zweihundert Meter zwischen seiner Hütte und der Zaunlinie, die die beiden Grundstücke trennte. Das Herz pochte vor Adrenalin, und er machte sich Sorgen darüber, was er vorfinden würde, wenn er dort ankam. Colt rannte verbissen weiter. Gestrüpp riss an seinen Armen und krallte nach seinem Gesicht, da er es nur mit einer Hand aus dem Weg halten konnte. Sein gebrochenes Schlüsselbein schrie bei jedem Schritt vor Schmerzen. Er ignorierte es und konzentrierte sich auf die beiden vor ihm.

Er erreichte den Zaun schnell, obwohl er sich fühlte, als hätte er sich in Zeitlupe bewegt. Er konnte sie sehen, bevor er den Zaun erreichte. Annie Ridgeway und Leo suchten hinter einem erbärmlich dünnen Baum Schutz, während eine wütende Kuh sie angriff. Colt stützte seine unverletzte Hand auf den Holzpfosten und katapultierte sich über den Zaun. Der Schmerz zwang ihn fast auf die Knie, als er auf der anderen Seite landete.

Da er keine Zeit zu verlieren hatte, begann er zu schreien, um die Aufmerksamkeit der Kuh auf sich zu ziehen. „Jah!", schrie er laut. „Verschwindet da."

Annie und Leo johlten aufgeregt, als sie ihn über die Weide stürmen sahen. Das Muttertier blieb stehen, starrte ihn an und begann erneut, sie anzugreifen.

„Jah, Jah!", schrie Colt lauter. Als er auf der linken Seite der Färse auftauchte, sah er ihr Kälbchen in der Ferne. Das war also das Problem. Sie waren zwischen sie und ihr Baby geraten, und sie war alles andere als glücklich. Er wedelte mit seinem unverletzten Arm, stürmte ein paar Schritte auf die Kuh zu und ließ sie glauben, er würde sie angreifen, und sie beschloss, ihr Kälbchen zu nehmen und die Flucht zu ergreifen. Mit eingezogenem Schwanz trottete sie davon, warf ihm jedoch zuerst einen Blick zu, der sagte, er solle es nicht wagen, ihrem Kälbchen zu nahe zu kommen.

„Colt, Colt!", schrie Leo und rannte hinter dem dürren Baum hervor.

Als Colt zwei Leos auf sich zulaufen sah, kämpfte er gegen das Schwindelgefühl an und wünschte sich verzweifelt, dass der Schmerz, der in Wellen von seiner Schulter ausging, nachließ.

„Junge, es ist schön, Sie zu sehen", sagte Leo und

blieb vor ihm stehen. „Ich dachte, wir wären erledigt! Wirklich.“

Annie atmete schwer, als sie ihn erreichte. Angst leuchtete in ihren Augen wie rote Fahnen, wenn auch von Erleichterung durchzogen. „Ich weiß nicht, wo Sie hergekommen sind, aber...“ Ihre Stimme brach, und sie kämpfte sichtlich gegen ihre Tränen an. „Ich bin so froh, dass Sie gekommen sind.“

„Das war eine wütende Mama.“ Leos Stimme quietschte, weil er so viel geschrien hatte.

„Ja, das war sie.“ Colt tätschelte dem Jungen den Kopf und riss seinen Blick von Annie los. „Ihr müsst immer vorsichtig sein, wenn ihr in der Nähe von Mamas und ihren Babys seid.“

„Wir sind spazieren gegangen, als Leo das Kalb entdeckt hat und losgerannt ist. Er hat das Muttertier nicht gesehen“, erklärte Annie, und ihre Atmung normalisierte sich langsam wieder. „Ich habe Leo fast nicht rechtzeitig von ihr wegbringen können. Wenn Sie nicht aufgetaucht wären...“ Ihre Lippe zitterte, und ihre unausgesprochenen Worte hingen zwischen ihnen in der Luft.

„Sie hätten es schon geschafft“, redete er ihr zu. Etwas sagte ihm, dass dem so war. Seine eigene Angst ließ ein wenig nach, als sie einander anstarrten.

„Wo sind Sie eigentlich hergekommen?", fragte sie und drückte eine Hand fest auf ihren Bauch, als würde sie ihre Angst damit zurückhalten.

Er deutete mit einem Daumen über seine Schulter, um die Richtung zu zeigen, aus der er gekommen war. „Meine Hütte ist nicht weit von hier. Nur über den Zaun und ein Stück durch den Wald."

Annie blieb der Mund offenstehen. „Das kann nicht Ihr Ernst sein."

„Bitte lass es ernst sein, Tante Annie! Es gefällt mir", rief Leo.

Colt schmunzelte. „Ich bin genauso überrascht, euch hier zu sehen. Lilly vermietet das Haus normalerweise nicht."

„Das habe ich auch gehört. Doch sie hat eine Ausnahme gemacht, und es ist perfekt für uns."

„Wir wussten nicht einmal, dass Sie im Wald leben." Leo lachte, und die Freude in seinen Augen bohrte sich wie Nadeln in Colts Haut. „Ist das net der Hammer?"

„Leo", warnte Annie.

„Entschuldigung", sagte er und blickte zu Colt auf, als müsste er mit dreißig Hieben rechnen. „Ich soll nicht *der Hammer* sagen."

„Du sollst auch nicht *net* sagen", fügte Annie hinzu und zupfte sanft an seinem Ohr.

Er seufzte. „Und *kann ich nicht* auch nicht."

Sie lächelte und schickte einen warmen Sonnenstrahl durch Colt hindurch. Er breitete sich über ihm aus wie Wärme, die Eis schmelzen konnte, während sie ihn mit ihren blassgrauen Augen ansah, die im Morgenlicht wieder fast wie Lavendel aussahen. Als er ihren Blick erwiderte, fiel ihm auf, wie hübsch sie war. Er hatte es zuvor nicht bemerkt, und es erschreckte ihn, dass es ihm jetzt auffiel. Sie war schlicht gekleidet und strahlte Ruhe aus, Friedlichkeit. Es zog ihn zu ihr, und er konnte seine Augen nicht von ihr lassen.

Colt war von der Anziehung überrascht. Es fühlte sich gut an, genauso wie sein Lächeln und das Lachen, seit er über den Zaun gesprungen war. Doch es fühlte sich auch falsch an.

Als er spürte, dass der Sonnenschein, den sie in ihm geweckt hatte, in der Dunkelheit zu verschwinden drohte, kämpfte er darum, daran festzuhalten. Die ganze Zeit wusste er, dass er es nicht verdient hatte, diese Wärme und diese Zuneigung zu spüren.

Sein Blick ruhte auf ihr. Sie war dünn, doch heute passten ihre Jeans und Bluse besser zu ihr, und sie sah nicht so dürr aus, wie er vermutet hatte. Gestern war es ihm vorgekommen, als würde sie die schlechtsitzenden Kleider einer anderen Frau tragen. Doch nachdem er vom Verlust ihres Hauses gehört hatte, wurde ihm bewusst, dass dem tatsächlich so sein könnte, nachdem sie ihre Habseligkeiten im Feuer verloren hatte.

„Kann ich Sie irgendwann zu Hause besuchen?", fragte Leo und zupfte an seinem Ärmel.

„Mich zu Hause besuchen?" Colt wiederholte die Frage völlig überrascht.

„Ja, zu Hause. Kann ich kommen?"

Er wollte nicht, dass Leo zu seinem Haus kam. Doch als Colt das Strahlen des Kindes sah, spürte er prickelnde Wärme, auch wenn er nichts empfinden wollte. Wie wenn man durchfrorene Gliedmaßen wieder aufwärmte, krochen Gefühle durch ihn hindurch. „Nein ..." Der raue Klang seiner eigenen Stimme ließ Colt mitten im Wort innehalten. Er war gestern schon vor dem Kind davongelaufen, und er war nicht stolz darauf. Das Leuchten in Leos Augen zu sehen traf direkt in Colts eiskaltes Herz. Plötzlich wusste er, dass er dieses Leuchten nicht töten konnte, egal wie unwürdig er sich einer solchen Bewunderung fühlte.

KAPITEL VIER

„Leo, es ist nicht nett, sich zu jemandem nach Hause einzuladen", sagte Annie und versuchte, Leo abzulenken. Das Kind war hartnäckig – was für sie nichts Neues war. Sie kannte ihn seit sechs Jahren, und er war von Anfang an hartnäckig gewesen, damals, als er einen Monat zu früh auf die Welt gekommen war, nachdem er mehrere Wochen lang immer wieder versucht hatte, früher dem Mutterleib zu entkommen.

Obwohl sie sich nicht über Colts harschen Ton wundern sollte, tat sie es.

Vielleicht war sie ja verrückt, doch als sie gesehen hatte, wie er zu ihrer Rettung über den Stacheldrahtzaun gehechtet war, hatte Annie fast Trompeten gehört, die ankündigten, dass die Kavallerie gekommen war.

Als sie Colt jetzt ansah, konnte sie nicht klar denken. Vor wenigen Sekunden noch war sie so froh gewesen, ihn zu sehen, dass sie ihm leicht um den Hals hätte fallen können. Sogar küssen, so sehr war sie vor Erleichterung außer sich gewesen. Jetzt hatte er Glück, dass sie nicht ausholte und ihm in die Knie trat.

„Nein." Colt legte seine Hand auf ihren Arm. „Er kann kommen. Es tut mir leid. Es ist, naja … kompliziert."

„Im Ernst! Ich kann zu Ihnen nach Hause kommen?", rief Leo begeistert und gab Annie einen Moment Zeit, sich zu sammeln.

Einerseits war die Tatsache, dass Colt sich entschuldigte, eine gute Sache. Auf der anderen Seite hatte der Mann seine Hand auf ihren Arm gelegt, und elektrische Stöße schossen durch ihren Arm direkt in ihre Magengrube. Sein Blick war auch auf sie gerichtet, und das mit einer Intensität, die sie hätte umwerfen können, wenn sie nicht mit beiden Beinen fest im Leben gestanden hätte.

„Und ob", sagte er zu Leo.

Kompliziert hatte Colt gesagt – der Cowboy hatte keine Ahnung, *wie* kompliziert es war, und es wurde mit jedem Augenblick schlimmer.

Für Leo und auf die Tatsache hin, dass der Mann

sie gerade gerettet hatte, entspannte Annie sich und ließ es ihm durchgehen.

„Das würde ihn wahnsinnig freuen", sagte sie und zog ihren Arm weg.

Hastig nahm er seine Hand zurück, als hätte er nicht bemerkt, dass er sie berührt hatte. Sie konnte nicht darüber hinwegkommen, dass sie quasi Nachbarn waren. Wie um alles in der Welt war das passiert?

Trotzdem, von allen Häusern, die sie hätte mieten können … Das war keine göttliche Intervention, oder?

Sie stand mit Leo und seinem Vater auf einer Weide, und das war ein sehr seltsamer Zufall.

Colt starrte Leo mit seltsamem Ausdruck im Gesicht an. Die beiden unterhielten sich darüber, wo genau Colts Hütte war. Leos Hand war an seine Hüfte gewandert und sein linkes Bein ein wenig gebeugt. So stand er, wenn er sich unterhielt, seit er alt genug war, das zu tun. Er neigte seinen Kopf ein bisschen zur Seite und senkte sein Kinn.

Colt stand ganz genauso da.

Annies Herz begann zu hämmern. Colts Augen wanderten zu ihr und hielten ihren Blick fest, bevor er seine Aufmerksamkeit mit derselben Nachdenklichkeit wieder Leo zuwandte. Annies Hand ging dorthin, wo der Kragen ihrer Bluse wäre, aber sie vergaß, dass sie ein kragenloses Hemd trug. Stattdessen fuhr sie mit einem Finger in einer nervösen Bewegung über den Rand ihres Ausschnitts, die in keiner Weise dem schrillenden Alarm in ihrem Kopf gerecht wurde. Colt war sie nicht entgangen, die geradezu unheimliche Ähnlichkeit von Leos Haltung. Die, die sie Leos ganzes Leben lang gesehen hatte und von der sie bis jetzt nicht gewusst hatte, dass sie von den Genen seines Vaters stammten. Genen, die tief reichten, obwohl der Junge Colt bis gestern nie begegnet war.

Plötzlich sah Annie andere Dinge, die ihr noch nie aufgefallen waren. Dinge, die ein Foto nicht zeigte. Wie zum Beispiel, dass Colts Augen vor Intelligenz blitzten. Es war dieselbe Art, wie Leos Augen blitzten, wenn er etwas Neues lernte. „Danke, dass Sie zu unserer Rettung gekommen sind", platzte sie heraus und wollte, dass Colt wieder ging. Sie wollte nicht, dass er selbst darauf kam, bevor sie entschieden hatte, was sie tun wollte.

„Sind wir uns schonmal irgendwo begegnet?", fragte Colt. Seine Augen blitzten. Annie konnte praktisch sehen, wie er durch sein Gedächtnis blätterte und herauszufinden versuchte, warum Leo und sie ihm vertraut vorkamen. Sie wusste, dass sie und Jennifer sich ähnlich genug gewesen waren, dass man erkennen konnte, dass sie Schwestern waren. Doch Zwillinge waren sie beileibe nicht. Die Ähnlichkeit zwischen ihnen war wie die zwischen Colt und Leo. Annie und Jennifer hatten eine sehr ähnliche Mimik. Sie hatten die gleiche Stimme, und wenn sie lachten, war die Ähnlichkeit nicht zu leugnen. Nicht, dass Annie viel zu lachen gehabt hätte, seit sie hierhergekommen waren, doch sie fragte sich plötzlich, wie nahe Colt und Jennifer einander gestanden hatten. Würde er Jennifers Lachen erkennen, wenn Annie sich selbst vergaß und über etwas lachte?

„Nein. Ich glaube nicht." Sie zwang die Worte heraus.

Er verzog das Gesicht und hob kurz die Hand an sein Schlüsselbein.

„Sie sind verletzt." Annie wechselte das Thema. „Das Rennen und Springen über den Zaun kann nicht gut für Ihre Verletzung gewesen sein."

„Ich werd's überleben", presste er heraus, während er seinen gebeugten Ellbogen näher an seine Flanke drückte und den Riemen seiner Schlinge verstellte.

„Wir auch, dank Ihnen." Dankbarkeit erfüllte sie bis zum Überschäumen.

„Ihr kommt mir beide so vertraut vor", sagte er und wollte herausfinden, wer sie waren – vielleicht, um sich von dem Schmerz abzulenken, von dem sie annahm, dass er durch seinen gebrochenen Knochen stach.

„Ich habe Sie aber bis gestern net getroffen", sagte Leo. „Aber ich hab's gewollt."

Colt lächelte fast. „Klar. Vielleicht erinnert ihr mich nur an jemanden. Wie auch immer, ich bin froh, dass ihr in Sicherheit seid und dass ich eure Hilferufe gehört habe."

Annie wollte erleichtert aufatmen, als Colt das Thema wechselte.

Leo trat näher an Colt heran. „Ich werde nie vergessen, wie Sie über den Zaun gesprungen sind. Sie haben ausgesehen, als könnten Sie fliegen." Er streckte die Arme aus und tat, als flöge er.

Da lachte Colt und schockierte Annie damit. Er schien von seinem Lachen genauso überrascht zu sein wie sie. Gerade noch lachte er, und im nächsten Moment presste er seine Lippen aufeinander und räusperte sich. Es war, als wäre er eingerostet, was Lachen anging. Als ob er nicht lachen wollte.

„Ich denke, ich begleite euch besser zurück zu eurem Haus, und dann rufe ich Cort an und erzähle ihm, was passiert ist. Wir werden dafür sorgen, dass das Muttertier und das Kalb auf eine andere Weide gebracht werden, die weiter vom Haus entfernt ist. Ihr solltet einen Spaziergang machen können, ohne euch

Sorgen machen zu müssen, niedergetrampelt zu werden. Wenn Sie hier wohnen wollen, muss Leo in Sicherheit sein."

„Aw, ich kann lernen, eine Kuh zu erschrecken wie Sie." Leo strahlte seinen Helden an. Obwohl sie sich nicht wirklich ähnlich sahen, gab es unbestreitbare Parallelen zwischen Leos Gesichtsausdruck und dem von Colt. Ihre Nerven flatterten wie spröde Herbstblätter. Colt wandte seinen Blick von Leo zu ihr und dann wieder zurück zu Leo.

Er sieht mit jedem Moment, der verstreicht, mehr Ähnlichkeiten. Genau wie ich.

Annie wappnete sich für den Moment, in dem er wieder Fragen stellen würde.

„Sind Sie sicher, dass wir uns noch nie begegnet sind? Leo hat etwas an sich, das mir so vertraut vorkommt. Ich meine, ich habe auf den Rodeos natürlich eine Menge Kinder getroffen."

Die Uhr tickte. Sie war sich nicht sicher, wie lange es dauern würde, bis Colt bewusst wurde, dass das Kind ihn an sich selbst erinnerte. Darüber hinaus fragte sie sich, wer sonst die Ähnlichkeit bemerken würde. Im Moment konnte sie nichts dagegen tun, außer zu hoffen, dass die Ähnlichkeit nur für sie so offensichtlich schien, weil sie wusste, dass Colt Leos Vater war. Wenn das der Fall wäre, hätte sie vielleicht ein wenig Zeit, um sich über ihren nächsten Schritt klar zu werden, bevor alle anderen sahen, was für sie so augenfällig war. Alles, was sie jetzt tun konnte, war, sich zu verhalten, als hätte sie nichts zu verbergen.

Wie konnte man besser herausfinden, was für ein Mann Colt wirklich war, als wenn man in seiner Nähe lebte?

Bisher war ihre Ankunft in Mule Hollow nicht so gewesen, wie sie es erwartet hatte. Doch wenn Colt herausfand, warum sie wirklich hier war und welche Geheimnisse sie bewahrte, wie würde er reagieren?

Wie würden sich die bisher so netten Bürger von Mule Hollow verhalten?

Annie erkannte, warum die Tierklinik Hilfe brauchte. Als sie am nächsten Morgen auf die Bücher starrte, war sie beeindruckt davon, wie beschäftigt die kleine Klinik war. Susan Turners Klinik war die einzige innerhalb eines Sechzig-Meilen-Radius' und hatte viele Patienten. Besonders, wenn man bedachte, dass Mule Hollow von Ranches umgeben war, von denen viele ziemlich große Betriebe waren. Das Repertoire an Behandlungen war schier endlos. Das Volumen von Nutz- und Haustieren ließ Susan und Gabi wenig Zeit, um mit dem Papierkram Schritt zu halten.

Doch Papierkram war Annies Spezialität.

„Also, was denkst du?“, fragte Susan, nachdem sie die Bücher und den Terminkalender durchgesehen hatten. „Glaubst du, du kannst uns helfen?“

„Das kann ich“, nickte Annie zuversichtlich. Susan war eine große, schlanke Blondine, die eher wie ein Model als wie eine Tierärztin aussah. Sie hatte ihr langes blondes Haar zu einem dicken Pferdeschwanz zurückgebunden, der eher glamourös als praktisch wirkte. Es war offensichtlich, dass sie eine ausgezeichnete Landtierärztin war, auch wenn sie wirklich nicht so aussah.

Gabi hingegen hatte ein rosiges Gesicht, dunkle Haare und eine Athletik in ihren Bewegungen, die zu ihrer Berufswahl passte. Ihre energetische Begeisterung war offensichtlich, und für Annie bestand kein Zweifel, dass sie die Beste in dem war, was sie tat. „Es ist offensichtlich, dass ihr beide ein großartiges System habt. Ich will nicht angeben, aber ich kann euch versprechen, dass ich damit umgehen und sogar dazu beitragen kann, ein paar Verfahren in der Buchhaltung zu rationalisieren.“

Susan lächelte. „Wenn du das schaffst, stehe ich für immer in deiner Schuld!“

Annie mochte beide Frauen sofort. Sie hörte zu und beobachtete, wie die beiden Frauen kommunizierten und miteinander umgingen, und bemerkte, dass hier gegenseitiger Respekt und Freundschaft herrschten. Sie hoffte, dass sie vielleicht im Laufe der Zeit da hineinwachsen könnte. Sogar jetzt, an ihrem ersten Morgen, fühlte sie sich willkommen, und wenn sie ihr die Chance gaben, wusste sie, dass sie der Klinik helfen konnte.

Sie war so dankbar für diesen Job inmitten der stressigen Situation, deretwegen sie hier war. Ein Job, der ihr Spaß machte, war eine wunderbare Sache. Sie ignorierte die Schuldgefühle, die unter jedem Atemzug wie eine Unterströmung brodelten.

„Also, jetzt, wo wir das alles besprochen haben ..." Susan lehnte sich an die Theke. Sie hielt eine Flasche Wasser in ihren Händen und spielte mit dem Verschluss. „Gabi sagt mir, dass du und Leo große Fans von Colt seid."

„Leo, ja." Die Unterströmung verwandelte sich in eine Flut, das unbeschwerte Gefühl von vor ein paar Sekunden war verschwunden. „Ich meine, weißt du, Leo liebt Bullenreiten." Gabi schenkte sich eine Tasse Kaffee vom Sideboard ein. „Wenn du kein Fan bist, von wem hat er es dann?"

Annie wusste, dass sie Jennifer nicht lange verheimlichen konnte. Jeder wusste, dass Leo ihr Neffe war, also hatte es offensichtlich eine Schwester gegeben. „Von meiner Schwester, Leos Mutter. Sie war ein großer Rodeofan. Sie ist letztes Jahr gestorben." Gabi und Susan sprachen ihr beide ihr Beileid aus. „Danke. Es hat kein Rodeo gegeben, das Jennifer nicht gefallen hat." Sie fügte nicht hinzu, dass sie auch nie einen Cowboy gefunden zu haben schien, den sie nicht mochte. Bis heute konnte Annie das Verhalten ihrer Schwester nicht verstehen.

„Dann ist Leo seit letztem Jahr bei dir?", fragte Susan.

„Ich habe schon seit seiner Geburt geholfen, ihn großzuziehen. Meine Schwester ist bei mir eingezogen, damit ich helfen konnte. Er ist für mich wie mein eigener Sohn."

„Es tut mir so leid, dass er seine Mutter verloren hat. Gott sei Dank hat er dich."

„Ich weiß, das klingt neugierig", sagte Gabi. „Aber was ist mit seinem Vater? Ist er…?"

Annie hatte das Gefühl, als würden die Zahnräder in ihrer Brust abrupt zum Stillstand kommen. Es war nicht so, als hätte sie diese Frage nicht erwartet. Sie hatte sie schon oft beantwortet. Doch hier in der Nähe von Colt zu sein veränderte die Situation. „Er ist nie Teil von Leos Leben gewesen."

Susans und Gabis Blicke begegneten sich, als die Spannung im Raum anstieg. Annie sah schnell weg und versuchte, sich wieder einzureden, dass sie nur paranoid war. Gabi hatte Leo am Tag zuvor nur kurz getroffen. Zu denken, dass sie das Puzzle zusammengesetzt hatte, wo sie nicht einmal wusste, dass es eines gab, war einfach verrückt. Sie musste ihre Gedanken in den Griff bekommen, und zwar bald.

Seit er Annie und Leo auf der Weide begegnet war, hatte Colt sich den Kopf zerbrochen, um zu ergründen, an wen Annie ihn erinnerte. Beide eigentlich, da Leo etwas noch Vertrauteres an sich hatte als Annie. Doch er kam einfach nicht drauf. Nicht, dass sein Gedächtnis das gewesen wäre, was es früher war. Seit dem Unfall hatte er Erinnerungslücken.

Er war unruhig und wünschte, er könnte seinen Arm benutzen. Er spielte mit dem Gedanken, nachzusehen, ob seine neuen Nachbarn zu Hause waren. Der Gedanke traf ihn wie der Tritt eines buckelnden Broncos in die Brust. Die Wahrheit war, dass er einfach nicht mehr herumsitzen konnte. Doch er würde Annie nicht besuchen. Er hatte sich eingestanden, dass er sich von ihr angezogen fühlte, und war erschrocken darüber, weil sich sein Herz kalt und hart wie Stahl anfühlte. Das Letzte, was er wollte, war, der Versuchung zu erliegen, sich irgendeine Art von Vergnügen zu gönnen. Das war einfach nicht richtig.

Doch sie schlich sich immer wieder in seinen Kopf, ohne dass er es merkte.

Er brauchte etwas, was ihn von den Gedanken an den Unfall und seine neuen Nachbarn ablenkte, darum entschloss er sich, zum Büro der Ranch zu fahren. Er wollte gerade in seinen Truck steigen, als er jemanden seinen Namen rufen hörte.

Es war Leo.

Der kleine Junge in Blue Jeans, T-Shirt und Stiefeln kam zwischen den Bäumen hervor, das Lasso, das Colt ihm geschenkt hatte, fest in der Hand. Als er Colt sah, leuchteten seine Augen auf, und er fing an zu rennen.

„Colt!"

Annie war nirgends zu sehen, als Leo vor ihm stehen blieb. „Hey Colt. Ich bin gekommen, um Sie zu besuchen", erklärte er, als wäre er nicht einfach über eine Weide und durch den kleinen Wald gekommen.

„Das sehe ich. Du siehst aus, als wärst du hier, um zu lernen, wie man mit dem Lasso umgeht."

„Das bin ich. Ich habe mein Seil und alles gebracht."

Colt warf einen Blick zurück in den Wald. Annie war nirgends zu sehen.

„Kommt deine Tante noch?"

Leo kickte mit der Spitze seines kleinen Stiefels gegen einen Stein, und ließ seine Schultern hängen. „Sie war beschäftigt."

„Beschäftigt?" Würde sie wirklich das Kind allein über die Weide laufen lassen und dann durch die Bäume, um nach Colts Hütte zu suchen? Er kannte Annie nicht lange, doch er wusste, dass das nicht richtig klang. Colt bückte sich auf Leos Augenhöhe. „Kleiner Kumpel, weiß deine Tante, dass du hier bist?"

Leo zuckte die Achseln und wich seinem Blick aus. „Sie weiß, dass ich nach draußen gegangen bin, um zu spielen."

Die arme Frau würde durchdrehen, wenn sie bemerkte, dass Leo weg war. Er musste eine Weile gebraucht haben, die Entfernung zwischen den Häusern zurückzulegen, daher war er sich ziemlich sicher, dass sie bereits nach ihm suchte.

„Komm, wir bringen dich besser nach Hause."

„Och, müssen wir? Ich wollte Sie besuchen kommen."

„Und es freut mich, dass du es getan hast. Aber von jetzt an musst du deiner Tante sagen, was du tust, weil sie sich sonst Sorgen um dich macht. Es ist wahrscheinlich keine gute Idee, den ganzen Weg hierher alleine zu gehen."

„Denken Sie, Tante Annie wird böse sein?“

Colt lächelte den Jungen an, bevor er es verhindern konnte, und zerzauste Leos blondes Haar. „Vielleicht. Aber komm ... ich stelle mich ihr mit dir. Wenn ein Mann sich eine Suppe einbrockt, muss er sie auch auslöffeln.“

Leo sah ihn seltsam an. „Ich glaube nicht, dass ich Suppe essen muss.“

Colt lachte. „Wahrscheinlich nicht. Aber wir müssen trotzdem zurück.“

* * *

„Leo!“ Annie ließ den Blick über die Weide schweifen, während sie joggte, in der Hoffnung, ihn zu finden. Doch er war nirgendwo. Sie hatte ein paar ihrer Sachen in den Schlafzimmern ausgepackt, während Leo auf dem Hof mit seinem Lasso gespielt hatte. Als sie zwanzig Minuten später nach ihm gesehen hatte, war er verschwunden.

„Leo!“, rief sie wieder. Sie blieb stehen, um zu Atem zu kommen, und sah sich um. Er war weder in der Scheune noch im Vorgarten gewesen. Er hatte nicht geantwortet, als sie immer wieder seinen Namen gerufen hatte. Und dann hatte sie an Colt gedacht. Leo hatte sie auf dem Heimweg von der Kindertagesstätte gefragt, ob er zu Colt gehen könne, und sie hatte ihm gesagt, dass heute kein guter Tag dafür war.

Bitte lass ihn okay sein. Bitte.

Sie ging weiter und gerade den kleinen Hügel hinauf, als sie sie entdeckte. Colt und Leo gingen nebeneinander über die Weide. *Sie haben den gleichen Gang.* Der Gedanke kam ihr in den Sinn, doch sie war zu überwältigt von der Erleichterung, als dass sie länger darüber nachdenken wollte. Nach Luft schnappend eilte Annie auf sie zu.

„Leo! Honey, du hast mir Angst gemacht", schimpfte sie, obwohl sie so erleichtert war, dass es ein Wunder war, dass sie überhaupt sprechen konnte. Sie nahm ihn in ihre Arme und drückte ihn an sich. „Bitte lauf nicht nochmal so weg. Bitte."

„Tut mir leid", sagte er und wand sich, als sie ihn wieder auf den Boden setzte. „Ich wollte nur Colt besuchen."

„Ich habe ihn zurückgebracht, sobald mir bewusst geworden ist, dass er allein gekommen ist."

Colts leise Worte beruhigten sie, und der Schrecken, der sie gepackt hatte, ließ nach. Sie versuchte, ihre Überreaktion zu verdrängen. „Danke. Ich fühle mich furchtbar. Ich habe ausgepackt, und er war mit seinem Lasso im Hof. Ich habe erst nach zwanzig Minuten nach ihm gesehen, darum wusste ich nicht, wie lange er schon weg war. Und dann habe ich zuerst in der Scheune und in der Umgebung des Hauses gesucht", stammelte sie und konnte den Wortschwall nicht aufhalten.

„Er ist okay. Ich glaube nicht, dass er sowas nochmal tun wird. Nicht wahr, Kumpel?"

Leo schüttelte den Kopf. „Colt hat mir gesagt, dass du dir meinetwegen Sorgen gemacht hast."

„Ich weiß, dass du es nicht absichtlich getan hast." Sie kämpfte darum, den Zwischenfall zu vergessen, als sie seine Haare aus der Stirn strich. „Ich bin nur froh, dass du dich nicht mit einer Kuh angelegt hast."

Colt zog die Brauen hoch und nickte zustimmend.

„Ich war ganz vorsichtig. Ich bin ganz tief gebückt gegangen." Leo beugte sich vor und demonstrierte, wie er über die Weide gekrochen war. Als er zu einem Büschel hohen Bitterkrauts kam, ging er in die Hocke, sah sich um und grinste sie dann an. „Siehst du, ich war ganz vorsichtig und habe nach gemeinen alten Färsen Ausschau gehalten, wie ihr alle es mir gesagt habt."

Colt und Annie lachten.

Dann ging Leo weiter nach Hause, schlich sich weiter über die Weide zurück und genoss offensichtlich sein Spiel. Annie und Colt beobachteten ihn und folgten ihm langsam.

„Sind Sie okay? Sie schienen ... wirklich besorgt zu sein.“

Verunsichert wünschte sie sich, sie hätte ihre Angst nicht gezeigt. „Es geht mir gut. Ich habe mir nur Sorgen gemacht, als er einfach so verschwunden ist.“

Einen Moment lang sagte er nichts, ging einfach neben ihr her, während sie Leo in Sichtweite behielten. „Also, habt ihr euch häuslich eingerichtet?“, fragte er und vergrub seine Hände in den Hosentaschen.

Annie nickte und freute sich über einen Themenwechsel. „Ja schon. Wir hatten ja nicht viel auszupacken.“

„Also habt ihr alles verloren?“

„Außer einander.“ Annie begegnete seinem fragenden Blick. „Das Feuer war furchtbar. Ich bin dankbar, dass Leo nichts passiert ist. Wenn ich ihn verloren hätte ... oder er mich ...“ Ein Kloß wuchs in ihrem Hals. „Das wäre eine Tragödie gewesen.“ Bei dem Gedanken raste ihr Herz.

Jedes Mal, wenn sie an diesen schrecklichen Tag dachte, besonders in den Momenten, in denen sie geglaubt hatte, dass sie sterben würde, ohne zu wissen, was mit Leo war, musste sie um Fassung ringen. Sie zwang sich, daran zu denken, dass es für beide gut ausgegangen war und lächelte. „Zum Glück haben wir uns, und wir sind hier in dieses hübsche kleine

Örtchen, in dieses süße, malerische Haus gezogen, in das ich mich total verliebt habe. Ich habe das Gefühl, am Drehort der *Waltons* zu leben, wenn ich in der Küche bin."

Colt blieb stehen. „Dann wart ihr zu Hause, als das Feuer ausgebrochen ist?"

„Ich war zu Hause. Leo hat in der Stadt bei einem Freund übernachtet, weil wir wussten, dass sich unsere Gegend in einer Gefahrenzone befindet. Als das Feuer kam, ging alles so schnell…" Sie hielt inne und erinnerte sich. Sie rieb sich die Arme, als Colt sie mit eindringlichem Blick beobachtete. „Es ist unglaublich, wie blitzschnell sich das Leben verändern kann", fügte sie hinzu. Obwohl sie das Thema lieber gewechselt hätte, schien etwas in seiner Miene, in seinen Augen, die Worte aus ihr herauszuziehen.

„Ja, das ist es." Er holte tief Luft und beobachtete Leo, der den Hof erreicht hatte und erfolglos versuchte, einen Eimer, den er aufgestellt hatte, mit dem Lasso einzufangen.

Annie war traurig. Unter all den anderen Dingen, die sie bei ihrer ersten Begegnung in ihm gesehen zu haben glaubte, hatte sie etwas bemerkt, das sie für Traurigkeit hielt. Sie hatte es der Tatsache zugeschrieben, dass seine Verletzung ihn aus dem Wettbewerb um die nationale Meisterschaft gerissen haben musste. Jetzt war sie sich nicht mehr so sicher.

„Haben Sie schon was gegessen?", fragte sie spontan. Immerhin war sie hier, um herauszufinden, wer Colt Holden war. Was gab es da Besseres, als mit ihm zu essen? „Leo wäre begeistert, wenn Sie mit ihm zu Abend essen würden. Ich habe genug gekocht."

„Ich habe noch nicht gegessen, aber..."

„Bitte essen Sie mit uns. Es ist das Mindeste, was ich tun kann, nachdem Sie an zwei Tagen in Folge den Retter gespielt haben. Ich verspreche Ihnen, dass es nicht zur Gewohnheit wird." Als ob sie das in Leos Fall versprechen konnte! Was dachte sie nur? *Du denkst darüber nach, diesen Mann wieder zum Lachen zu bringen, und du weißt es.*

Er hatte ein schönes, rostiges Lachen und schien jedes Mal selbst überrascht zu sein, wenn es den streng bewachten Mauern entfleuchte, die ihn umgaben.

Er runzelte die Stirn über nachdenklichen Augen, die zu Leo zurückschossen. Leo spürte ihre Blicke, sah auf und winkte.

„Können Sie es mir zeigen? Bitte, bitte." Seine kleine Stimme war voller Begeisterung.

Annie hielt den Atem an.

„Ich muss...", begann Colt, und Annie war sich sicher, dass er sagen würde *ich muss gehen*. Doch er biss die Zähne zusammen und schluckte. Wenn sie nicht schon bemerkt hatte, dass etwas in Colts Leben nicht stimmte, war es jetzt sehr klar.

„Bitte", sagte sie und berührte seinen Arm. Seine gequälten Augen waren unergründlich, als er sie ihr zuwandte. Was war diesem Mann zugestoßen? Er blinzelte, und die Qual wich einer ausdruckslosen Miene, die sie schon zuvor gesehen hatte. „Ich weiß nicht, was Sie belastet", platzte es heraus. „Aber ich denke, ein bisschen Gesellschaft könnte helfen. Bitte bleiben Sie."

KAPITEL FÜNF

Colt konnte Annies Einladung nicht ablehnen. Oh, er hatte es versucht. Sie war jedoch hartnäckig und trotz der Schuldgefühle, die in ihm gewütet hatten, als sie ihn berührt und er sie angesehen hatte, konnte er sich nicht umdrehen und die Flucht ergreifen. Konnte sich nicht losreißen, obwohl er es versucht hatte.

„Großartig!" Ein warmes Lächeln breitete sich auf ihrem Gesicht aus und tanzte um ihre Augenwinkel. Sofort ging sie zum Haus, wahrscheinlich aus Angst, dass er es sich anders überlegen würde. „Nicht, dass ich etwas Besonderes zu bieten habe. Aber mit Leo kann ich immer eine amüsante, unterhaltsame Gesellschaft versprechen. " Sie lächelte ihn an. „Dieses Kind kann jeden Tag aufhellen."

Colt holte tief Luft. Sie hatte keine Ahnung, dass es der Überschwang und die Lebendigkeit des kleinen

Kerls war, die sein momentanes Unwohlsein auslösten. Er verdrängte den Gedanken. Er musste sich irgendwie zusammenreißen. Dass Annie und Leo direkt neben ihm lebten, würde ihm vielleicht helfen, sich aus dem Loch zu graben, in dem er sich befand.

Und dafür war er dankbar.

Durch das Küchenfenster beobachtete Annie, wie Colt Leo zeigte, wie man das Lasso hielt und es dann warf. Immer wieder verfehlte es sein Ziel, und immer wieder zeigte Colt ihm geduldig, wie man es richtig machte. Annie sollte den Tisch decken und das Abendessen bestehend aus Makkaroni mit Käse und Hackfleisch auf den Tisch stellen, doch sie wurde zum Fenster gezogen, um sie zu beobachten. Es war einfach nicht zu leugnen, dass Colt sie faszinierte.

Die kleine Stimme in ihrem Kopf sagte ihr immer wieder, dass er auch großartig aussah – doch sie ignorierte das. Colt hockte vor Leo und erklärte, wie er seine Hand halten sollte, während er das Seil hielt, und ihr fiel erneut auf, wie ähnlich Leos Bewegungen waren, als er die Art und Weise kopierte, wie sein Vater seine Hand hielt. Annie war so fasziniert, dass es eine Minute dauerte, bis ihr klar wurde, dass es verbrannt roch und dass sich der Raum mit Rauch gefüllt hatte.

„Oh du meine Güte!", keuchte sie und eilte zum Herd, wo die Pfanne mit dem Abendessen schwelte. „Nein!" Sie schnappte einen Topflappen und packte den Griff der Pfanne –

„Tante Annie, was machst du da?"

Annie wirbelte herum und hielt die Pfanne mit dem rauchenden Inhalt in der Hand. „Ich ... ich bin ..." Bevor sie mehr sagen konnte, durchquerte Colt den Raum und stellte den Gasherd aus.

„Vielleicht sollten Sie das jetzt wieder abstellen", sagte er gedehnt.

Annie wünschte, die Erde würde sie verschlingen und sie vor dieser furchtbaren Verlegenheit retten. Doch den Gefallen tat sie ihr nicht.

„Iihhh, das stinkt", sagte Leo und rümpfte die Nase. „Müssen wir das essen?"

Colt sagte nichts, doch sie wusste, was er wahrscheinlich dachte – dass er sie schon wieder retten musste, nachdem sie ihm gesagt hatte, dass das nicht nötig war. Was in aller Welt musste dieser Mann über sie denken?

„Ich habe mich noch nicht an den elektrischen Gasherd gewöhnt", sagte sie wahrheitsgemäß. „Die Hitze ist immer entweder zu hoch oder zu niedrig."

„Ich verstehe das. Ich habe auch einen Gasherd. Diese elektrischen, die einem abgesehen vom

Trocknen und Falten der Wäsche, sagen, wie man alles zu tun oder zu lassen hat, machen mich verrückt."

Annie kicherte und fühlte sich weniger verlegen. Sie fühlte sich nicht mehr wie sie selbst, seit sie nach Mule Hollow gekommen war. Und der Grund stand gerade in ihrer Küche.

„Also, jetzt, wo du das Abendessen verbrannt hast, was sollen wir jetzt essen?", fragte Leo und sah sie an, als ob die ganze Welt von dieser Mahlzeit abhinge.

Annie stöhnte übertrieben. „Dein Appetit wächst schneller als du. Mach dir keine Sorgen, Süßer, du bekommst was zu essen."

Colt schmunzelte ihn an. „Wie wäre es mit einem von Colt Holdens berühmten Omeletts?"

„Oh ja!", rief Leo begeistert. „Das lehne ich bestimmt nicht ab."

Sie war erschrocken über Colts Angebot, und ihr Herz zog sich angesichts der Art, wie er Leo anlächelte, zusammen. Vielleicht würde alles gut werden. Eine Welle der Freude durchlief sie. Aber dann ... hatte sie überhaupt die Zutaten für ein Omelett? Bitte, bitte lass es so sein.

„Noch besser, würdest du mir helfen, mein weltberühmtes Omelett zu machen?"

Dafür bekam er ein begeistertes Nicken von Leo.

„Haben Sie Eier da?", fragte Colt.

Annie ging zum Kühlschrank und machte sich Sorgen darüber, wie viele sie hatte, als sie die Tür öffnete und die Packung herausholte. Sie zuckte zusammen. „Ich habe nur vier da."

Colt sah von ihr zu Leo. „Also, wie wäre es damit? Ich habe eine Menge Eier bei mir zu Hause. Wie wäre es, wenn ihr mit mir zur Grundstücksgrenze fahrt, dann gehen wir rüber in meine Hütte und essen dort zu Abend?"

Annie spürte ein seltsames Zittern in ihrem Bauch. Wer war dieser Typ? Er war definitiv nicht derselbe Typ, dem sie gestern Morgen begegnet waren.

„Können wir, Tante Annie? Bitte."

Sie konnte das auf keinen Fall ablehnen, denn es gab keinen Grund dafür. Sie war hierhergekommen, um Colt Holden kennenzulernen, und ihr Weg dorthin war durch außergewöhnliche Umstände geebnet worden, für die sie dankbar war.

Trotzdem würde sie nicht nach nur zwei Tagen eine Entscheidung fällen. „Wir kommen gerne, aber nur, wenn Sie sich sicher sind, dass wir Ihnen nicht zur Last fallen."

Er zögerte einen kurzen Moment, und ein Schatten huschte über sein Gesicht. „Ich bin sicher."

Annies Innerstes zitterte. Bis zu seinem Haus sagte sie sich, dass diese Anziehungskraft verständlich war. Der Mann war umwerfend, und er war nett zu Leo.

Leo. Sie musste sich daran erinnern, dass es hier um Leo ging. Zu Colt zu gehen war eine gute Gelegenheit für sie, Leos Vater in seinem eigenen Haus zu erleben. Was wäre besser als das? Mit der ständigen Angst im Nacken, dass jemand bemerkte, wie ähnlich Colt und Leo einander waren, war sie dankbar, dass sich alles so schnell entwickelte.

Denn sonst hätte sie nicht gewusst, was sie tun sollte.

„Jetzt zu meinen geheimen Zutaten." Colt reichte Leo einen grünen Behälter, auf dem *Tony Chachere Gewürzmischung* stand. Annie hatte das kreolische Gewürz das eine oder andere Mal im Laden gesehen, es aber nie benutzt. „Das ist ein bisschen scharf, aber du wirst es mögen. Da kommt eine ordentliche Prise von rein." Er deutete auf die Schüssel mit Eiern und Milch. Leo blickte mit großen, strahlenden Augen zu ihm auf.

„Wird gemacht." Leo nahm die Dose mit der Mischung, stellte sie auf den Kopf und schüttelte sie, als wollte er sie ganz ausleeren.

Colt verzog das Gesicht. „Okay, okay – das sollte reichen."

Als Leo die Dose mit dem Gewürz aus Louisiana weiter schüttelte, nahm Colt sie ihm lachend aus der Hand. Er hatte nicht mit einer so enthusiastischen Reaktion gerechnet. Er begegnete Annies funkelndem Blick auf der anderen Seite der Küche. Sie saß an der kleinen Frühstücksbar, die als Esstisch in der kleinen Hütte mit nur zwei Zimmern diente. Sie hatte angeboten zu helfen, doch in seiner Küche war nicht viel Platz. Also saß sie stattdessen da und sah zu.

Er war sich nicht sicher, was er tat. Warum hatte er sie hierher eingeladen? Was war in ihn gefahren, als er gesagt hatte, er würde zum Abendessen bleiben? Er hatte nicht erwartet, wie leicht ihm das Angebot, Omeletts zuzubereiten, über die Lippen gegangen war. Leo anzusehen ließ seinen Magen Salti schlagen, weil er ihn an den kleinen Jungen erinnerte, der wegen Colt sein Leben verloren hatte, doch er konnte nicht ignorieren, dass Leo ihn interessierte. Etwas an dem kleinen Jungen konnte er einfach nicht ignorieren. Die Tatsache, dass sein Herz in Leos – und auch in Annies – Gegenwart leichter zu sein schien, ließ seine Schuldgefühle schwerer wiegen. Er würde sich damit befassen müssen, weil er auf keinen Fall nein zu diesem Kind sagen konnte. Auf keinen Fall konnte er das Kind wegstoßen, wie er es bei ihrem ersten Treffen getan hatte, als er ihm das Lasso gegeben hatte und dann weggefahren war.

Colt war noch nie jemand gewesen, der Kinder verletzt hätte. Er hatte in seiner eigenen Kindheit genug gelitten, als Junge, der wusste, dass seine Eltern sich nicht um ihn scherten. Auf keinen Fall konnte er einem Kind Leid bereiten. Als Bullenreiterchampion hatte er immer Kinder um sich und hielt es für ein Privileg, ihnen ein bisschen Zeit zu schenken. Wenn Leo etwas Zeit zu schenken bedeutete, Schuldgefühle und Bauchschmerzen zu haben, dann sollte es so sein. Colt musste es einfach wie ein Mann nehmen.

Doch im Moment hatte er Omeletts zu kochen. Und auf keinen Fall würde er das Abendessen anbrennen lassen.

„Gießen wir das alles jetzt in die Pfanne?"

Leos Frage brachte Colt wieder auf Kurs. „Ja, genau. Wir haben unseren Schinken und Käse und unsere anderen Zutaten drin–"

„Und unsere Geheimzutat!", fügte Leo hinzu.

„Und wie wir die da drin haben! Jetzt ist unsere Pfanne heiß, und los geht's." Leo sah aufmerksam zu, wie Colt einen Teil der Mischung in die Pfanne goss.

„Ihr Jungs seht aus, als könntet ihr eure eigene Kochshow haben", sagte Annie.

Endlich sagte sie etwas. Sie war still gewesen und hatte ihn und Leo beim Kochen beobachtet. Es war fast so, als wollte sie den Spaß, den die beiden hatten, nicht stören, denn seine Versuche, sie in das Gespräch einzubeziehen, hatten sie nicht zum Reden gebracht.

Er sah sie an. „*Colt und Leos Cowboyküche* klingt gut für mich."

„Für mich auch", sagte Leo. Und Annie stimmte zu, ein strahlendes Lächeln im Gesicht.

Die Omeletts waren großartig, das musste er sich lassen. Doch das war natürlich, denn er lebte mehr oder weniger regelmäßig davon. Obwohl in seinem Gefrierschrank Essen war — Aufläufe, die seine Mutter und die lieben alten Damen von Mule Hollow nach dem Unfall gebracht hatten —, hatte er nie den Wunsch verspürt, sie aufzuwärmen.

Er hatte keinen großen Appetit gehabt und Omeletts hatten ihm gereicht.

Als das Essen fertig war, holte er die Omeletts aus dem Ofen, in dem er sie warmgehalten hatte, während er und Leo alle drei fertig gebraten hatten. Er stellte sie auf die Bar und nahm auf einem Hocker gegenüber von Annie Platz. Leo setzte sich neben ihn.

„Das wird großartig", schwärmte Leo begeistert.

„Ich hoffe, sie schmecken euch", sagte Colt. „Wenn nicht, gibt es immer noch Sam's Diner."

„Ich bin mir sicher, sie sind ganz köstlich", versicherte Annie ihm.

Etwas in ihrer Stimme zog seinen Blick an, und er

hätte schwören können, dass ihre Augen nicht vor Glück, sondern vor Tränen funkelten. Sie blinzelte, und was er für Tränen gehalten hatte, verschwand.

Als sie aufgegessen hatten, bestand sie darauf, sich um den Abwasch zu kümmern. Er und Leo gingen nach draußen und bauten seinen alten Lassodummy auf. Ein Stierkopf mit einem Körper, bestehend aus einer Metallstange mit kleinen daran befestigten hölzernen Beinchen. Als Kind hatte er das Lassowerfen an Old T-Bone geübt.

„Ich wusste nicht, dass du auch Lassowerfen kannst", sagte Leo, als er zum zehnten oder fünfzehnten Mal sein Seil wieder einholte. Der Junge war hartnäckig und zäh. Beides großartige Eigenschaften für einen Mann.

„Ich habe mit beidem angefangen. Dann habe ich mich auf das Bullenreiten konzentriert, weil es meine Leidenschaft war."

Annie kam dann auf die Veranda, setzte sich auf die Stufen und beobachtete sie. Sie hatte ihr Kinn in die Handfläche gestützt, den Ellbogen auf dem Knie. „Das erklärt es also. Ich habe mich auch nie ganz mit dem Lassowerfen anfreunden können. Ich dachte nur, dass alle Cowboys in jungen Jahren Lassowerfen lernen müssen." Sie lächelte. „Als Grundausbildung oder so."

„In gewisser Weise stimmt das auch. Nur sind manche einfach besser als andere."

„Ich werde ein Meister. Und das Gleiche gilt für Bullenreiten", erklärte Leo und warf sein Seil erneut. Es traf ein Horn des Stierkopfes, und er freute sich, als hätte er den Dummy mit dem Lasso eingefangen. „Ich habe ihn getroffen!"

Annie lachte begeistert. Ihr Lachen kitzelte etwas tief in der Mitte von Colts Brust. „Gut gemacht, Cowboy", lobte Colt aufgeregt. „Probier's gleich nochmal und schau, was passiert."

Leo biss sich auf die Zungenspitze, als er sich konzentrierte, zog sein Seil zurück und hielt seine Hände genau so, wie Colt es ihm gezeigt hatte. Colt fand es ziemlich amüsant, dass er selbst die Angewohnheit hatte, sich auf die Zungenspitze zu beißen, wenn er sich konzentrierte. Er musste Leo später warnen, vorsichtig zu sein, was das anging. Er hatte auf die harte Tour gelernt, dass, wenn man im Sattel saß und vor lauter Konzentration die Zunge zwischen den Zähnen hielt, man leicht hart zubeißen konnte, wenn ein Pferd eine unerwartete Bewegung machte. Er hatte sich ein paarmal die Zunge blutig gebissen, bis er gelernt hatte, es nicht mehr zu tun. Trotzdem war es niedlich zu sehen, wie konzentriert der kleine Kerl an seiner Aufgabe arbeitete.

Als er die Schlaufe fliegen ließ, hielt Colt den Atem an, und als sie über eines der Hörner segelte und hängenblieb, stieß er gleichzeitig mit Annie einen Schrei aus. Leo jedoch war sprachlos. Er stand nur mit offenem Mund da und starrte den Dummy an.

„Ich hab's geschafft", sagte er schließlich voller Ehrfurcht. „Schaut euch das an – ich hab's geschafft!", schrie er schließlich und drehte sich zu Colt um. Er schlang seine Arme um Colts Knie und sprang auf und ab. „Ich hab's geschafft! Ich hab's geschafft!"

„Ja, kleiner Cowboy, das hast du." Er streckte seine Hand aus, und Leo gab ihm ein High Five.

Stolz breitete sich in Colts Brust aus, und er erinnerte sich an das erste Mal, als er das Horn gefangen hatte. Es war Kurt gewesen, der ihm damals ein High Five gegeben hatte. Sein älterer Bruder war immer für ihn da gewesen. Colt war immer dankbar für seine beiden Brüder gewesen. Solange er sich erinnern konnte, war Kurt derjenige gewesen, zu dem er gegangen war, wenn er irgendwas gebraucht hatte. Sein Vater war Alkoholiker gewesen, und Colt hatte schon früh gelernt, ihm aus dem Weg zu gehen. Und seine Mutter, ja, sie schien nie für sie dagewesen zu sein. Und als er acht Jahre alt war, war sie gegangen. Colt riss seine Gedanken von der Vergangenheit los und konzentrierte sich auf den strahlenden kleinen Jungen. Etwas an dem Kind erinnerte ihn an seine eigene Kindheit. Vielleicht war es nur die Tatsache, dass er keine Mutter und keinen Vater hatte und nur seine Tante Annie, auf die er sich verlassen konnte. Ihre Vergangenheit war sich so in gewisser Weise ähnlich.

Als er Annie ansah, hatte sie besorgt die Stirn gerunzelt, während sie ihn und Leo beobachtete. Auf ihren Schultern lastete viel. Sie machte sich wahrscheinlich große Sorgen um Leo und wegen der Verantwortung, ihn allein großzuziehen.

Sie stand abrupt auf und erschreckte Colt damit. „Danke für den schönen Abend", sagte sie. „Aber wir sollten besser nach Hause. Es wird bald dunkel."

„Aw, aber Tante Annie, ich habe gerade erst angefangen."

„Leo, es ist Zeit. Sag danke zu Colt, dass er dir geholfen hat."

Obwohl seine Augen voller Enttäuschung waren, gehorchte er seiner Tante. „Ja, Ma'am", sagte er ohne Begeisterung. „Vielen Dank, Colt. Ich hatte den schönsten Abend meines ganzen Lebens."

Colt lachte, obwohl er wusste, dass ihr irgendetwas über die Leber gelaufen sein musste, dass sie so plötzlich gehen wollte. Er begleitete sie durch den Wald, und es entging ihm nicht, dass es Leo war, der am meisten sprach. Als er zum Abschied winkte und sie einen Moment später wegfahren sah, war er sich sicher, dass Annie irgendetwas eingefallen war.

Was konnte es sein?

Was hatte sie veranlasst, so abrupt zu gehen?

KAPITEL SECHS

„Er ist so ziemlich das Süßeste, was ich je gesehen habe", sagte Norma Sue am Sonntag nach dem Gottesdienst.

Annie stand mit einer Gruppe von Frauen hinter der Kirche. Sie sahen zu, wie Leo mit ein paar anderen Kinder spielte, und er rannte zu ihnen und erzählte allen, dass sie mit Colt zu Abend gegessen hatten. Dann rannte er zurück, um weiter mit seinen Freunden zu spielen, und ließ sie mit den wissenden Blicken und dem Lächeln der anderen Frauen zurück. Alle Blicke richteten sich sofort auf Annie. Das Problem war, dass sie nicht wusste, ob Norma Sue mit ihrer Bemerkung Leo oder Colt meinte.

„Ja, ich denke Leo ist ein ganz besonderer kleiner Junge."

„Das denke ich auch", sagte Esther Mae. „Und er

sieht aus wie Colt. Schaut euch das an, er kopiert sogar die Art, wie Colt steht! Das ist echte Heldenverehrung."

„Das ist schon was", sagte Norma Sue und beobachtete, wie er mit einem gebeugten Knie und seiner Hand auf seiner Hüfte dastand.

Annies Atem stockte bei ihren Worten, und ihr Blick begegnete sofort dem von Gabi, die ebenfalls in der kleinen Gruppe stand. Gabi hatte scharfe Augen, die alles analysierten. Annie hatte in den wenigen Tagen, in denen sie zusammengearbeitet hatten, erfahren, dass sie sehr gut darin war, Details zu bemerken. Annie hatte das seltsame Gefühl, dass Gabi diese Ähnlichkeiten bereits bemerkt hatte. Als sie Leo beobachtete, wusste sie ohne Zweifel, dass die Tage, die sie ihr Geheimnis bewahren konnte, gezählt waren. Und obwohl die alten Damen vielleicht glaubten, dass die Ähnlichkeiten, die sie sahen, von Heldenverehrung herrührten, wusste sie, dass Gabi erkennen würde, dass es eher genetische Merkmale als kopierte Manierismen waren.

Als sie Colts Hütte neulich verlassen hatte, hatte sie sich genau deswegen Sorgen gemacht. Sie würde es ihm sagen müssen, und das bald.

„Und ihr habt bei ihm da draußen zu Abend gegessen?", fragte Norma Sue und lenkte das Thema von Leo ab. „Das ist wunderbar. Weißt du, dieser Junge hat viel durchgemacht. Die Tatsache, dass er überhaupt unter Leute geht, ist ein Durchbruch. "

„Er hat seit diesem schrecklichen Unfall was gebraucht", sagte Adela. „Er hat emotional so viel gelitten und vielleicht..." Sie wandte ihre leuchtendblauen Augen Annie zu, und ein sanftes Lächeln huschte über ihre Gesichtszüge. Annie glaubte nicht, jemals jemanden wie Miss Adela begegnet zu sein. Sie schien pure Güte auszustrahlen. „Ich glaube, dass der kleine Leo – und vielleicht du auch – hier seid, um unseren Colt aus dem dunklen Sumpf der Schuldgefühle und des Kummers zu ziehen, mit denen er zu kämpfen hat."

Esther Mae und Norma Sue stimmten sofort zu.

„Du weißt es nicht, oder?", fragte Gabi, als sie bemerkte, dass Annie fragend dreinblickte.

Annie schüttelte den Kopf. „Nein. Ich dachte mir nur, dass ihm um die Zeit des Feuers irgendetwas zugestoßen sein muss, als ich keine Zeit hatte fernzusehen oder Zeitung zu lesen. Das letzte Mal, als wir eine Übertragung von einem Rodeo im Fernsehen angesehen haben, hat er teilgenommen und gewonnen. Was ist passiert? Ich dachte mir, dass er vielleicht gestürzt und von einem Stier getreten worden ist."

„Erzähl du es ihr, Gabi", sagte Esther Mae und schüttelte ihre roten Haare, während sie sich mit der Krempe ihres Strohhuts Luft zufächelte. Das Bündel schlaffe Gänseblümchen, das sie an das Band gesteckt hatte, sah aus, als würde es gleich wegfliegen. „Ich werde zu emotional, wenn ich darüber rede. Armer junger Mann."

Alle anderen nickten zustimmend, und Gabi holte tief Luft. „Er hat Abend für Abend an Wettkämpfen teilgenommen. An manchen Wochenenden drei Rodeos auf einmal – und manchmal in verschiedenen Staaten. Er war erschöpft davon. Doch sein Einsatz hat ihn wieder an die Spitze der Bewertungen gebracht. Er hatte wirklich das Gefühl, dass dieses Jahr sein Jahr war und er endlich das National Finals Rodeo in Vegas gewinnen würde. Er war dem ein paar Jahre hintereinander so nahegekommen, dass er dieses Jahr wirklich alles gegeben hat, um zu gewinnen. Er war auf dem Nachhauseweg, um sich auszuruhen, bevor er am zweiten Mule Hollow Homecoming Rodeo letzten Monat teilnehmen wollte. Er war einfach ausgelaugt. Auf dem Heimweg ist ihm ein Betrunkener reingefahren und hat ihn auf die andere Spur gestoßen. Sein Truck ist mit dem Auto einer vierköpfigen Familie zusammengestoßen. Alle sind ums Leben gekommen, einschließlich des Betrunkenen. Colt ist ohne nennenswerte körperliche Verletzungen davongekommen."

Galle stieg in Annies Kehle auf, und sie fühlte sich krank. Sie konnte es nicht fassen. Was musste er durchgemacht haben, wissend, dass er diese Familie getötet hatte? Es war zu furchtbar, um darüber nachzudenken, geschweige denn damit zu leben. Kein Wunder, dass er manchmal so verloren wirkte. „Ich kann mir nicht vorstellen, wie er sich fühlen muss."

„Wir haben alle versucht, ihm klarzumachen, dass es nicht seine Schuld war. Aber er glaubt, wenn er nicht so müde gewesen wäre, hätte er den Unfall verhindern können."

Es ergab alles einen Sinn. Die Frauen erzählten ihr schnell, wie er versucht hatte, sich mit Bullenreiten von seiner Trauer abzulenken, doch dann war er von einem Bullen getreten und gezwungen worden, nach Hause zu kommen, um sich zu erholen. Seitdem hatte er sich fast drei Wochen allein in seiner Hütte verkrochen.

Und dann waren sie und Leo gekommen.

Als Annie von der Kirche nach Hause fuhr, schwirrte ihr der Kopf. Sie waren hierhergekommen, als Colt seinen Sohn am dringendsten brauchte, um diese schreckliche Tragödie zu überwinden. Annie spürte in ihrer Seele, dass dem so war.

Gabi und Mandy unterhielten sich in der Küche, als Colt an die Hintertür von Kurts und Mandys Haus klopfte. Er hatte zugestimmt, zum Abendessen am Sonntagabend zu kommen, nachdem Mandy vorbeigekommen war und ihn persönlich eingeladen und darauf bestanden hatte, dass er kam. Seine neue Schwägerin konnte hartnäckig sein. Deshalb war Mandy in der Rangliste der Frauen im Barrel Racing so hoch oben. Sie nahm ihren Traum genauso in Angriff, wie er seinen eigenen. Sie hatten kaum Zeit gehabt, sich kennenzulernen, da beide viel im Rodeozirkel unterwegs waren. Da sie nur für kurze Zeit in der Stadt war, hatte sie Abendessen für Kurts Familie ausrichten wollen.

Darum war er hier.

„Colt!", rief Mandy, als sie die Fliegengittertür aufstieß. „Ich bin so froh, dass du gekommen bist." Sie zog ihn in die Küche und umarmte ihn. „Kurt wird sich freuen. Schau mal, wer hier ist", sagte sie und drehte sich zu Gabi um.

Gabi lächelte. „Du hast den Abend perfekt gemacht, indem du gekommen bist." Sie umarmte ihn.

Seine Brüder hatten beide gute Frauen gefunden, mit denen sie ihr Leben teilen wollten. Er hatte nicht erwartet, dass einer von ihnen in absehbarer Zeit heiraten würde, doch Kurt hatte sich Hals über Kopf verliebt, als er Mandy begegnet war. Und Jess war es genauso ergangen, als er Gabi getroffen hatte. Ihre Hochzeit stand in ein paar Wochen an, und er freute sich für Jess.

Colts Kopf war voller dunkler Gedanken gewesen, seit Leo und Annie ihn besucht hatten. Er war von einem Hoffnungsschimmer in tiefe Schuldgefühle gestürzt, weil er etwas anderes als Verachtung für sich selbst empfunden hatte. Ihm war bewusst geworden, dass es nicht gut war, allein in der Dunkelheit zu sein. Mandy war zum perfekten Zeitpunkt aufgetaucht.

„Die Jungs sind im Wohnzimmer und reden über Kühe und die Trockenheit." Mandy zog Colt zur Frühstücksbar in der Küche und schob ihn auf den Hocker. „Du musst ein paar Minuten hierbleiben und den Frauen in deinem Leben Gesellschaft leisten."

Er lächelte. Das Lächeln fiel ihm dieser Tage etwas leichter, und er wusste, dass das gut war. Er konnte nicht weiter in dem dunklen Loch leben, in dem er sich in den ersten Wochen nach dem Unfall vergraben hatte.

„Oh ja." Gabi schob einen Teller mit

Schokoladenkeksen in seine Richtung. „Können wir irgendwas für dich tun?"

Beide Frauen beobachteten ihn mit Mitgefühl im Blick. Sein Bauch zog sich zusammen. „Ich weiß nicht, was ich sagen soll. Ich bin okay." Das war nicht die Wahrheit, aber er war sich nicht sicher, wie er ausdrücken sollte, was in seinem Kopf vor sich ging. Er war nie wirklich gut darin gewesen, sich zu öffnen. Er nahm einen Keks, doch nicht, weil er Appetit hatte; er brauchte nur etwas, um seine Hände zu beschäftigen.

„Hey, kleiner Bruder", sagte Jess, als er in die Küche kam. Kurt folgte ihm auf dem Weg zu den Keksen.

„Ich bin froh, dass du gekommen bist." Kurt hielt den Keks hoch. „Sie haben die hier für dich gemacht, und bis jetzt durften wir keine haben."

Mandy schob ihre Arme um Kurts Taille, als er einen Arm um sie legte. „Du hättest deine Brüder sehen sollen." Sie grinste Colt an. „Sie waren ziemlich peinlich und haben versucht, Kekse zu stibitzen, als sie dachten, wir würden nicht hinsehen."

Jess aß seinen ersten Keks auf und nahm sich sofort einen weiteren. Als Gabi lachte, packte er sie und zog sie an sich. „Gabi ist zu aufmerksam. Ich glaube, unter ihrem Pferdeschwanz hat sie Augen im Hinterkopf."

„Und ob ich die habe, vergiss das nie."

Colt verspürte einen stechenden Neid angesichts des Glücks um ihn herum. Er war froh, dass seine Brüder Gabi und Mandy gefunden hatten, nachdem sie als Kinder aufgewachsen waren, die nur irgendwie versucht hatten, durchzukommen. Er hatte seine Gefühle in Träumen versteckt, ein Rodeoheld zu werden, und als Jugendlicher hatte er seine ganze Energie darauf verwendet, diesen Traum zu verwirklichen. Der Gedanke, sich mit jemanden häuslich niederzulassen, war nicht einmal ein Blip auf seinem Radar, und jede Frau, die er kennenlernte, musste das verstehen.

In diesem Moment dachte er an Annie, wie sie am Freitagabend in seiner Küche gesessen hatte. Seine Gedanken kreisten seitdem um sie und Leo.

„Ich hoffe, du wirst es dir noch einmal überlegen und zur Hochzeit kommen", sagte Gabi und lenkte seine Aufmerksamkeit auf sich. „Es würde uns so viel bedeuten."

Jess nickte mit wachsamen blauen Augen. Colt wusste, dass alle versuchten, einzuschätzen, wie es ihm ging. Der Raum summte plötzlich vor Spannung. „Ich bin nicht sicher, ob..." Die Enttäuschung, die er in Gabis Augen sah, als sie erkannte, dass er ihr sagen würde, dass er nicht kommen würde, hielt ihn auf. „Ich werde da sein."

Zum Glück brach der Raum nicht in Jubel aus. Er konnte mit solchen Emotionen im Moment nicht umgehen und sie wussten es. Stattdessen breitete sich ein langsames Lächeln auf allen Gesichtern aus, als sie ihm sagten, wie froh sie waren, dass er kommen würde.

Die Sonne ging ungefähr zwei Stunden später am Horizont unter, nachdem sie alle perfekt gebratene Steaks und Ofenkartoffeln gegessen hatten. Während die Frauen über die Hochzeitspläne sprachen, gingen die Männer auf die Veranda, um über die Ranch und die Dürre zu reden, die alles bedrohte, wofür sie so hart gearbeitet hatten.

Jess und Kurt hatten sich vor ein paar Wochen entschieden, einen Teil der Herde zu verkaufen, damit das Heu länger reichte. Sie waren gezwungen, Heu zu erhöhten Preisen zu kaufen, weil es vor Ort an Heu mangelte. Colt konnte sich jedoch nicht wirklich für die Diskussion begeistern. Sein Fokus war noch nie auf der Ranch gewesen, die Kurt so wichtig war. Er verstand das Bedürfnis seiner Brüder nach einem Ort, an dem sie Wurzeln schlagen konnten – etwas, das sie als Kinder nie gekannt hatten. Sein älterer Bruder war getrieben, etwas aufzubauen, damit seine und Jess' Kinder ein Vermächtnis haben konnten. Der Drang stammte aus Kurts Rolle als Familienoberhaupt, die er seit seiner Kindheit innegehabt hatte.

Colt jedoch hatte kein Bedürfnis, sich niederzulassen. Er hatte immer einen unruhigen Geist gehabt, und daran hatte sich nichts geändert. Er war nur wegen Umständen hier, die außerhalb seiner Kontrolle lagen. Wenn sein Schlüsselbein genug geheilt war, dass er wieder auf einen Stier klettern konnte, wäre er wieder weg. Nach dem, was er getan hatte, wusste er, dass er keine Familie verdient hatte, selbst wenn er eine gewollt hätte. Diese Ranch würde ein Vermächtnis für Kurts und Jess' Familien sein, nicht seine.

„Colt, wir müssen mit dir über was reden", sagte Kurt, nachdem Colt ihn und Jess einen ihrer Blicke austauschen gesehen hatte, der sagte, dass es Zeit war, auf den Punkt zu kommen.

Er hatte es den ganzen Abend erwartet. Seit Gabi ihn über Annies und Leos Besuch bei ihm zu Hause zum Abendessen ausgefragt hatte. Sie hatte heute in der Kirche davon gehört. Er hatte nicht viel gesagt, und obwohl sie alle das Thema fallen gelassen hatten, sagte ihm etwas, dass sie es deshalb noch lange nicht vergessen hatten. Gabi war ihm heute Abend etwas nervös vorgekommen, und er hatte es darauf zurückgeführt, dass ihre Gedanken um ihre bevorstehende Hochzeit kreisten. Als sie ihn nach Annie und Leo gefragt hatte, hatte er bemerkt, dass sie ihre Serviette fast zerrissen hatte.

„Ja." Jess schloss sich an, rutschte an die Kante seines Stuhls, beugte sich vor und stützte seine Ellbogen auf seine Knie. Beide Hände waren um seine Kaffeetasse gewickelt, als er Colts fragenden Augen begegnete. Kurts Augen waren nachdenklich.

Colt wappnete sich für das Gespräch darüber, dass der Unfall nicht seine Schuld gewesen war und wie er sich aus dem Loch, in dem er saß, herausziehen und darüber hinwegkommen musste. Er war darauf vorbereitet, dass sie ihm sagten, dass sie froh waren, dass er Zeit mit Annie und Leo verbrachte. Als Gabi das Thema angesprochen hatte, war ihm der Gedanke gekommen, dass die notorischen Kupplerinnen bald anfangen würden zu glauben, dass das genau das war, was er brauchte. Zeit mit Annie und Leo zu verbringen öffnete Tür und Tor für diese Art des Denkens. Doch da irrten sie sich.

„Uns … ähm, uns ist etwas aufgefallen", fuhr Kurt mit unsicheren Worten fort.

Kurts Zögern erregte Colts Aufmerksamkeit. Ein Blick auf Jess sagte ihm, dass er genauso ungern darüber sprach. Colt verschränkte die Arme und wartete.

„Wir haben Dinge an Leo bemerkt, die uns ehrlich gesagt sehr an dich erinnern." Kurt presste die Lippen aufeinander und spannte seinen Kiefer an. Jess nickte zustimmend, genauso angespannt, während er Colt beobachtete.

„Irgendwas an ihm erinnert euch an mich?" Er dachte einen Moment darüber nach. „Ich dachte, ich kenne Annie und ihn von irgendwoher, weil mir irgendwas an ihnen bekannt vorkommt. Doch Annie hat gesagt, dass wir uns nie begegnet sind." Er blickte von Jess zu Kurt. Sie benahmen sich wirklich seltsam.

Erinnert sie an mich.

Ein Bild von Leo, der das Lasso hielt, wie Jess es ihm gezeigt hatte, kam in seinen Focus. Ein weiteres Bild von Leo, der den Kopf zur Seite neigte, sprang Colt entgegen. „Ja, der Junge kopiert mich", sagte er. „Er ist ein Fan, seit er Windeln getragen hat, denke ich. Seine Mutter muss ein echter Rodeofan gewesen sein, dass sie Poster von mir im Zimmer des armen Jungen aufgehängt hat."

„Findest du das nicht ein bisschen seltsam?", fragte Jess.

Colt zuckte mit der Schulter. Er hatte nicht

wirklich darüber nachgedacht. Es gab Leute, besonders Frauen, die von ihm und anderen Bullenreitern begeistert waren. Manche Frauen schienen genauso von Rodeo zu Rodeo unterwegs zu sein wie die Reiter selbst. Er hatte sich früher in seiner Karriere von solchen Frauen ablenken lassen. Doch in den letzten Jahren hatte er sie kaum eines Blickes gewürdigt und keine Zeit mit ihnen verbracht. Er hatte erkannt, dass er sich ganz auf den Bullen konzentrieren musste, wenn er die Meisterschaft gewinnen wollte. Sonst war nichts wichtig. Bis seine ganze Welt zusammengebrochen war.

„Vielleicht war seine Mutter eine dieser Frauen, die mir hinterhergereist sind."

Kurt beugte sich vor, und Jess richtete sich auf. Beide Brüder sahen aus, als hätte er gerade etwas gesagt, auf das sie gewartet hatten. Er musterte sie mit zusammengekniffenen Augen. „Was denkt ihr?" Die Richtung, in die dieses Gespräch führte, gefiel ihm plötzlich nicht mehr.

Kurt räusperte sich. „Wir verstehen, dass du nicht siehst, was wir sehen. Die Wahrheit ist, dass ich und Jess schon am ersten Morgen etwas bemerkt haben. Dann hat Gabi es erwähnt. Und du weißt, wie aufmerksam Gabi ist, was Details angeht." Das stimmte. Gabi hatte das bewiesen, als sie vor ein paar

Wochen die Suche nach dem, was ihr Vieh tötete, angeführt hatte.

Jess räusperte sich und sah unbehaglich aus. „Gabi kam am ersten Tag nach Hause, nachdem sie Leo getroffen hatte, und sagte mir, dass der Junge sie an dich erinnert. Sie hat da nicht viel darüber nachgedacht, weil sie nicht wusste, dass Leos Mutter sein Zimmer mit Postern von dir tapeziert hat. Als ich es ihr erzählt habe, sagte sie nichts, nur, dass es ihr ein bisschen seltsam vorkommt."

Colts Gedächtnis begann plötzlich, seine Erinnerungen zu durchforsten.

Kurt beugte sich wieder vor, und seine ernsten braunen Augen trafen Colt wie ein Schlag in die Magengrube. „Besteht die Möglichkeit, dass du einen Sohn haben könntest?"

„Was?", fragte Colt und dachte, er hätte sich verhört. Doch ein Blick auf Kurts und Jess' Mienen, und er wusste, dass sie es ernst meinten. Todernst.

„Du hast gesagt, sie kommen dir bekannt vor. Vielleicht liegt es daran, dass du bei einem Blick auf Leo etwas von dem siehst, was wir sehen", sagte Jess.

„Und wir wissen nicht, wie Annies Schwester aussah. Vielleicht waren sie sich ähnlich", fügte Kurt hinzu. „Denkst du, das ist eine Möglichkeit?"

„Also..." Er rieb sich mit der Hand seines

unverletzten Armes den Nacken und dachte an seine Vergangenheit. Er hatte seine Einsamkeit im Rodeozirkel mit jeder Frau gelindert, die seine Aufmerksamkeit geweckt hatte. Keine der Affären hatte jemals etwas bedeutet, und er war immer vorsichtig gewesen ... Doch wenn er ehrlich war, musste er zugeben, dass es Zeiten gegeben hatte, in denen er eben nicht vorsichtig gewesen war. „Ganz ehrlich? Die Möglichkeit besteht.“

„Das würde bedeuten, dass Annie vielleicht aus dem Grund hierhergezogen ist, die Wahrheit jedoch für sich behält“, sagte Kurt. „Ich habe sie nur einmal getroffen, aber ich hatte nicht den Eindruck, dass sie jemand ist, der lügt.“

„Ich muss gehen“, sagte Colt abrupt und stand so schnell auf, dass sein Schlüsselbein schmerzhaft aufschrie. Er eilte von der Veranda.

„Colt, was hast du vor?“, fragte Jess.

Kurt fügte hinzu: „Tu nichts Unüberlegtes. Es ist nur eine Vermutung, nichts Konkretes.“

Colt blieb stehen. „Ich muss nachdenken. Das ist alles. Sag Mandy und Gabi danke für das köstliche Essen und die Kekse.“

Er wurde nicht langsamer, bis er an seinem Truck ankam.

Stimmte es? Konnte Leo wirklich sein Sohn sein?

Sicher, es konnte andere Erklärungen geben, aber Leo hatte etwas an sich, das selbst er als mehr als nur Nachahmung seines Helden erkannt hatte. Immerhin war Leo erst sechs Jahre alt. Die Art, wie er sich auf die Zunge biss, wenn er sich konzentrierte. Und dann, wie er dastand. Colt war nicht jemand, der übereilte Schlüsse zog. Doch er würde sowohl Leo als auch Annie genauer beobachten. Denn wenn Annie etwas zu verbergen hatte, würde er es herausfinden.

Was wirst du tun, wenn es wahr ist?

Als er seinen Truck an den Straßenrand lenkte, spritzte Kies unter seinen Reifen hervor, und wenn er auf dem Asphalt gewesen wäre, hätte er sich wahrscheinlich einen Bremsplatten eingehandelt. Er war kein Vatermaterial.

Er war nie Vatermaterial gewesen und daran hatte sich nichts geändert.

Seine Hände schlossen sich fester um das Lenkrad, und seine Unterarme spannten sich unter dem Druck an, während seine Gedanken rasten.

Was tue ich, wenn es stimmt?

„Annie, kannst du mir kurz helfen?", rief Gabi und steckte den Kopf durch die Tür der Klinik.

„Sicher." Annie stand von ihrem Stuhl auf und

beeilte sich, Gabi zu folgen. Gabi stand neben der Viehklemme am kleinen Außenpferch. Sie und Susan wollten gerade zu einer Impfung einer Herde aufbrechen, und Susan überprüfte ihre Vorräte auf ihrem Truck noch einmal, bevor sie losfuhr.

„Annie, wir werden den größten Teil des Tages bei Ross Denton sein, aber wenn du uns brauchst, erreichst du uns mit dem Funkgerät."

„Okay, geht klar." Sie ging zu Gabi hinüber, die einen Apparat in der Hand hielt, der aussah wie ein Locher. Gabi hatte den ganzen Morgen so getan, als ginge ihr etwas durch den Kopf. Sie war still gewesen, und Annie dachte, Gabi könnte mit ihren Hochzeitsplänen beschäftigt sein, machte sich aber Sorgen, dass dies nicht der Fall war.

„Kannst du bitte die Nummer auf dieser Färse mit den Aufzeichnungen überprüfen und mir einen Ausdruck machen?" Gabis wachsame Augen begegneten ihren.

„Klar." Annie war sich nicht sicher, wie sie den Blick interpretieren sollte. Sie notierte sich die Nummer und ging zurück ins Büro. Innerhalb weniger Augenblicke hatte sie die Informationen abgerufen und den Ausdruck zu Gabi zurückgebracht. Susan war zu diesem Zeitpunkt schon auf dem Weg und hatte Annie mit Gabi alleingelassen.

„Danke." Gabi nahm die Seite und studierte die

Informationen darauf, während sich Annie umdrehte und zurück ins Büro gehen wollte.

„Hat deine Schwester viele Rodeos besucht?"

Annie war überrascht von der Frage. Ihr war nicht entgangen, wie Gabi Leo vom ersten Tag an angesehen hatte. Ahnte sie es? Annie fiel es schwer, die Wahrheit über Leos Identität zu verbergen, doch das war zu seiner Sicherheit, bis sie zu einer Entscheidung kam. Doch Annie konnte Gabi nicht anlügen. Wenn sie eine direkte Frage stellte, musste sie ehrlich antworten. „Ja. Jennifer hat das Rodeo geliebt."

„Sie mochte Bullenreiten besonders, nicht wahr? Und Colt war ihr Lieblingsreiter?"

„Ja." Ihre Augen klammerten sich an dieser Antwort fest. Annie wartete darauf, dass Gabi mehr sagte. Dass sie unverblümt fragte, ob ihre Schwester Zeit mit Colt verbracht hatte. Einen Augenblick später nickte Gabi und wandte sich dann wieder ihrer Arbeit zu.

Annie rührte sich nicht. Sie versuchte zu entscheiden, ob sie das, was gerade passiert war, überspielen und wie die Schlange, wie die sie sich fühlte, zurück ins Büro schlüpfen sollte. Hatte Gabi darauf gewartet, dass sie ihr etwas erzählte? Dass sie ihr gestand, was sie vermutete?

Aufgewühlt ging sie zurück ins Büro. Sie hatte eine große Entscheidung zu treffen.

KAPITEL SIEBEN

Ein Geräusch weckte Annie, und sie setzte sich in ihrem Bett auf. Schritte draußen auf der Veranda. Annie warf einen Blick auf die Uhr – es war zwei Uhr morgens. Wer war um zwei Uhr morgens auf ihrer Veranda? Es klang, als wären es mindestens zwei Leute. Annie schwang ihre Füße aus dem Bett, ging auf Zehenspitzen zu ihrer Tür und lauschte. Ihre Zimmertür lag über dem Flur zur Hintertür. Da die Tür ein Glasfenster hatte, spähte sie um die Ecke, um zu sehen, ob sie jemanden entdecken konnte. Doch es war dunkel auf der Veranda und sie konnte nichts ausmachen. Vom Nachtlicht im Bad neben der Küche fiel schwaches Licht in den Flur. Das Licht schimmerte auf der Hintertür. Es war gerade genug Licht, dass sie sehen konnte, wie sich der Türknauf drehte. Jemand versuchte, ins Haus zu kommen!

Annie hatte einen schlechten Tag gehabt – sie hatte den Rest des Nachmittags bei der Arbeit damit verbracht, sich angestrengt auf ihre Arbeit zu konzentrieren, während sie versuchte, beim Gedanken daran, Colt von Leo zu erzählen, nicht in Panik zu geraten. Dann hatte sie Leo von der Kindertagesstätte abgeholt, und er hatte Fieber gehabt. Sie hatte den Abend damit zugebracht, sein Fieber zu senken und sich um ihn zu kümmern, was sie von ihren Gedanken, zu Colt zu gehen und zu gestehen, abgelenkt hatte. Und jetzt, um einen sowieso schon furchtbaren Tag zu krönen, brach jemand in ihr Haus ein!

Sie versuchte, sich von dem oder den Einbrechern auf der anderen Seite der Tür nicht sehen zu lassen und spähte erneut hinter der Schlafzimmertür hervor. Sie kniff die Augen zusammen und bemühte sich zu sehen, wer auf der anderen Seite der Glasscheibe stand, doch es gab nicht einmal einen Schatten. Doch Schritte, die sich anhörten, als würde jemand in schweren Stiefeln auf Zehenspitzen gehen, ließen sie es weiter versuchen. Ihr Herz pochte vor Angst.

Was sollte sie tun? Noch nie hatte sie erlebt, wie jemand versucht hatte, in ihr Haus einzubrechen. Ihr Herz donnerte in ihrer Brust, und ihre Hände zitterten, als sie einen Kerzenständer von der Kommode nahm. Sie musste in Leos Zimmer gehen. Und dann musste sie zu ihrem Handy – doch das war in der Küche. Aber wen würde sie anrufen? Der Empfang in der Gegend von Mule Hollow war schlecht und ihr Festnetzanschluss war noch nicht installiert.

„Keine Panik", sagte sie sich. Sie kroch leise den Flur entlang und schlüpfte in Leos Zimmer. Er schlief, und sie berührte sanft seine Stirn, die sich kühl anfühlte. *Gott sei Dank.*

Sie ging zum Fenster und spähte in die Dunkelheit hinaus. Sie sah niemanden, der sich auf dieser Seite des Hauses bewegte.

Sie überprüfte, ob die Schlösser an den Fenstern gesichert waren. Dann versuchte sie zu entscheiden, was sie tun sollte. In diesem Moment hasste sie es wirklich, Single zu sein. Sie dachte nicht oft über ihre Situation nach. Sie dachte nicht darüber nach, dass sie selbst dafür verantwortlich war, dass sie allein war. Sie hatte noch nie einen Mann getroffen, dem sie vertraut hatte. Nicht genug, um sich zu erlauben, ihm nahe zu kommen und darüber nachzudenken, vielleicht ein gemeinsames Leben zu führen. Doch es wäre sicher schön, sich beschützt zu fühlen.

Ein Geräusch aus der Küche alarmierte sie – ein kratzendes Geräusch vom Fenster an der Frühstücksnische. Sie ging auf Zehenspitzen in den Flur, den Rücken an die Wand gepresst und blickte zum Küchenfenster.

DIE WAHRE LIEBE EINES COWBOYS

* * *

Colt saß auf seiner Veranda und starrte zu den Sternen empor. Der Mond war heute Nacht kaum ein Haar breit und tauchte seine Umgebung in Dunkelheit und Schatten. Es fühlte sich so an wie er in seinem Inneren.

Hatte er ein Kind mit einem seiner Fans gezeugt? Hatte er durch seine Nachlässigkeit ein Kind in die Welt gesetzt? Der Gedanke nagte an ihm. Er wusste es besser, als sich so zu verhalten, wie er sich manchmal im Zirkel verhalten hatte. Er war ziemlich von sich eingenommen und einsam gewesen. Und dumm obendrein.

Beunruhigt war er am Sonntagabend fast zu Annie gefahren, gleich nachdem er mit Kurt und Jess gesprochen hatte, doch dann hatte er es sich anders überlegt. Es würde niemandem nützen, wenn er jemandem etwas so Wichtiges vorwarf, während er so wütend war. Und er war wütend gewesen.

Sich zurückzuhalten hatte viel Mühe gekostet, da er den größten Teil des Tages an der Grundstücksgrenze zwischen ihren Häusern auf und ab gegangen war und sich den Kopf zerbrochen hatte, um sich an Gesichter aus seiner Vergangenheit zu erinnern. An jemanden, der ihn an Annie erinnerte. Oder Leo. Doch da war nichts. War er mit so vielen

Frauen zusammen gewesen? Er wusste, dass dem nicht so war, wusste, dass er sich die meiste Zeit auf seine Karriere konzentriert hatte, dennoch gab es keine Entschuldigung dafür.

Ist Leo mein Kind?

Wenn sich herausstellte, dass er es war, was würde er dann tun?

Annie blinzelte. Sie hob ihre schweren Augenlider, und sie musste kurz nachdenken, um sich zu erinnern, wo sie war – sie saß am Boden in Leos Zimmer neben dem Fenster, den Rücken an die Wand gelehnt. Sie war irgendwann vor Tagesanbruch hier eingeschlafen. Nachdem sie lautlos durch das Haus gewandert war und versucht hatte, einen Blick zu erhaschen auf wen auch immer, der da draußen war, war sie hier endlich zu Boden gesunken und hatte gewartet. Sie hatte gedacht, wenn sie hier ins Fenster spähen würden, würde sie sie erwischen. Der Kerzenhalter lag neben ihr auf dem Boden. Sie rieb sich die Augen, die sich anfühlten, als hätte jemand einen ganzen Sack Sand hineingestreut, und drehte den Kopf, um aus dem Fenster zu blicken – als riesige braune Augen, die von langen, dunklen Wimpern umrahmt wurden, sie anblinzelten.

Annie schrie und kroch auf allen vieren vom Fenster weg. Ihr Herz raste, und ihr Magen war immer noch dort drüben an der Wand, wo sie vor wenigen Sekunden noch gewesen war. Sie drehte sich um, als sie Leos Bett erreichte, und starrte einem Esel ins Gesicht, der seine Lippen zu einem schlabbrigen Schmatzer gegen die Scheibe drückte.

Der Esel beobachtete sie, klimperte mit den Wimpern gegen das Fenster, drehte dann den Kopf und schlabberte erneut über das Glas, als knutschte er es. Ein Esel. Nachdem die Überraschung sich legte, setzte Erleichterung ein, als Annie erkannte, dass das ihr nächtlicher Besucher gewesen sein musste.

„Whoa!" Leo sprang hinter ihr aus dem Bett. „Ein Esel!"

Wie als Antwort verzog der braune Esel seine Lippen und grinste. Annie lachte, sowohl vor Erleichterung als auch vor Amüsement.

Leo rannte zum Fenster. „Hi, Esel", rief er und bückte sich auf gleiche Höhe mit dem Tier. „Ich muss ihn mir ansehen", erklärte er, drehte sich um, grinste und rannte aus dem Raum.

Annie eilte ihm nach. Sie wusste nicht, ob das ein gefährlicher Esel war, der ihn treten oder beißen könnte. „Leo, warte", rief sie und erhaschte einen Blick auf sich selbst im Flurspiegel, als sie vorbeikam.

Sie sah schrecklich aus, ihre Haare waren zerzaust, und ihre Augen waren vom Schlafmangel gerötet. Leo war schon aus der Tür, als sie sie erreichte. Sie folgte ihm um die Ecke des Hauses, als sie Colt über die Weide laufen sah. Sie blinzelte und fuhr sich mit der Hand durch ihr Haar, das aussah, als hätten Tauben darin ihr Nest gebaut. Sie hatte keine Zeit, sich Sorgen zu machen, wie furchtbar sie aussah, sondern eilte zu der Seite des Hauses, auf der Leos Fenster lag. Erleichterung überkam sie, als sie den fetten kleinen Esel sah, der wie ein Hund dasaß und sich von Leo streicheln ließ. Sowohl Tier als auch Kind sahen überglücklich aus.

Annie blieb stehen und atmete erleichtert aus.

„Schau, sie mag mich." Leo schmiegte seinen Kopf an den Hals des Esels und umarmte das rundliche kleine Tier.

Annie lachte und ging hinüber, um den Esel zu streicheln. „Na, hallo, du kleiner Eindringling." Sie konnte nicht fassen, dass sie sie letzte Nacht fast zu Tode erschreckt hatte. Sie fühlte sich jetzt albern, als ihr klar wurde, dass es Hufe gewesen waren, die auf ihrer Veranda herumgetrampelt hatten. Andererseits hatte sich der Türknauf bewegt. Konnte ein Esel so etwas tun?

„Colt!", rief Leo und blickte an ihr vorbei.

Annie drehte sich um und sah Colt um die Ecke kommen. Seine Miene war finster, sein Blick begegnete ihren und ließ ihr Herz einen Moment lang aussetzen, bevor er Leo ein angespanntes Lächeln schenkte.

„Hey, Leo, ich sehe, du hast Samantha kennengelernt."

„Ihr Name ist Samantha?", fragte Leo und schmiegte seinen Kopf wieder an die Mähne des Esels. Samantha legte ihren Kopf zur Seite, als wollte sie Leos Kopf berühren, lächelte ihr Esellächeln und schnaubte dann. Ihr Schwanz wedelte dabei am Boden.

Annie musste kichern, obwohl sie wusste, dass Colt irgendetwas auf dem Herzen hatte.

„Ja, Samantha. Sie gehört Lilly, eurer Vermieterin. Sie glaubt, dass ihr dieses Haus hier und, seit sie geheiratet haben, auch das von Cort gehört."

Annie hatte Lilly am Samstag kurz getroffen. Sie war eine energiegeladene Frau in Annies Alter mit dunklen, federnden Locken und einem fröhlichen Lächeln. Annie hatte nicht gewusst, dass sie einen fetten kleinen Esel besaß, der Kinder liebte und scheinbar gern alleinerziehende Mütter zu Tode erschreckte.

„Kann ich auf ihr reiten?", fragte Leo und musterte sie interessiert.

Colt nickte. „Soweit ich weiß, ist sie sehr kinderfreundlich, also geht das sicher.“

„Cool!“, rief Leo aus.

Samantha stand auf und stellte ihre seltsame Figur zur Schau. Sie hatte keine glatten Seiten wie ein normaler Burro – stattdessen war sie so fett, dass sie tatsächlich ein paar Rollen hatte, die horizontal zwischen ihren Vorderbeinen und ihren Hinterbeinen liefen.

„Komm, Samantha“, gurrte Leo, wie er es getan hatte, als er am Tag ihrer Ankunft mit den Welpen gesprochen hatte. Er rannte im Kreis herum und joggte dann davon, dicht gefolgt von Samantha.

Trotz des dumpfen Schmerzes in ihrer Magengrube lachte Annie. „Das ist eine Countryboy-Version von *Mary hat ein kleines Schaf*. Sie ist der seltsamste kleine Esel, den ich je gesehen habe.“

„Ja, ich denke, wie sie aussieht, hat damit zu tun, dass sie alte Farbe gefressen hat, als sie klein war. Sie ist unglaublich dreist. Früher ist sie immer in die Küche von Corts Haus gekommen und hat Brot aus dem Brotkasten gefressen, denn da ist sie aufgewachsen, bevor sie hierhergezogen sind. Wenn man genau hinsieht, sieht man ihre Zahnspuren auf einer der Schubladen.“

„Oh wow. Wie lustig. Und sie muss auch

Türknäufe drehen können. Ich bin heute Morgen gegen zwei Uhr von einem Geräusch geweckt worden und hatte Todesangst." Sie plapperte, doch plötzlich konnte sie nicht anders. „Ich dachte, jemand versucht, ins Haus einzubrechen. Ich habe sehen können, wie sich der Türknauf gedreht hat, und dann habe ich Schritte auf der Veranda gehört. Am Ende habe ich eine schlaflose Nacht neben dem Fenster in Leos Zimmer verbracht. Dieser Esel hat mich durch das Fenster angestarrt, als ich vor ein paar Minuten aufgewacht bin. Ich muss eingeschlafen sein…"

Colt sagte nichts, doch die Spannung strahlte zwischen ihnen aus. Annie hatte tagelang mit sich gerungen, ob sie Colt davon erzählen sollte. Irgendwann zwischen letzter Nacht und heute Morgen hatte sie beschlossen, dass sie ihm sagen musste, dass er Leos Vater war. Als sie sich dann in seinem Zimmer verschanzt hatte, war ihr erneut bewusst geworden, dass Leo jemanden außer ihr in seinem Leben brauchte. Wenn ihr jemals etwas zustoßen würde, würde sie nicht wollen, dass er in ein Waisenhaus oder eine Pflegefamilie kam – nicht, wenn er Colt als Vater hatte.

Sie plapperte weiter und verdrängte das, was sie tun musste, denn sie wollte besser vorbereitet sein – zumindest brauchte sie vorher eine heiße Dusche und eine Tasse Kaffee. Doch Colt kam ihr zuvor.

„Annie. Gibt es etwas über Leo, das du mir noch nicht erzählt hast?" In seinen Augen lag die Vorsicht eines Mannes, der belogen worden war. Verraten.

Annies Innerstes bebte, denn offensichtlich wusste er, dass sie ein Geheimnis hatte. Sie hasste es zu wissen, dass er ihr nicht vertraute. Während sie tief durchatmete, wurde ihr plötzlich bewusst, dass ihr dieses Misstrauen in seinen Augen nicht gefiel. Sofort wurde sie sich ihres Aussehens bewusst. Kaum Schlaf, rote, juckende Augen, ungekämmte Haare und ein weites T-Shirt und Shorts – nicht gerade ein Anblick, der das Selbstvertrauen inspirierte, das sie brauchte, um dieses wichtige Gespräch zu führen.

Sie fuhr sich mit der Hand durch die Haare, und ihre Finger verhedderten sich. Sie holte tief Luft.

„Ich muss wissen, was du mir nicht sagst", sagte Colt.

Annie benetzte sich mit der Zunge die Lippen, die sich plötzlich so ausgetrocknet anfühlten wie die Texas-Weiden, die sie umgaben. Die Dürre hatte sie fest im Griff.

Leos Gelächter drang um die Ecke des Hauses. Ein *Eh-Haw!* und lautes Schnauben folgten.

„Erinnerst du dich an eine Jennifer Ridgeway?" Sie konnte erkennen, dass er sich den Kopf zermarterte, und sie fragte sich, wie viele Frauen er durchgehen musste, um diesen Namen zu finden. Dieses Gesicht. Sie wusste, dass es viele Frauen wie ihre Schwester gab, die den Cowboys hinterher reisten wie Groupies und nur darauf warteten, sich mit ihnen treffen und Zeit mit ihnen verbringen zu können.

„Sie war meine Schwester", fuhr sie fort, als er schwieg. „Sie hat das Rodeo geliebt und Bullenreiter noch mehr. Sie hat dich oft reiten sehen." Sie konnte an der Art und Weise, wie sich seine Stirn über seinem rechten Auge kräuselte, sehen, dass er sich schwertat, dem Namen ein Gesicht zuzuordnen. „Sie hatte hellbraune Haare, war ein bisschen kleiner als ich und hatte riesige braune Augen. Sie und Leo sehen einander ähnlich. Sie und ich weniger. Ein bisschen so wie du deinen Brüdern nicht ähnelst."

„Ich kann sie nicht einordnen. Oder ihren Namen."

Annie konnte nicht mehr ertragen. Sie musste es ihm sagen und diese Folter beenden. „Manche Leute haben sie R.W. genannt. Sagt dir das was?"

Colts Schultern spannten sich an, als er die Initialen hörte. „Ich erinnere mich an R.W."

Es gab keinen Tusch. Kein Aha-Ausruf. Nur die stille Bestätigung, dass er wusste, wovon sie redete. Annie wollte sich übergeben. „Jennifer ist letztes Jahr gestorben. Kurz bevor sie starb, hat sie es mir erzählt.

Sie hat mir das Versprechen abgenommen, es geheim zu halten, doch sie dachte, jemand sollte die Wahrheit wissen. Du bist Leos Vater."

Er hatte es von dem Moment an gewusst, als Kurt und Jess ihm von ihrem Verdacht erzählt hatten. Er hatte versucht, es sich auszureden, doch er hatte es gewusst.

Er hatte einen Sohn.

Er schloss die Augen und ließ die Wahrheit um sich herum auf sich wirken. Es gab eine unbestreitbare Freude, die erwachte. Unerwartet, doch sie war da. Er kontrollierte seinen Gesichtsausdruck, als Wut aufbrandete. „Warum hat sie es mir nicht gesagt?" Und doch wusste er die Antwort. Er konnte sich nicht an viele Details über R. W. erinnern. Die Erinnerungen an sie waren, wie bei allen anderen Frauen auch, die er unterwegs getroffen hatte, bestenfalls unscharf. Dafür schämte er sich plötzlich. Besonders angesichts des Wissens, dass er ein Kind gezeugt hatte, von dem er noch nicht einmal gewusst hatte.

Er konnte niemandem die Schuld geben, außer sich selbst, und doch, als er Annie ansah, tat er genau das – er beschuldigte sie, Leo von ihm ferngehalten zu haben. „Du bist mit diesem Wissen hierhergekommen. Du wusstest es seit einem Jahr. Was ist mit euch

Schwestern? Ein Mann hat das Recht, zu wissen, dass er ein Kind hat."

Annie benetzte ihre Lippen, und ihre Augen sahen gequält aus. Obwohl offensichtlich war, dass sie die ganze Nacht kaum geschlafen hatte, war ihre Schönheit immer noch offensichtlich. Er ignorierte das. Sie hatte es ihm vorenthalten. Ein ganzes Jahr lang.

„Jennifer hat mir das Versprechen abgenommen. Ich habe mich unglaublich schuldig gefühlt, seit ich es wusste, aber ich hatte es ihr versprochen. Und ich musste Leos bestes Interesse im Auge behalten. Leo ist alles, was hier zählt. Was ist das Beste für Leo? Jennifer wusste, dass du keine Kinder wolltest. Sie wusste, dass es in deinem Leben nur um das Rodeo ging, und sie hat es akzeptiert. Sie wusste auch, dass sie dich als Mann nicht wirklich kannte. Dass du und sie nur zwei Leute waren, die…" Sie zögerte, als suchte sie nach den Worten.

Ihre Worte trafen ihn bis ins Mark. Leos Wohlergehen war das, worauf es ankam. Alles, was zählte. Sie räusperte sich. „Jennifer wusste, dass sie dir nichts bedeutet hat. Sie wollte es dir nicht sagen, weil sie geglaubt hat, dass du es nicht würdest hören wollen. Ich war mir nicht sicher, was richtig war."

Sie starrten einander lange an. Colts Gefühle kollidierten. „Ich muss gehen. Ich muss nachdenken." Er drehte sich um und ging zurück über die Weide. Der Weg hierher schien eine gute Idee gewesen zu sein, als die Sonne aufging, doch jetzt wollte er einfach weg und der Ort, an dem er jetzt sein wollte, waren der Hof und Leos Pfad zu seinem Haus ... der Pfad seines Kindes.

Er hatte ein Kind. Und er war sich nicht sicher, was in aller Welt er mit dem Gedanken anfangen sollte.

Annie sah zu, wie Colt ging. Sie war sprachlos. Was sollte sie sagen? Er hatte wütend ausgesehen – gequält und *wütend*. Sie hatte damit gerechnet. Warum war sie dann von seiner Reaktion so verblüfft? Warum, wenn sie selbst keine Ahnung hatte, wie sie den nächsten Schritt angehen sollte? Wie sollte sie Leo erzählen, dass sein Held auch sein Vater war?

Sie folgte Colt in einem gewissen Abstand über den Hof. Das würde beiden die Möglichkeit geben, sich zu sammeln. Sie würde ihre Dusche bekommen, eine Kanne heißen schwarzen Kaffee und etwas dringend benötigte Zeit zum Nachdenken, während sie bei der Arbeit war. Sie könnten später weiterreden.

Sie fand Leo, der versuchte, Samantha mit dem

Lasso zu fangen, die wie ein Stofftier still dastand und nichts als ihren Kiefer bewegte, während sie an einem langen Grashalm kaute.

Colt stand da und beobachtete den Jungen und den Esel. Seine unverletzte Hand steckte in seiner Jeanstasche.

„Das machst du gut, Leo", sagte er, und sein Blick wanderte für einen Moment zu ihr. „Wir reden später."

Der Verdruss in seiner Stimme war für Annie klar zu hören. Sie sagte nichts, als sie ihn über die Weide zurückgehen sah.

Annies Magen knurrte und unterstrich die Frustration, die sie empfand. „Komm rein, Leo, ich muss deine Temperatur messen. Dann musst du dich fertig machen, wenn du dich besser fühlst."

„Oh, Tante Annie, ich möchte zu Hause bleiben und mit Samantha spielen. Sie ist so cool!"

Trotz allem lachte Annie. Vielleicht waren es nur ihre Nerven, doch plötzlich liebte sie diesen kleinen Esel wegen der Ablenkung, die er bot, und sie spürte, dass sie Leo eine liebe Freundin sein würde. „Vielleicht bleibt sie hier, bis du heute Nachmittag nach Hause kommst. Wenn nicht, dann erlauben dir Miss Lilly und Mr. Cort vielleicht, sie zu besuchen."

Er strahlte, ging hinüber und warf seine Arme um

Samanthas Hals. „Das wäre das Beste überhaupt.“

Annies Augen füllten sich mit unerwarteten Tränen. Was für ein süßer Junge. Was würde er tun, wenn er von seinem Vater erfuhr?

Ein Gefühl des Friedens überkam sie, und sie wusste, dass es leicht sein würde, es ihm zu sagen. Der gute Teil. Es waren sie und Colt, die das Problem haben würden. So wie es aussah, vertraute keiner von ihnen dem anderen. Doch sie wusste, dass er verstehen würde, wenn Colt merkte, dass sie versucht hatte, das Richtige für alle Beteiligten zu tun, und vor allem für Leo. Was auch immer zwischen ihr und Colt passierte, war egal. Er würde eine große Bereicherung für Leos Leben sein. Leo würde es lieben, seinen Bullenreithelden als Vater zu haben. Für ihn würde das *das Beste überhaupt* sein.

KAPITEL ACHT

Als ob es so sein sollte, waren die Bücher an diesem Arbeitstag nicht so voll wie sonst. Susan sollte den größten Teil des Tages im Büro sein, und Gabi auch. Nach einer entspannenden heißen Dusche und einem aufmunternden Selbstgespräch bei zwei Tassen sehr schwarzen Kaffees hatte Annie Leo in der Kindertagesstätte abgesetzt und war zur Arbeit gefahren. Gabi hatte ihr nicht viel zu sagen. Obwohl sie nicht unfreundlich war, war sie definitiv schweigsam. Da sie bei ihrem ersten Treffen sehr freundlich und hilfsbereit gewesen war, konnte Annie nicht länger leugnen, dass Gabi es wusste oder zumindest stark vermutete, dass Leo Colts Kind war. Vielleicht war sie sich nicht sicher, warum Annie die Wahrheit für sich behielt oder wie sie mit der Situation umgehen sollte. Annie konnte es ihr nicht verdenken.

Normalerweise ging sie gerne direkt mit Problemen um. Doch das hier war seltsam, unbehaglich und einfach nur unangenehm. Gegen Vormittag war es Susan, die den Stier bei den Hörnern packte.

„Okay." Susan lehnte ihre Hüfte gegen die Theke, wie sie es immer tat, wenn sie im Büro redete oder auf Ausdrucke, Patientenakten und dergleichen wartete. „Ich spreche es einfach an. Was ist zwischen euch beiden los? Die Spannung in diesem Raum ist so dick wie die Füllung von Norma Sues Schokoladenkuchen."

Annie wusste, dass sie erst mit Colt reinen Tisch machen musste, bevor sie mit jemand anderem sprach, und sagte: „Wenn es dir nichts ausmacht, würde ich gern ein paar Stunden freinehmen. Vielleicht den Rest des Tages. Ich weiß nicht genau, wie lange es dauert. Ich muss mich um was kümmern."

Susan blickte von ihr zu Gabi, verschränkte die Arme und nickte. „Okay. Aber das zwischen euch wird dann hoffentlich besser sein, wenn du zurückkommst."

Gabi begegnete Annies Blick, schwieg aber. Annie schluckte den Kloß in ihrem Hals herunter, damit sie weitermachen konnte. Sie mochte Gabi wirklich und wollte nicht, dass das zwischen ihnen hing. „Ich denke schon." Es würde alles herauskommen, doch bis sie mit Colt gesprochen hatte würde sie niemandem etwas sagen. Sie wusste, dass sie das tun musste. Sie war in vielen Dingen stur gewesen, und jetzt war sie fest entschlossen, das durchzuziehen.

Susan ging zur Hintertür, drehte sich dann jedoch noch einmal um. „Nimm dir den Rest des Tages, wenn du ihn brauchst. Und wenn ihr reden wollt, wer auch immer von euch – bin ich hier."

Sie sahen Susan nach, dann wandte sich Annie Gabi zu. „Kannst du mir sagen, wie ich von hier zu Colts Hütte komme?"

Colt stand auf der Veranda, als Annies altes Auto durch die Bäume auf seine Hütte zusteuerte. Zahlreiche Emotionen waren in ihm aufgebrandet, seit er erfahren hatte, dass Leo sein Sohn sein könnte: Unglaube, Freude, Wut. Er war froh, dass er heute Morgen gegangen war, nachdem er Annie konfrontiert hatte.

Annie zu konfrontieren, während Leo nur ein paar Schritte um die Ecke war, war keine gute Idee gewesen. Außerdem hatte er nachdenken müssen, und Annie hatte etwas gesagt, das ihn daran gehindert hatte, einen großen Fehler zu machen. Er war bereit gewesen, das Sorgerecht für seinen Sohn zu fordern. Seine Rechte zu fordern und sich zu nehmen, was ihm gehörte. Doch Annie hatte ihn daran erinnert, dass sie getan hatte, was sie für richtig hielt.

Was war richtig für Leo?

Diese Frage plagte ihn. Was war richtig für seinen Sohn?

In seiner Wut hatte er viele Dinge aus den Augen verloren. Jetzt ruhiger wusste er, dass Leo Besseres verdient hatte als ihn.

„Ich dachte, wir müssten reden", sagte sie, schloss ihre Autotür und ging auf ihn zu.

Sie sah gertenschlank aus in ihrer Jeans und ihrem weißen T-Shirt, und er fragte sich, ob sie deshalb so dünn war, weil sie sich darüber aufgerieben hatte, nach Mule Hollow zu kommen und ihn zu treffen.

„Das wäre eine Untertreibung." Er fühlte keine Großzügigkeit ihr gegenüber.

„Ich weiß, dass du wütend bist, Colt. Es tut mir leid, und ich kann nichts dagegen tun. Aber ich bin hier, um etwas mit dir auszuarbeiten. Ich bin hier, um Fehler der Vergangenheit zu korrigieren."

Er gab ein ätzendes Lachen von sich, das in keiner Weise der Art nahekam, wie er sich fühlte. „Ich denke immer nur daran, was passiert wäre, wenn du nie nach Mule Hollow gekommen wärst."

„Ich kann dir versichern, dass das schwer auf meinem Gewissen gelastet hat. Ich bin mir ziemlich sicher, dass ich zu der Entscheidung gekommen wäre, es dir zu sagen, doch dann hat mir das Feuer klargemacht, dass, wenn ich gestorben wäre..." Sie hielt inne, als sie sich daran erinnerte, wie knapp sie davongekommen war. „Leo wäre auf dieser Welt ganz allein gewesen. Da wusste ich, dass ich kommen musste. Da wusste ich, dass ich keine Zeit mehr verschwenden konnte, dass ich dafür sorgen musste, dass Leo nicht allein wäre, falls mir jemals etwas passiert."

Er beobachtete sie nur schweigend.

Sie trat von einem Fuß auf den anderen. „Wenn es einen Unterschied macht, bin ich mit der Absicht gekommen, es dir schon am ersten Tag zu erzählen. Aber du hattest es so eilig, wegzukommen, und ich habe gespürt, dass was nicht gestimmt hat."

Er zuckte zusammen und wusste, dass sie die Wahrheit sagte. „Du hattest seitdem mehrere Chancen, es mir zu sagen." Seine Worte waren so kühl, wie sich sein Herz anfühlte. „Er ist mein Sohn, Annie. Er war von dem Moment an mein Sohn, als er gezeugt wurde, und dennoch hatte ich nicht die Gelegenheit, sein Vater zu sein."

„Es tut mir leid, Colt. Ich habe meine Schwester nie verstanden. Ich habe nie verstanden, was sie dazu gebracht hat, sich auf Männer wie dich zu stürzen..."

Bei ihren Worten wurde sie weiß, doch sie trafen ins Schwarze.

„Du musst nicht schockiert dreinblicken. Ich habe ehrlich gesagt intensiv nachgedacht, seit Jess und Kurt mir von ihrem Verdacht erzählt haben. Und ich bin nicht sehr stolz auf mein Verhalten. Ich würde die Vergangenheit ändern, wenn ich könnte."

Sie sah angesichts seiner Worte erleichtert aus. „Wir müssen jetzt in die Zukunft blicken. Die Vergangenheit lässt sich bekanntlich nicht ändern. Wie willst du es Leo erzählen?"

Colts Herz schmerzte. Er hatte lange und gründlich darüber nachgedacht und wusste, dass er es nicht verdiente, von Leo Daddy genannt zu werden. Seinetwegen waren zwei andere Kinder tot. Er hatte das Glück nicht verdient, das er empfunden hatte, als er von Leo erfahren hatte.

Er hatte ein solches Geschenk nicht verdient. „Wir werden es ihm nicht sagen."

Annie konnte nicht fassen, was er sagte; es stand ihr ins Gesicht geschrieben.

„Ich werde damit anfangen, finanziell für ihn verantwortlich zu sein. Ich werde für seine Bedürfnisse bezahlen und schließlich den gesamten Kindesunterhalt nachholen, den ich hätte bezahlen sollen."

„Was meinst du mit wir sagen es ihm nicht?"

Colt ging von der Veranda und weg von ihr. Er sagte sich bei jedem Schritt, dass er ruhig bleiben sollte und dass das der einzige Weg war, damit umzugehen. „Er hat Besseres verdient als mich."

„Ich hätte es dir nicht gesagt, wenn ich nicht der Meinung wäre, dass du ein guter Mann bist. Es tut mir leid, aber so ist es nunmal. Ich konnte es dir nicht sagen, bis ich selbst gesehen habe, dass du ein guter Mann bist. Und du bist einer. Ich verstehe nicht, warum du deinen Sohn ablehnst."

Die Sonne hämmerte auf sie herab, und ein Schweißtropfen rollte über seine Schläfe. Er wischte ihn ungeduldig weg. „Ich habe mich entschieden, Annie. Ich werde dich weiterhin sein Vormund sein lassen. Alles bleibt so, wie es ist, nur dass ihr meine finanzielle Unterstützung habt."

Annies Augen blitzten. „Und das war's? Das ergibt keinen Sinn. Was gibt dir das Recht, ihm seinen Vater zu verweigern?"

„Was hat dir das Recht gegeben, ihm das hier zuerst zu verweigern?" Sein Kiefer verspannte sich, und er starrte sie wütend an. „Ich habe wegen dir und deiner Schwester sechs Jahre des Lebens meines Sohnes verpasst, und jetzt erlaubst du dir ein Urteil zu bilden, über meine Entscheidung, die Vaterrolle nicht zu übernehmen?"

„Warum? Das ist alles, was ich wissen will. Du hast dich verhalten, als wärst du wütend, doch jetzt willst du es ihm nicht sagen. Colt, du wirst ein wunderbarer Vater sein. Und Leo liebt dich. Jennifer hat dafür gesorgt. Das musst du ihr zugestehen."

Colt wusste die Wahrheit. Er war es nicht wert, jemandes Held genannt zu werden, von jemandes Vater ganz zu schweigen.

Er griff in seine Tasche und zog den Scheck heraus, den er geschrieben hatte. „Nimm das."

Sie starrte ihn an. „Deswegen bin ich nicht hergekommen", schnaubte sie. „Uns geht's gut. Ich bin deinetwegen hergekommen. Leo braucht seinen Vater, und je älter er wird, desto mehr wird er dich brauchen."

„Verwende das Geld und lass es uns dabei belassen." Er ging zu seinem Truck und kam dabei an Annie vorbei. Sie funkelte ihn finster an. Er erwiderte den Blick nicht weniger finster. Sie musste seine Argumentation nicht verstehen. Diesmal traf *er* seine Wahl, nicht sie und nicht ihre Schwester.

Nur *er*.

Annie hätte den Scheck fast zerknüllt. Hätte ihn fast Colt zu Füßen geworfen, so wütend war sie auf ihn.

Stattdessen hielt sie ihn in der Faust und wartete darauf, dass er ging. *Vaya con dios.* Der Mann war gut im Gehen. Ihr Kopf drehte sich vor Unglauben über das, was er ihr gerade gesagt hatte.

Wütend und verwirrt stopfte sie den Scheck in ihre Handtasche und fuhr zurück zur Klinik, nicht weit die Straße runter. Colt war vor ihr, obwohl sie sein Haus erst verlassen hatte, nachdem er aus dem Blickfeld verschwunden war, und sie konnte seinen Truck jetzt in der Ferne sehen, als sie auf den gekiesten Parkplatz der Klinik fuhr.

Annie ging ins Büro und wäre fast mit Gabi zusammengestoßen, die durch die Doppeltür von der Rückseite des Gebäudes kam.

„Ich sehe an deinem Gesichtsausdruck, dass dein Treffen mit Colt nicht gut gelaufen ist", sagte Gabi und runzelte die Stirn.

„Dieser Mann macht mich wirklich fertig", knurrte Annie und war ihm gar nicht wohlgesinnt. „Er ist ein dickköpfiger, sturer Mann, und ich verstehe ihn überhaupt nicht!"

Gabi holte tief Luft. „Puh, dann ist es wohl gar nicht gut gelaufen."

„Das ist eine Untertreibung", schnaubte Annie. „Ich meine wirklich, ich gebe dem Kerl, was ich glaube, dass er hören will, und dann..." Sie starrte Gabi an und schüttelte den Kopf. „Gabi, ich brauche hier wirklich einen Rat, und du oder Mandy seid die einzigen, denen ich mich anvertrauen kann. Du bist seine zukünftige Schwägerin, und Mandy ist bereits Familie. Das macht dich und Mandy zu Leos Tanten. Das macht das auch zu eurer Angelegenheit."

Gabi presste ihre Lippen zu einer dünnen Linie aufeinander, und sie nickte und bestätigte, wovon Annie sicher war, dass sie es bereits herausgefunden hatte. „Das haben wir uns gedacht", sagte Gabi leise. „Er gleicht Colt nicht wie ein Ei dem anderen, doch wenn man ihn ansieht, sieht er doch aus wie eine Miniaturausgabe von ihm. Es sind der Körperbau und die Angewohnheiten. Als ich ihn zum ersten Mal gesehen habe, dachte ich, er kommt mir bekannt vor, und ich habe vermutet, dass er mich an einen anderen kleinen Jungen erinnert. Aber dann, als du hier gestanden und dich unterhalten hast, hat er wegen irgendwas eine Grimasse gezogen und die Spitze seiner Zunge rausgestreckt, und da hat es mich getroffen: es war Colt, den ich in ihm gesehen habe. Kurt und Jess ging es genauso, als du sie das erste Mal getroffen hast."

„Ich habe die Ähnlichkeiten erst bemerkt, als ich hierhergekommen bin. Ich hatte Colt noch nie wirklich gesehen und hatte keine Ahnung, bis ich vor ihm stand." Annie ließ sich auf ihren Stuhl sinken, so dankbar, dass es heute ruhig im Büro war. „Ich wollte nie jemanden täuschen. Ich habe nur ein knappes Jahr gewusst, dass Colt Leos Vater ist. Jennifer hat es mir gesagt, als sie im Sterben lag, hat mir aber den Schwur abgenommen, es geheim zu halten. Sie wollte Leo nicht jemandem aufdrängen, der ihn nicht wollte. Ich glaube, ich sehe jetzt, warum, aber ich konnte es zuerst nicht verstehen. Sie kannte Colt nicht wirklich. Sie hat einfach für ihn geschwärmt und den Aspekt geliebt, dass er ein Rodeo-Champion ist." Annie schüttelte traurig den Kopf. „Mit Colts Kind schwanger zu werden — naja, meine Schwester war leichtsinnig und ist viele Risiken eingegangen, um sich zu amüsieren. Mein Gewissen hat mich das ganze Jahr geplagt. Und als ich fast im Feuer gestorben wäre, wurde mir klar, dass Leo niemanden gehabt hätte, wenn ich da nicht rausgekommen wäre. Ganz zu schweigen von der Tatsache, dass es nur fair war, Colt die Gelegenheit zu geben, seinen Sohn kennenzulernen. Da habe ich angefangen, nach Jobs in Mule Hollow zu suchen. Gabi, ich bin hergekommen, um es Colt zu sagen, nicht, um es vor Leo geheim zu halten."

„Ich glaube dir. Ich habe es einfach nicht verstanden. Wow, Annie, du bist fast bei einem Brand gestorben? Das ist ja furchtbar."

Annie nickte. „Es war einfach dumm … wenn nicht ein Mitglied des Such- und Rettungsteams vorbeigekommen wäre und mein Auto in der Einfahrt stehen gesehen … und nochmal in meinen Haus nachgesehen hätte, wäre ich wahrscheinlich in meinem Lagerraum verbrannt." Annie zitterte, als sie darüber nachdachte. „Ich bin nach der Evakuierungsorder zu unserem Haus zurückgefahren und habe eingepackt, was ich konnte. Leo war bei Freunden in der Stadt in Sicherheit. Ich hatte nicht viel Zeit, aber da ich nicht weit weg war, als die Order bekanntgegeben wurde, hin ich nach Hause gefahren, um Bilder und ein paar von Leos Lieblingsspielsachen zu holen. Dann bin ich noch einmal zurückgegangen, um eine Schachtel mit Bildern und ein paar Sachen von Jennifer zu holen, die er eines Tages vielleicht haben möchte. Da ist die Tür zugefallen und hat sich verklemmt."

Gabi schnappte nach Luft. „Die Tür hat sich nicht wieder öffnen lassen?"

„Nein. Nichts, was ich getan habe, hat geholfen. Und im Lager gab es keine Fenster. Es war schrecklich. Ich konnte den Rauch riechen, der immer näherkam und den Raum füllte. Ich habe nicht gedacht, dass ich da lebend rauskomme. Ich habe um Hilfe gebetet und Er … Er hat jemanden geschickt, der die Tür aufgemacht hat. Das ist die einzige Erklärung, die ich habe."

„Das ist erstaunlich. Ich bin so froh."

„Colt will Leo nicht sagen, dass er sein Vater ist", platzte es aus Annie heraus. „Ich habe allein viel überstanden, doch ich brauche wirklich Rat und Einsicht, wie ich damit umgehen soll. Warum sollte Colt das wollen? Ich meine, als er heute Morgen über die Weide gekommen ist, um mich zu konfrontieren, schien er wütend zu sein, dass er nicht die Gelegenheit gehabt hatte, Leos Vater zu sein. Aber dann hat er mir nur einen Scheck in die Hand gedrückt und mir gesagt, dass er finanziell die Verantwortung übernehmen würde, doch das war's. Er hat irgendwas davon gemurmelt, es nicht verdient zu haben, Leos Held genannt zu werden, geschweige denn sein Vater."

Annies Frustrationen hatten nicht nachgelassen, und die Worte strömten nur so aus ihr heraus. Gabi wartete geduldig und hörte zu und sprach erst, als sie fertig war.

„Er glaubt, er hätte bei diesem Autounfall sterben sollen, nicht die Everson-Familie. Besonders die beiden Kinder. Das hat Colt wirklich sehr mitgenommen, Annie. Jess und Kurt haben sich wahnsinnige Sorgen um ihn gemacht. Es ist fast so, als hätte er nichts, wofür es sich zu leben lohnt. Er hat sich die ganze Zeit dort draußen verkrochen, und an dem Tag, als du ihn im Büro gesehen hast, hatte er eine Art

Intervention hinter sich. Sie haben versucht, ihn dazu zu bringen, aus seinem benebelten, emotionalen Geisteszustand rauszukommen. Wie du, als du in deinem Lager eingesperrt warst, haben wir um Hilfe für Colt gebetet. Du und Leo tut ihm so gut. Er war gestern Abend mit uns zum Abendessen bei Mandy, und es schien ihm nach langer Zeit endlich besser zu gehen."

Annies Blutdruck sank ein bisschen, als Bedauern sie traf. „Ich habe aus den Augen verloren, was er durchgemacht hat. Ich kann nicht einmal ansatzweise die Emotionen verstehen, die mit einer solchen Tragödie verbunden sind."

„Vielleicht braucht er nur Zeit. Zeit und Gebete. Trotz allem, was Colt gerade fühlt, war er nicht verantwortlich für das, was passiert ist. Ich denke, er glaubt, er hätte den Unfall verhindern können. Ich fürchte, dass er nicht glaubt, dass er es verdient, zu leben und glücklich zu sein."

Annie war fassungslos. „Oh, Gabi, wie habe ich nur übersehen können, dass er noch nicht über das hinweg ist, was in seinem Leben passiert ist?" Sie erkannte mit einem Schlag, dass es nicht nur um sie und Leo ging. Colt kämpfte, und sie vergaß immer wieder, dass er neben dem plötzlichen Auftauchen eines Sohnes noch mit anderen Dingen fertigwerden musste. Sie war so kurzsichtig und egoistisch gewesen.

Annie holte Leo aus der Kindertagesstätte ab und betete, dass alles gut werden würde. Sie war fest entschlossen, alles zu tun, um die Situation zu verbessern. Sie war entschlossen, dass Leo wissen musste, dass Colt Holden sein Vater war.

„Ich habe heute einen großen roten Stern auf meine Zeichnung bekommen. Ich habe mich auf einem fetten alten Esel gemalt! Tante Annie, hast du jemals in deinem ganzen Leben etwas so Süßes gesehen wie die fette alte Samantha?", fragte Leo, als er in seinen Kindersitz auf dem Rücksitz kletterte.

Annie lachte. Sie liebte dieses Kind. Sie konnte sich ihr Leben ohne ihn nicht vorstellen. Er war so ein Segen für sie.

Vielleicht, ja, vielleicht war Leo hier, um seinen Vater zu retten.

Der Gedanke drang in ihren Kopf, als sie nach Hause fuhr und Leos lebhaftem Geplapper über seinen Tag lauschte. *War das der Grund?* Sie würde ihn nicht so einfach vom Haken lassen ... nicht, wo sie einmal das Kind gewesen war, dessen Eltern sie vor einer Haustür abgesetzt hatten und weggefahren waren. Sie wusste zu gut, wie es sich anfühlte, nicht gewollt zu sein. Die Erinnerung war in leuchtendem Rot in ihre Seele eingraviert. Wenn sie eines unter allen

Umständen vermeiden wollte, dann, dass Leo jemals das Gefühl hatte, dass er nicht gewollt war.

Solange sie atmete, würde sie nie vergessen, was ihre Eltern getan hatten ... und sie betete, dass Leo ihr nicht eines Tages vorwerfen würde, ihn seinem Vater ein ganzes Jahr verheimlicht zu haben. Doch sie durfte nicht auf dem Gedanken herumreiten. Nein, sie musste etwas dagegen tun. Sie musste Colt dazu bringen, seinen Sohn offiziell als sein Kind anzuerkennen.

„Ich bin hier, um zu arbeiten", sagte Colt ohne Begrüßung, als er das Büro betrat, in dem seine Brüder bereits arbeiteten. Es würde kein angenehmes Treffen werden. Kurt saß mit einer Inventarliste vor sich an seinem Schreibtisch. Jess schenkte sich eine Tasse Kaffee ein. Er sah genauso überrascht aus wie Kurt, als Colt auftauchte.

„Schön, dich hier zu sehen", sagte Jess.

Kurt musterte ihn. „Kannst du arbeiten?"

„Ich bin bereit. Ich werde sowieso ein paar Wochen hier sein, bis ich einen Job finde." Bis jetzt hatte er sich auf seine Einkünfte als Bullenreiter verlassen, um seinen Teil zur Ranch beizutragen. Jess hatte ein Transportgeschäft, und Kurt züchtete Rodeotiere. Sie bauten den neuen Ranchbestand auf und ließen alle Einnahmen in der Ranch.

Seine beiden Brüder waren eindeutig verblüfft — er konnte es ihnen nicht verdenken.

„Was ist mit deinem Bullenreiten?", fragte Kurt. „Du wirst so gut wie neu sein, wenn dein Schlüsselbein geheilt ist, und du kannst wahrscheinlich immer noch um die Meisterschaft kämpfen. Du hast genug Punkte, um immer noch ganz oben mitzumischen."

„Es hängt alles davon ab, ob ich freibekommen kann, um zu Rodeos zu fahren. Aber ich bin mir nicht sicher, ob ich noch lange dort oben mitmischen kann."

„Wenn du ein bisschen reitest, wirst du wissen, dass du es kannst." Jess runzelte die Stirn. „Was ist los?"

„Ja, Colt. Du weißt, dass wir hundertprozentig hinter deinem Reiten stehen", sagte Kurt.

„Ihr hattet Recht", gab er zu. „Leo ist mein Sohn." Er hatte gegen die Freude gekämpft, die jeder Gedanke an Leo ihm bereitete. Mit jeder Welle der Freude kam auch die Erinnerung, dass er kein Recht darauf hatte.

„Mann", sagte Jess. „Das ist toll und unglaublich zugleich."

„Ich war mir ziemlich sicher", sagte Kurt. „Aber gleichzeitig habe ich daran gezweifelt. Wie geht's dir damit?"

„Ich bin wütend." Colt ging auf und ab und rieb

sich den Nacken, um die Spannung, die sich dort festgesetzt hatte, zu lindern. „Ich habe ein Kind, und niemand hat es für nötig gehalten, es mir zu sagen." Er starrte an die Decke. Worte steckten in seiner Kehle fest. „Es stinkt mich an."

Beide Brüder nickten.

„Also, was hat Annie gesagt?", fragte Kurt.

Er erzählte ihnen die Geschichte. Sie hörten aufmerksam zu, und er fühlte sich in seinen Gefühlen gerechtfertigt, als er beobachtete, wie ihre Mienen die Emotionen widerspiegelten, die in ihm tobten.

Als er fertig war, sah Kurt ihm in die Augen. „Colt, ich liebe dich, Bruder, aber ich will ehrlich zu dir sein. Du hast ein Kind mit einer Frau gezeugt, die du nicht kanntest. Ich bin mir nicht sicher, ob du da irgendetwas erwarten kannst."

„Glaube nicht, dass ich das nicht weiß. Ich habe Mist gebaut. Scheint, als hätte ich das in letzter Zeit oft getan. Wenn ich die Zeit zurückdrehen und mein Verhalten ändern könnte, würde ich es tun. Aber das ändert nicht am Hier und Jetzt. Nein, ich kann nichts erwarten, und ich übernehme die volle Verantwortung, aber ich fühle mich trotzdem betrogen."

„Die Vergangenheit ist die Vergangenheit", sagte Jess angespannt. „Was passiert jetzt?"

„Ich fange an, meinen Sohn zu unterstützen. Ich

übernehme die finanzielle Verantwortung für ihn, und das bedeutet, dass ich einen Job brauche, damit ich das kann."

Kurt sah nachdenklich aus. „Wie hat er die Nachricht aufgenommen, dass du sein Vater bist?"

„Ich habe es ihm nicht gesagt."

„Und wann wirst du es tun?" Kurt stieß ihn an.

Colt holte tief Luft und bereitete sich auf das Schlimmste vor. „Ich werde es ihm nicht sagen."

Jess neigte den Kopf und kniff seine blauen Augen zusammen. „Habe ich gerade richtig gehört?"

Kurts Augen verfinsterten sich wie schlammiges Wasser, doch er sagte nichts, wartete nur darauf, dass Colt es ihnen erklärte. Er hatte gewusst, dass sie es nicht verstehen würden. „Du hast mich richtig gehört. Ich übernehme die finanzielle Verantwortung, aber er muss es nicht wissen."

„Doch, das muss er." Kurt stand auf. „Dieser Junge gehört zu dir, Colt Holden. Du hast ihn gezeugt, und er hat es verdient zu wissen, wer sein Vater ist. Er hat es verdient, den Namen Holden zu tragen. Mir ist egal, ob du es willst oder nicht, du musst Verantwortung übernehmen und das Richtige tun."

Colt hatte seinen ältesten Bruder immer vergöttert. Blickte zu ihm auf, als wäre er sein Vater, denn Kurt war in jeder Hinsicht derjenige gewesen, der dafür gesorgt hatte, dass er zu essen und Kleider hatte und pünktlich zur Schule kam. Die Enttäuschung in ihm zu sehen ließ Bedauern in ihm aufbranden. „Es ist das Beste für ihn. Ich habe eine Familie ausgelöscht. Ich habe es nicht verdient, Held genannt zu werden, und ganz sicher nicht Vater", sagte er und wiederholte damit die Worte, die er zu Annie gesagt hatte.

Beide Brüder starrten ihn an.

„Komm schon, Mann", knurrte Jess. „Was müssen wir tun, damit du begreifst, dass du darüber wegkommen musst? Der Unfall war eine schreckliche Tragödie, aber ich bin es leid, auf Zehenspitzen um die Tatsache herumzueiern, dass es nicht deine Schuld war. Es gab nichts, was du dagegen hättest tun können. Tut es mir leid um diese Familie? Und ob. Aber was du tust ist eine Verschwendung. Du schulterst eine Last, die nicht deine ist. Du warst genauso ein Opfer dieses Betrunkenen wie sie."

Colt biss die Zähne aufeinander und hielt Jess' Blick stand. „Ich hatte nicht erwartet, dass du es verstehst. Die Sache ist, dass das auch nicht nötig ist. Ich bin hier, um herauszufinden, was ich auf der Ranch tun kann, während ich herausfinde, was ich als nächstes tun werde. Ich habe ein paar Jobangebote im Raum stehen. Ich muss mich nur entscheiden, welcher Job der richtige für mich ist."

Kurt hatte geschwiegen und sich in seinem Stuhl zurückgelehnt. Dann sagte er: „Jess macht sich morgen auf den Weg und hat in den nächsten Wochen vor seiner Hochzeit mehrere Ladungen geplant. Du kannst die Fütterung der Kühe übernehmen."

„Ich fange heute Nachmittag damit an." Er war froh, dass zumindest Kurt seine Meinung für sich behielt. Kurt musste nichts sagen. Colt wusste auch so, dass er nicht glücklich war. Aber im Gegensatz zu Jess hielt sich Kurt aus seinen Entscheidungen raus. Zumindest für den Moment.

KAPITEL NEUN

Annie brachte Leo am Samstagmorgen zum Frühstück in Sam's Diner. Sie hatte gehört, dass es ein wirklich hübscher kleiner Laden war, in dem es das beste Frühstück in der Gegend gab. Sie hatte auch von Applegate Thornton und Stanley Orr gehört. Nachdem sie sie kurz getroffen hatte, als sie und Leo in die Kirche gegangen waren, war sie neugierig, sie Dame spielen zu sehen, was, um Norma Sue und Esther Mae zu zitieren, „alles war, was die beiden alten Kauze taten".

„Oh wow", schwärmte Leo in dem Moment, als sie durch die Türen des rustikalen Diners traten. „Das riecht lecker!"

Annies Magen knurrte bei dem Geruch von Eiern, Speck und süßer Melasse, die aus der Küche wehten. An einem Tisch in der Nähe goss ein Cowboy dicken

Sirup über einen hohen Stapel Pancakes. Es bestand kein Zweifel, was Leo bestellen würde, sobald sie sich setzten.

„Howdy, kleine Lady und kleiner Mann", sagte Stanley, der dem hageren Applegate mit dem düsteren Gesicht gegenübersaß. „Seid ihr wegen Sams Hausmannskost hier?"

„Ja, Sir, Mr. Orr." Leo hatte sich schnell mit dem rundlichen, gutmütigen Mann angefreundet. „Wir sind wegen der Pfannkuchen gekommen."

„Nenn mich Stanley. Und, oh ja, die sind gut, nicht wahr, App?"

„Ja", grunzte App und betrachtete das Damebrett mit finsterem Blick.

Leo ging hinüber und stemmte seine Fäuste in die Hüften, während er das Brett studierte. App drehte den Kopf und war fast auf Augenhöhe mit dem Jungen. Annie verbarg ein Lächeln, als sich Apps bärbeißige Miene aufhellte — es war unmöglich, Leos begeisterte Wissbegierde zu ignorieren.

„Du magst Dame?", fragte App Leo.

„Ich spiele nicht", sagte Leo. „Aber Sie spielen gut."

Stanley kicherte. „Das hätte App gern."

Annie nahm in einer Nische gegenüber von App und Stanley Platz. Leo kletterte ihr gegenüber auf den

Sitz und stützte seine Ellbogen auf den Tisch. „Mann, riechen die Pancakes gut!"

Sam kam aus der Küche. Er war ungefähr eins achtzig, o-beinig und faltig wie eine Rosine. Er hatte ein Lächeln, das einen ins Herz traf, und warme Augen leuchteten aus seinem verwitterten Gesicht. „Ich habe von meinem Großvater Pancakes backen gelernt, und da ich diese Pancakes schon gegessen habe, als ich jünger war als du, kann ich für das Rezept bürgen."

„Was möchtest du?", fragte Sam Annie.

„Ich nehme nur einen Teller mit Speck und Eiern und etwas Toast. Nach allem, was ich höre, ist Ihr Rührei das beste der Gegend. "

„Bei weitem. Orangensaft für euch beide?"

„Klingt wunderbar."

„Wir sind alle froh, dass ihr hergekommen seid", sagte Stanley und sprang mit einem seiner eigenen Steine über mehrere von Apps.

App runzelte die Stirn. „Oh ja. Wir haben gehört, dass Colt euch neulich vor einer wildgewordenen Mutterkuh retten musste?"

„Das hat er wirklich." Leo strahlte und freute sich, über sein Lieblingsthema zu sprechen. „Er ist über einen Zaun gesprungen und hat die gemeine alte Kuh verscheucht."

Annie hatte in den letzten Tagen versucht, nicht an

Colt zu denken. Der Mann hatte seine Gründe, warum er Leo nicht sagen wollte, dass er sein Vater war, und sie hatte versucht, sein Verhalten mit diesen Gründen zu rechtfertigen. Doch es gelang ihr nicht. So sehr sie sich auch bemühte, Annie konnte ihn nicht so einfach vom Haken lassen. Schließlich hatte er Leo gesehen. Wusste, was für ein großartiges Kind er war, und trotzdem wollte er ihn nicht. Sie hatte ihr ganzes Leben lang gewusst, wie es sich anfühlte zu wissen, dass ihre Eltern sie oder ihre Schwester nicht wollten. Sie konnte den Mann einfach nicht verstehen ... und sie konnte ihm nicht vergeben, was er tat.

Als Leo App, Stanley und Sam vorschwärmte, wie wunderbar Colt war, wollte sie schreien. Es war egal, dass Colt gerade von seinem Sohn erfahren hatte. Und sie hatte gründlich darüber nachgedacht und entschieden, dass es egal war, ob er nach dem Unfall litt. Jetzt, wo er von Leo wusste, hätte er seinen Sohn mit offenen Armen aufnehmen sollen.

Bis er Leo als sein Kind anerkannte, hatte sie keinen Respekt vor dem Mann. Nicht ein bisschen.

Der Gottesdienst ging bereits eine halbe Stunde, als Colt neben App in die hintere Bank schlüpfte. Er hatte sich sehr bemüht, sich das Kommen auszureden, und es war ihm fast gelungen. Es war aus Respekt für die Eversons gewesen, dass er gekommen war. Und um Leo zu sehen.

Colt hatte sich fast eine ganze Woche lang von Annie und Leo ferngehalten, doch es war ihm schwergefallen. Zu seiner Überraschung warf App ihm keinen finsteren Blick zu wegen seiner Verspätung, sondern er schmunzelte und streckte ihm die Hand zur Begrüßung entgegen.

„Schön, dass du hier bist", sagte er, und sein Gruß war aufgrund seiner Schwerhörigkeit so laut, dass sich mehrere Köpfe in seine Richtung drehten. Leo war einer von ihnen. Wie magisch von den Augen des Jungen angezogen, der drei Reihen vor ihm über die Bank spähte, konzentrierte sich Colt fast augenblicklich auf Leo.

Sein Sohn zerrte an Annies Hemdsärmel. „Colt ist hier", flüsterte er. „Ich kann ihn sehen."

„Schhh, Leo, der Pastor will seine Predigt halten."

Colt riss seinen Blick von Annies glänzendem Haar los. Ihre Schultern hatten sich versteift, als sie bemerkte, dass er irgendwo hinter ihnen saß. Er wusste, dass sie mit ihm nicht glücklicher war als er mit ihr. Sie neigte ihren Kopf ein wenig und flüsterte Leo ins Ohr. Ihre Lippen verzogen sich zu einem sanften Lächeln, als sie sprach.

Er war nicht hier, um an sie zu denken.

Er war hier, weil er, seit er erfahren hatte, dass er Vater war, einige Dinge in seinem Leben überdacht hatte. Er hatte kein Recht, den Stolz und die Freude zu spüren, die er empfand, wenn er daran dachte, dass Leo sein Kind war. Doch er spürte sie und damit auch ein Gefühl der Verantwortung. Seit dem Unfall war ihm egal gewesen, ob er lebte oder starb, doch Leo hatte ihm einen Grund gegeben, wieder zu leben. Er musste seinen Sohn unterstützen. Er musste ihm ein gutes Leben ermöglichen. Er war heute nicht nur hierhergekommen, um nach Antworten zu suchen, sondern auch, weil er Leo sehen wollte.

Colt war noch nicht soweit, Leo zu sagen, wer er war, doch als Mann, zu dem Leo aufblickte, wusste Colt, dass es Zeit war, sich dieser Herausforderung auf positive Weise zu stellen. In die Kirche zu kommen war ein Schritt in die richtige Richtung. Er musste irgendwie Frieden finden.

„Heya, Colt!", rief Leo in dem Moment, in dem der Gottesdienst endete und alle anfingen, sich von den Bänken zu erheben und nach draußen zu gehen.

Annie sah hilflos zu, wie Leo an ihr vorbeischoss und Colts steifer Gestalt hinterherjagte. Sie konnte der

Menge nur ins Sonnenlicht und in die unvermeidliche Begegnung folgen. Sie hatte Mühe gehabt, Pastor Chance während des Gottesdienstes zuzuhören, weil sie wusste, dass dieses Treffen bald kommen würde, nachdem Adela das letzte Lied spielte.

„Colt, wie schön, dass du hier bist", sagte Norma Sue, schob sich in Colts Weg, hielt ihn an und brachte Annies Innerstes dazu, sich zu verknoten. Norma Sue und Esther Mae hatten es auf keinen Fall so schnell durch den Mittelgang hinaus geschafft. Nein, die beiden alten Damen mussten Colt entdeckt haben, aus der Seitentür gestürzt und den Weg die Kirche entlang hinuntergerannt sein, um ihn aufzuhalten, bevor er den Parkplatz erreichen konnte.

„Wir wollten dich schon draußen bei dir besuchen", sagte Esther Mae, tätschelte seinen Arm und lächelte. „Wir können einen starken, gutherzigen Cowboy wie dich da draußen nicht verkümmern lassen, also wollten wir dir heute Nachmittag was zu essen bringen."

Leo strahlte sie an, fasziniert von dem kanariengelben Kleid, das Esther Mae trug. Annie konnte da kaum vorbeigehen und zu ihrem Auto rennen – egal wie sehr sie sich das wünschte. *Verkümmern lassen* – Annie schnappte diese Worte auf, und ihre Augen richteten sich auf den harten

Bizeps, den Esther Mae festhielt. Der Mann hatte ein gebrochenes Herz und war ein sturer Bock, doch verkümmern tat er sicher nicht. Ja, er war dünner als auf den Bildern, die sie kannte, doch nicht verwelkt ... definitiv nicht. Der Gedanke ließ sie fast über ihre eigenen Füße stolpern, doch sie schaffte es, stehenzubleiben, kurz bevor sie sie erreichte. Sie riss ihre Augen von der Stelle los, an der Esther Mae sich an seinem Bizeps festgehalten hatte, und begegnete sofort Colts Blick. Eine erhitzte Röte stieg auf und brannte auf ihren Wangen bei der Erkenntnis, dass er sie dabei erwischt hatte, wie sie seine Muskeln anstarrte. Es war nicht so, als hätte sie noch nie die Muskeln eines Mannes gesehen.

Das Funkeln in Esther Maes Augen sagte Annie, dass den Kupplerinnen ihr Interesse an Colt auch nicht entgangen war. Annie schluckte ein Stöhnen herunter und dachte, es könnte unmöglich schlimmer werden – bis Leo ihr das Gegenteil bewies.

„Colt, ich möchte lernen, einen Bullen zu reiten. Und ich möchte, dass *Sie* es mir beibringen."

Annie verschluckte sich, hustete heftig und rang nach Luft. „Nein ...", stammelte sie und sah von Leo zu Colt.

Wie um sie zu beruhigen, wurden Colts Augen weicher, als sie ihrem Blick begegneten. „Das ist nichts, worüber ein kleiner Junge in deinem Alter schon nachdenken sollte."

„Warum nicht? Ich möchte lernen, wie Sie zu reiten." Sie hatte bis jetzt nicht einen einzigen Gedanken daran verschwendet, und ihre Angst davor musste sich in ihrem Gesicht gezeigt haben, denn alle erklärten Leo, warum er zu jung war, um überhaupt daran zu denken, einen Bullen zu reiten.

„Können Sie mir dann das mit dem Lasso beibringen? Ich möchte es *wirklich* lernen. Bitte", bettelte Leo.

Colt schluckte schwer und sah sie an. Ihr Magen drehte sich. Sie erwiderte seinen Blick, und ihre Wut auf ihn, weil er nicht zugab, dass er Leos Vater war, wuchs in ungeahnte Höhen. Hielt das den hartgesottenen Mann davon ab, mit seinem Kind zu spielen? Oh nein, das tat es nicht.

„Sicher", sagte er im nächsten Atemzug. „Das kann ich dir beibringen."

Wenn die ganze Stadt und besonders die Kupplerinnen mit ihren Argusaugen nicht dabei gewesen wären, hätte Annie vielleicht mit dem Absatz ihres Schuhs auf seinen Zeh getreten. Stattdessen schloss sie den Mund und legte die Arme um ihre Mitte, anstatt ihn auf den Arm zu schlagen.

„Klingt nach einem Plan, kleiner Mann." Norma

Sue klopfte Colt auf die Schulter. „Colt mag seinen Ruhm und seinen Lebensunterhalt auf dem Rücken von Bullen verdienen, aber er hat auch so einige Preise beim Lassowerfen abgeräumt."

„Können Sie es mir heute nochmal zeigen?", beharrte Leo. „Ich kann rüberkommen, und wir können an Ihrem Dummy üben."

Annie wollte protestieren, doch bevor sie ein Quietschen herausbekam, sagte Colt Leo, dass das ein großartiger Plan war.

Annie hätte den Mann am liebsten mit ihrer Handtasche geschlagen.

„Um wie viel Uhr sollten sie da sein?", fragte Esther Mae und schockierte Annie mit ihrer Frage.

„Ja", fügte Norma Sue hinzu. „Wir bringen unsere Aufläufe entweder vor oder nach der Lassolektion vorbei, damit wir euch allen nicht im Weg stehen."

Lacy Matlock, die mit einer anderen Gruppe von Frauen gesprochen hatte, ging auf Annie zu. Sie hatte offensichtlich das Gespräch zwischen Colt, den Damen und Leo mitgehört, denn ihre blauen Augen funkelten vor Freude.

„Du weißt schon, was hier abläuft, oder?", flüsterte sie, und ein Grinsen breitete sich auf ihrem Gesicht aus. „Sie haben neue Opfer gefunden, die sie verkuppeln wollen. Und von unser aller Warte aus seht ihr gut zusammen aus."

Annie blieb der Mund offenstehen. „Opfer zum Verkuppeln", keuchte sie in einem erstickten Flüstern und wandte sich Lacy zu. „Aber was soll ich tun?" Sie wollte nicht, dass sich die alten Kupplerinnen von Mule Hollow in der Idee festbissen, dass aus ihr und Colt ein Paar werden könnte! Der Gedanke nahm ihr die Luft, selbst als ein Flattern durch sie hindurch fegte.

„Ich bin mir nicht sicher, ob ich da was tun kann, aber ich weiß, was los ist. Ich muss jedoch sagen, dass du und Leo Colt wieder ins Leben zu holen scheint. Und das hat überhaupt nichts mit den Spielchen der alten Damen zu tun."

Annie öffnete den Mund, um etwas zu sagen, überlegte es sich dann jedoch noch einmal und presste die Lippen fest aufeinander. Sie konnte niemandem sagen, dass Leo Colt auf diese Weise beeinflusste, weil er sein Sohn war. „Er mag Leo", flüsterte sie eindringlich. „Doch es hat absolut nichts mit mir zu tun. Nichts. Wir streiten die meiste Zeit." Sie war bereiter denn je, mit ihm zu streiten.

Lacy kicherte. „Das nennt man Funken – und unsere alten Damen hier können einen Funken aus einer Meile Entfernung erkennen." Sie zwinkerte, kehrte zu ihrem vorherigen Gespräch zurück und ließ Annie frustriert zurück.

Annies Magen brodelte wütend, so sehr wollte sie es nicht wahrhaben. Doch sie wusste, dass zumindest ein Teil davon zutraf. Zumindest von ihrer Seite. Doch Funken oder nicht, sich, was Leo anging, nicht einig zu sein, löschte vorab alle Brände, die die Funken verursachen könnten.

Sie wandte sich wieder dem Gespräch zu. Colts warme braune Augen begegneten ihren, und Annie fühlte sich, als würde sie innerlich schmelzen.

Plötzlich wusste sie, dass sie in mehrfacher Hinsicht in großen Schwierigkeiten steckte, weil sie das überhaupt nicht fühlen wollte. Doch sie konnte es nicht verhindern.

Es war ein perfekter Sommertag – wenn man dreißig Grad im Schatten für perfekt hielt. Und Colt tat das vor allem, weil Leo neben ihm in seinem Garten stand.

„Das ist gut, Leo", sagte Colt und sah zu, wie Leos Schlinge auf den zwei Meter entfernten Dummy zuflog.

„Ich kann das besser machen", sagte Leo, als er ihn verfehlte.

Mit Entschlossenheit in seiner Stimme zog er sein Seil zurück und wickelte es auf, wie Colt es ihm gezeigt hatte. Sein Sohn hatte ein gutes Auge, eine gute Koordination und eine unerschütterliche Beharrlichkeit, gut in dem zu sein, was er tat. In seinem jungen Alter konnte ihn das weit bringen, wenn diese Beharrlichkeit gelenkt und konzentriert wurde. Stolz wärmte ihn wie Sonnenlicht, das hinter einer Wolke hervorspähte. *Mein Sohn.*

„Du übst weiter. Ich gehe mal da rüber und rede ein paar Minuten mit deiner Tante. Ist das in Ordnung?"

„Na klar. Tante Annie sieht heute irgendwie traurig aus. Ich glaube nicht, dass sie kommen wollte, um mir beim Lassowerfen zuzusehen."

Colt hatte bereits bemerkt, wie Annie aussah, und es war nicht Traurigkeit, die er sah. Es war schlicht und einfach Wut. Sie war kühl zu ihm gewesen, seit er ihr den Scheck gegeben und ihr gesagt hatte, dass er nicht wollte, dass Leo erfuhr, dass er sein Vater war. Sie versteifte sich, als er neben ihr auf die Stufen sank. Er brauchte ein paar anständige Stühle für die kleine Veranda, doch er hatte immer gut auf den Stufen gesessen, als er nach draußen kam. Eine Frau hätte jedoch gerne einen Stuhl, dachte er – nicht, dass Annie vorhatte, oft hier vorbeizukommen. Er hatte das Gefühl, Leo hatte Recht gehabt, als er gesagt hatte, dass sie nicht hatte kommen wollen.

Sie rutschte auf der Stufe von ihm weg, und er

musste sich bemühen, ihr nicht hinterher zu rutschen. Er hatte viel an Annie gedacht. Genauso viel, wie er an seinen neu gefundenen Sohn gedacht hatte. Er konnte nicht leugnen, dass er wütend auf sie gewesen war, weil sie ihm seinen Sohn vorenthalten hatte. Doch spät in der Nacht, als er nicht schlafen konnte und er hier auf genau dieser Stufe gesessen und um zwei Uhr den Geräuschen des Waldes gelauscht hatte, hatte er sich eingestanden, dass es mehr war. Annie zog ihn an; etwas an ihr sprach die Unruhe in seiner Seele an.

„Annie, sieh mich an", sagte er, als sie Leo beim Werfen seines Lassos zusah und ihn keines Blickes würdigte. „Schau, ich weiß, dass du nicht glücklich bist, was mich angeht."

„Wie schön, dass du das bemerkt hast", sagte sie, und ihr Blick schoss für einen kurzen, aber scharfen Moment zu ihm. „Ich sehe einen Mann, der auf das Beste verzichtet, was diese Welt zu bieten hat. Sieh ihn dir an. Das ist dein Sohn, und du willst das nicht eingestehen."

Er spürte ihre intensive Wut, die auf ihn gerichtet war. Colt kämpfte gegen die Schuldgefühle an, die an ihm nagten. „Ich bin froh, dass Leo dich hat", sagte er. „Annie, ich kann nicht erwarten, dass du meine Argumentation verstehst. Ich bitte dich nicht einmal darum. Es gab einen Moment, in dem ich fast..." Er starrte auf das raue Holz unter seinen Stiefeln. Er konnte ihr nicht sagen, dass er Leo wegen dessen, was er getan hatte, kein Vater sein konnte. Er hatte Leo nicht verdient. „Es Leo zu sagen ist einfach keine Option. Vielleicht wäre es eine gewesen, bevor ... Doch ich bin froh, dass er dich hat."

„Du verstehst es nicht. Was wäre, wenn etwas passiert und er mich nicht mehr hat? Wen hätte er dann?"

„In diesem Fall hätte er mich. Er hat mich auch jetzt, nur nicht dem Namen nach."

„Hey, schaut mal!", rief Leo strahlend, als sein Seil auf der Nase des Dummys landete.

„Sieht gut aus", rief Annie und hob den Daumen, während Colt ihn ebenfalls lobte.

„Du machst das großartig, Kumpel, weiter so", sagte er und sah zu, wie Leo sein Lasso aufwickelte und es dann wieder über seinen Kopf kreisen ließ. Als er Annie ansah, beobachtete sie ihn mit interessierten, traurigen Augen.

„Hat das was mit dem Unfall und dieser Familie zu tun? Der Familie, die gestorben ist?"

Er biss hart die Zähne aufeinander. „Ja, das hat es", gab er zu. „Wie auch nicht?"

Sie starrten sich einen langen, stillen Moment lang an. Er wusste, dass er nichts tun konnte, um zu erklären, was in ihm vorging. Annies schöne Augen suchten tief, als würde sie sich bemühen, seine Gefühle nachzuvollziehen.

Sie seufzte, und ihre Gesichtszüge, die seit ihrer Ankunft vor Wut angespannt gewesen waren, entspannten sich. „Dann ist es eben so", sagte sie und lächelte dann. „Eines Tages, wenn du die Trauer überwunden hast, die dich innerlich zerreißt, wirst du vielleicht deine Meinung ändern. Bis dahin werde ich ihn lieben und seine Familie sein, und du wirst für ihn da sein. Du wirst der Mann in seinem Leben sein. Oder?"

Ihre Wärme überraschte ihn. Trauer hatte sie es genannt. Er konnte nicht leugnen, dass es genau das war.

„Ich denke, du hattest ein hartes Leben, Colt Holden. Ich in gewisser Weise auch. Ich denke, wir sind uns beide einig, dass wir dafür sorgen wollen, dass Leos Kindheit normaler und sicherer wird, als unsere das war."

„Ja", sagte er, gefangen von ihren Worten und ihrer Stimme, so sanft und sicher, dass Colt ihr für den Rest seines Lebens zuhören konnte. Das Bewusstsein durchdrang ihn und wärmte sein Herz. *Du wirst der Mann in seinem Leben sein.* Ihre Worte über Leo klangen in seinem Kopf wider, und Colt fragte sich, wer der Mann in Annies Leben sein würde.

Lächelnd streckte sie die Hand aus. „Waffenstillstand? Gemeinsam werden wir dafür sorgen, dass seine Kindheit gesund und glücklich wird."

Colt zögerte nicht, ihre Hand zu nehmen. Ihre Finger glitten in seine Hand, um zu besiegeln, was beide von ganzem Herzen meinten.

Sie saßen auf seiner Treppe, hielten sich an den Händen und lächelten einander an, als Norma Sues großer Pickup-Truck zwischen den Bäumen hindurch kam.

Er hatte an diesem Morgen in der Kirche gespürt, was los war. Norma Sue und Esther Mae hatten es sich zum Ziel gesetzt, sie zu verkuppeln, und er konnte genau den Moment bestimmen, in dem sie sich auf ihn und Annie eingeschossen hatten. Sie so zu sehen, würde nur Öl ins Feuer ihres Interesses gießen.

Colt zog sich zurück, stand auf und ging auf den Truck zu. Er würde nicht auf der Veranda neben Annie sitzen bleiben und ihnen noch mehr zu tuscheln geben, als er ihnen bereits gegeben hatte.

Das einzige Problem dabei war, dass er, nachdem er in Annies Augen geblickt und ihre Hand gehalten hatte, *sich* zu viel zu denken gegeben hatte.

KAPITEL ZEHN

Annie starrte sich im Spiegel an und war nervös. Unsinn, sagte sie sich und wünschte sich mit aller Kraft, dass der Gedanke, den Abend mit Colt zu verbringen, ihren Puls nicht schneller schlagen und ihre Nerven so flattern ließe. Doch Unsinn oder nicht, es war so.

Das Schlimmste war, dass alle zu hoffen – ja sogar zu beten – schienen, dass sie und Colt sich ineinander verlieben würden.

Es war genug, um eine Frau, die keine Pläne hatte, sich auf den gutaussehenden Bullenreiter einzulassen, zum Schreien zu bringen. Es war die perfekte Situation, dachten alle ... sie war Leos Tante und Colt Leos Held. Und Vater. Obwohl sie es nicht sagten, wusste Annie, dass die alten Damen ihren Verdacht bezüglich der Beziehung zwischen Leo und Colt hatten. Je mehr Zeit die beiden zusammen verbrachten, desto mehr Leute mussten erkennen, wie sehr sie sich in vielerlei Hinsicht ähnelten. Spekulationen gab es viele, und obwohl niemand etwas direkt zu ihr sagte, konnte sie es sehen und spüren, wenn sie in der Nähe war. Andererseits konnte es sein, dass ihr Verstand Amok lief. Colts Familie hatte es herausgefunden, und obwohl ihre Spekulationen von Colt bestätigt worden waren, hatten sie alle geschworen, für sich zu behalten, was sie wussten. Niemand sonst hatte seinen Verdacht bestätigt bekommen. Nicht einmal Colts Mutter, die Annie noch nicht kennengelernt hatte. Doch Colt hatte Annie gesagt, dass er sich und ihr diese Komplikation jetzt lieber nicht auch noch antun wollte. Sie wusste nicht genau, was das bedeutete.

„Er kommt, er kommt!", rief Leo, als er mit einem breiten Strahlen im Gesicht in ihr Schlafzimmer rannte. „Bist du soweit?"

Trotz ihrer Nervosität musste Annie lachen. „Ja, ich bin bereit."

„Dann komm." Leo griff nach ihrer Hand und zog sie den Flur entlang. „Wir müssen zu einem Rodeo!"

Das dritte und letzte Mule Hollow Homecoming Rodeo fand an diesem Abend statt, und sie gingen mit Colt. Den Sommer über hatte es jeden Monat eines gegeben. Die alten Damen von Mule Hollow hatten die

Idee, einige der Leute, die aus der kleinen Stadt weggezogen waren, zu einem Besuch nach Hause zu bringen und sie damit vielleicht davon zu überzeugen, dass es sich lohnte, in den kleinen Ort zurückzukehren. Auch wenn Annie den Aufwand nicht verstehen konnte, da hier in den letzten Jahren eine Ehe nach der anderen geschlossen worden war.

Leo ließ ihre Hand los und riss die Haustür auf, als Colt die Stufen hinaufkam. Annie wehrte sich gegen die Schmetterlinge, die beim Anblick des Mannes in ihrem Bauch flatterten. Er hatte eine solche Selbstbeherrschung. Obwohl er nicht ganz zwei Meter groß war, schien er überlebensgroß zu sein. Das war typisch für einen Bullenreiter, wie sie noch feststellen würde. Vielleicht lag es daran, dass sie keine Angst hatten, auf den Rücken eines zweitausend Pfund schweren Bullen zu steigen, der sie gerne in den Boden rammen würde. Annie dachte, wenn sie das konnten und mit dem Leben davonkamen, dann hatten sie auch das Recht auf eine so stolze Haltung. Doch selbst wenn sie versucht hätte, Colt nachzuahmen, würde es auf keinen Fall gut für sie aussehen. Er nahm ihr definitiv den Atem. Besonders heute Abend. Er trug ein gestärktes schwarzes Westernhemd mit Ziernähten und Perlmuttknöpfen. Seine Jeans war dunkel und gut geschnitten, und die Schnalle, die er trug, war groß und funkelte mit aufwändigen Details und kleinen Steinen, die in den silbernen Schatz eingearbeitet waren.

„Wow, was für eine Schnalle!", rief Leo.

Colt lachte, und das Geräusch erwärmte etwas tief in Annies Brust.

„Das ist eine meiner Schnallen aus dem Finale. Du wirst eines Tages auch so eine haben, wenn du weiter so fleißig übst."

„Ich weiß", zwitscherte Leo, als wäre das Siegen ein Kinderspiel.

„Du siehst gut aus", sagte Colt, als sein Blick zu Annie wanderte.

Sofort erwärmte sich ihr Blut, und ihre Haut prickelte. „Danke dir." Plötzlich machte sie sich Sorgen, weil sie sich tatsächlich um ihr Aussehen gekümmert hatte, da sie den Abend mit ihm verbringen würde.

„Und ob sie das tut." Leo strahlte. „Ich hätte nicht gedacht, dass sie sich je entscheiden würde, was sie anziehen soll."

Colt schmunzelte. „Hat sich wohl ein paarmal umgezogen?", fragte er mit amüsiertem Blick.

Leos Gesicht verzog sich zu einer fassungslosen Grimasse. „Mindestens hundert Mal. Sie sollten all die Kleider sehen, die sie auf ihr Bett geworfen hat."

Annie schnappte nach Luft. „Leo, so schlimm ist es auch wieder nicht."

Nach dem Grinsen auf seinem Gesicht zu urteilen, genoss Colt die kleine Szene. Annie wusste sehr wohl, dass er dachte, dass sie sich seinetwegen umgezogen hatte.

Annie konnte immer noch die Wärme seiner Hand von vor einer Woche spüren, als sie sich geeinigt hatten, Leo ein besseres Leben zu geben als sie es gehabt hatten. Annie hatte sich seit diesem Tag in ihrer Bibel vergraben. Sie hatte sich verloren gefühlt, als sie in seine Augen geblickt und sich gefragt hatte, wie es wäre, wenn sie verliebt wären, … wenn sie eine Familie wären.

Der Gedanke weckte Gefühle in ihr, die sie nicht erklären konnte. Doch eines dieser Gefühle war Angst. Ihr ganzes Leben lang hatte sie von der Liebe geträumt. Sie hatte sich danach gesehnt, doch sie konnte die Mauern, die sie um ihr Herz gebaut hatte, nicht einfach aufgeben. Und dann sah sie Colt Holden, und plötzlich schienen alle Hoffnungen und Wünsche in ihr so weit zu wachsen, bis sie das Gefühl hatte, sie könnte explodieren. Das erschreckte sie.

„Kann ich Samantha reiten?", fragte Leo, als sie durch die kleine Messe gingen, die außerhalb der überdachten Rodeo-Arena eingerichtet war. Lilly und

Cort Wells sahen aus wie das süßeste Paar der Welt, sie mit ihren dunklen Ringellöckchen und er der ernsthaft dreinblickende Pferdetrainer. Im Moment konzentrierte er sich darauf, die Horde von Kindern in Schach zu halten, die gekommen waren, um die Tiere zu streicheln und Samantha oder ein paar Miniaturponys, die sie mitgebracht hatten, zu reiten.

Ihr Sohn Joshua, der ungefähr vier Jahre alt war und gerade ein Kälbchen mit der Flasche fütterte, winkte Leo zu sich. „Willst du ihn auch mal füttern?", fragte Joshua. „Es macht ihm nichts aus."

„Klar, gerne", sagte Leo und machte sich sofort daran.

„Er ist zu allem bereit, oder?", fragte Colt.

„Oh, wenn du nur die Hälfte wüsstest. Dieser kleine Junge ist zu *allem* Unfug bereit. Jennifer und ich haben so oft den Atem angehalten und uns Sorgen gemacht, was er als nächstes tun würde. Aber was soll ich erwarten? Sie hat ihn dazu gebracht, Bullenreiter zu vergöttern."

„Du hättest das nicht getan, oder?"

„Jennifer und ich haben viele Dinge nicht auf dieselbe Weise gesehen."

Das hatte er bereits herausgefunden, ohne dass sie es ihm sagen musste. Soweit er sich an Jennifer erinnern konnte, war sie ein wenig neurotisch und hatte gern ziemlich heftig gefeiert. Die Wahrheit war, sie hatte ihn von Rodeo zu Rodeo gejagt. Er war nicht stolz auf sein Verhalten, doch er wusste, dass er nicht von Jennifer angezogen worden wäre, wenn er nicht dauernd auf Achse gewesen wäre. Annie war ganz anders als ihre Schwester. Sie war leiser, und er wusste, dass eine Frau wie Annie nicht einmal darüber nachdenken würde, Rodeo Groupie zu spielen. Rodeo-Cowboys zum Spaß hinterher zu reisen würde ihr nicht im Traum einfallen.

Er hatte das Gefühl, dass Annie Ridgeway eine Ein-Mann-Frau war. Das gefiel ihm. Er mochte es sehr. Nicht, dass es darauf ankam, was er mochte. Sie waren ausschließlich wegen Leo in dieser merkwürdigen Beziehung. Annie aus seinen Gedanken zu verdrängen war für alle Beteiligten am besten. Außerdem wusste er, dass es für ihn aussichtslos war, sich Gedanken über die Suche nach Liebe und Glück zu gestatten.

Samantha trottete über die Wiese und stupste Leo an, dann zog sie ihre großen Lippen zurück und grinste. Leo und Joshua lachten.

„Er hat schon Freunde gefunden", sagte Colt und versuchte, nicht zu bemerken, wie die Sonne Annies Haar wie warmes Gold schimmern ließ.

„Ja, ich bin so froh. Joshua ist ein bisschen jünger,

doch hier sind mehrere Jungen in seinem Alter. Sieht aus, als würde er eine schöne Gruppe haben, mit der er nächstes Jahr zur Schule gehen wird." Sie seufzte. „Ich bin wirklich froh, dass wir hierhergezogen sind, Colt."

Bevor sie aufgetaucht waren, hatte er kurz vor dem kompletten Zusammenbruch gestanden. Jetzt hatte er einen Grund, morgens aufzustehen. Einen Grund, sich weiterzuentwickeln und sich mit der Tragödie auseinanderzusetzen, die er verschuldet hatte. „Ich auch."

Zwei Stunden schwang Colt seine Schlinge und wünschte, sein Schlüsselbein wäre nicht gebrochen. Zum Glück war es fast geheilt, doch er sehnte sich danach, auf dem Rücken eines Bullen zu sitzen und sich mit den anderen Bullenreitern auf ihre Zeit in der Arena vorzubereiten. Das wäre leichter, als neben Annie in einer Menschenmenge zu sitzen, deren wachsame Augen seinen Nacken prickeln ließen.

Wenn er so dicht neben ihr in den überfüllten Arena-Rängen saß, dass ihre Beine und Schultern sich bei jeder Bewegung berührten, konnte er nicht klar denken. Er bemühte sich angestrengt darum, das Ziel im Auge zu behalten und die ständigen Fragen zu beantworten, mit denen Leo ihn dauernd bombardierte. Colt hatte nicht zum Rodeo kommen wollen.

Er hatte alles daran gefürchtet, nur nicht, Zeit mit

Leo zu verbringen. Für einen verletzten Bullenreiter war es Folter, auf der Tribüne zu sitzen und zuzusehen. Dazu kamen noch die Schuldgefühle, die er empfand, wenn er das Leben genoss, erschwert durch die Tatsache, neben Annie zu sitzen. Annie, die ihm das Gefühl gab, lebendig zu sein, nur wenn er in ihrer Nähe war – ja, er wurde auf mehr als nur eine Weise gefoltert.

„Ich werde das eines Tages auch machen. Ganz sicher", sagte Leo begeistert und zeigte auf die Cowboys mit den Lassos, als sie aus dem Tor stürmten und das Kalb jagten. Leo klatschte und johlte, als das Seil eines Cowboys das Kalb erwischte. Sein Pferd blieb stehen, der Cowboy sprang aus dem Sattel und rannte zum Kalb. „Schau, schau, schau!", rief Leo und zeigte auf den Cowboy, der das Kalb auf den Rücken warf, ein Seil von seinem Gürtel riss und drei Beine des Kalbs gekonnt zusammenschnürte, bevor er seine Hände in die Luft warf und dem Zeitnehmer signalisierte, die Uhr anzuhalten. „Mann, ja, das werde ich definitiv eines Tages tun." Leo wirbelte herum, und sein Gesicht strahlte vor heller Aufregung.

Colt lachte, sein Herz voller Liebe. In diesem Moment wollte er seinen Sohn umarmen und ihm sagen, dass er sein Vater war. Und dass er ihn liebte. Dass er ihm helfen würde, jeden Traum zu verwirklichen, den er hatte. Ihm all das geben, was Colt als Kind nicht gekannt hatte.

Er hatte sich sein ganzes Leben lang gesagt, dass es keine Rolle spielte. Er war darüber hinweg und hatte ohne die Unterstützung seines alkoholkranken Vaters oder seiner Mutter, die sie verlassen hatte, weil sie nicht in der Lage gewesen war, mit ihrer Situation umzugehen, für seine Träume gekämpft. Erst kürzlich hatte sie versucht, in sein Leben zurückzukehren. Als er Leo ansah, wusste er, dass er alles tun würde, um dafür zu sorgen, dass Leo sich geliebt und sicher fühlte. *Aber wirst du ihm sagen, dass du sein Vater bist?*

„Mir wäre definitiv lieber, wenn du das machst anstatt Bullenreiten“, sagte Annie und machte keinen Hehl daraus, dass Bullen ihr Angst machten und sie diesem Karrierewunsch nicht kampflos nachgeben würde.

„Das werde ich auch lernen. Ich werde genauso gut sein wie Colt.“

Colt spürte, wie Annie sich neben ihm anspannte. „Ich habe das Gefühl, dass du besser sein wirst als ich“, sagte Colt zu Leo. Dann sagte er zu Annie: „Entspann dich. Bullenreiten ist Technik und Selbstbeherrschung. Wenn ich Leo trainiere, wird er beides haben, und nichts wird ihn aufhalten.“

„Genau, nichts wird mich aufhalten. Ich werde der Beste sein, den es je gab."

Annie lachte darüber trotz der Spannung, die er in jeder Faser ihres Körpers sehen konnte. „Daran zweifle ich nicht." Sie nahm seinen Cowboyhut von seinem Kopf und strich ihm liebevoll durch die Haare. „Du bist dickköpfig genug, um genau das zu schaffen."

„Um der Beste zu sein, braucht es jedes bisschen Dickköpfigkeit."

„Bist du dickköpfig?", fragte Leo, lehnte seine Hüfte gegen Colts Knie und legte seine Hand auf Colts Bein.

Colt fühlte eine Zufriedenheit, die er noch nie zuvor empfunden hatte, als er bemerkte, wie entspannt Leo sich ihm gegenüber verhielt. Gott hatte ihn mit diesem Kind gesegnet. Die Erkenntnis traf Colt wie ein Blitz. „Oh, das bin ich. Wenn ich weiß, was ich will, hole ich es mir. Du wirst genauso werden."

Leo grinste. „Darauf kannst du wetten."

„Leo, willst du mit uns zum Imbissstand gehen?", rief Norma Sue von der Treppe. Adela war neben ihr, und ein süßes Lächeln erhellte ihre strahlend blauen Augen – Augen, von denen Colt dachte, dass sie wahrscheinlich noch mehr strahlten, weil ihr kurzes weißes Haar ein solcher Kontrast war. Sie war so zierlich und sanft im Gegensatz zu Norma Sue mit ihrer robusten Figur und ihrer noch größeren Persönlichkeit. Wie diese beiden so eng befreundet sein konnten, hatte Colt schon in seiner Kindheit immer verblüfft, und jetzt noch mehr. Doch sie waren beste Freundinnen, und es funktionierte. Fügte man noch Esther Mae in die Mischung und es war, als würde man Sprudelwasser in einen Milchshake gießen.

„Kann ich, Tante Annie? Bitte kann ich?" Leo wirbelte zu Annie herum.

„Sicher kannst du." Annie lächelte. „Danke, ihr zwei!", rief sie den alten Damen zu. Sie grinsten.

„Ich könnte ihn in die Ansagerkabine bringen, wenn es dir nichts ausmacht. Mein Roy Don hätte seinen Spaß, ihm die Show von da oben zu zeigen."

„Gerne", sagte Annie, während Leo johlte und auf Norma Sue und Adela zustürmte.

Während Colt zusah, wie Leo durch die Reihe zu den Damen rannte, wurde ihm bewusst, dass er und Annie unter sich waren. Sie waren in einer Menschenmenge, doch plötzlich ganz ohne Puffer. „Soll ich dir was vom Imbissstand holen?", bot er an.

Sie schüttelte den Kopf. „Nein danke, ich brauche nichts."

Sie saßen ein paar Minuten so da und fühlten sich wie Fremde. Hitze brannte dort, wo ihre Jeans seine berührte. Colt überlegte, worüber er mit ihr sprechen könnte. „Bist du sicher? Es macht mir nichts aus, zu gehen."

Ein Lächeln zupfte an ihren Lippen. „Und Leo seine Unabhängigkeit wieder nehmen, indem du ihm folgst? Keine gute Idee. Lass uns einfach hier sitzen und uns entspannen."

„Okay", brummte er und fühlte sich unbehaglich. „Er ist ein großartiges Kind, Annie."

„Ja, das ist er", antwortete sie, und dann herrschte wieder Stille zwischen ihnen. „Macht dich das verrückt – nicht da unten zu sein?", fragte sie schließlich.

„Ja, ich würde lügen, wenn ich behaupten würde, dass es nicht so ist." Er zuckte mit den Schultern. „Aber es ist nicht mehr dasselbe." Er sah die Bullenreiter an, die hinter den Toren warteten. „Im letzten Monat ist so viel passiert, dass es sich wie Jahre anfühlt."

„Ich habe gehört, du denkst darüber nach, nicht am Finale teilzunehmen." Sie lächelte fast scheu. „Und ja, ich habe Getuschel über dich belauscht. Ich muss zugeben, dass ich neugierig auf Leos ... " Sie verstummte und sah sich um. „Du weißt schon", beendete sie den Satz.

Die Freude an ihrem Interesse, starb, als ihm bewusst wurde, dass sie neugierig war, weil er Leos *Vater* war. Auch gut. Er wusste, dass sie interessiert war; er konnte es in ihren Augen sehen. Doch was hatte er erwartet, da sie ihn nicht wirklich mochte und ihn im Grunde nur wegen der Situation tolerierte?

„Ja, ich weiß. Ich habe viel im Kopf und muss mir über vieles klar werden."

„Ich weiß das. Ich versuche, geduldig zu sein, wie wir es besprochen haben. Willst du darüber reden?"

Er sah sie an und dachte über ihr Angebot nach. „So leicht ist es nicht."

„Ich bin sicher, dass es das nicht ist. Du hast viel durchgemacht. Ich verstehe das." Sie wandte ihren Blick dem ersten Bullenreiter zu, der sich auf den Rücken eines Bullen niederließ. „Ich dachte nur, wenn du jemanden zum Reden brauchst … Aber du hast ja deine Brüder. Deine Familie. Eine Familie zu haben ist schön."

Die Menge um sie herum wurde wild, als sie fünf Sekunden lang beobachteten, wie sich der Reiter auf dem Rücken des Tier hielt, bevor er abgeworfen wurde. Die Rodeoclowns und Bullenkämpfer rannten auf den Platz und lenkten den riesigen Bullen ab, während der Cowboy unverletzt zum Zaun joggte.

„Es gibt Dinge, die niemand reparieren kann." Er zögerte und dann, als er das Mitgefühl in ihren Augen sah, fuhr er fort. „Eine tote Familie kann niemand zurückbringen. Das Loch, das ihre Abwesenheit im

Leben ihrer Lieben und Freunde hinterlassen hat, kann man nicht flicken."

Um sie herum brach Jubel aus, als Roy Don die nächste Bullenreiter-Kombination mit Namen ankündigte. Colt sah nicht einmal hin – er war zu beschäftigt damit, Annies traurige Miene zu betrachten. „Da hast du Recht. Wir werden vielleicht nie wissen, warum diese Tragödie passiert ist. Aber egal wie sehr du dir wünschst, dass du anstelle der Eversons gestorben wärst, es ändert nichts daran. Damit musst du dich abfinden. Du musst es nicht mögen ... aber du musst es akzeptieren."

„Colt!", rief Leo, als er sich an den anderen Zuschauern vorbeischob, die auf der Stadionbank saßen. Colt hatte nicht bemerkt, dass Leo die Stufen heraufgekommen war, so sehr hatte er sich auf sein Gespräch mit Annie konzentriert. Annie sah genauso erschrocken aus wie er.

„Was gibt's?", fragte er und streckte die Hand aus, um seinen Sohn zu stützen, als er an den letzten Knien vorbeikam.

Vor Aufregung atemlos strahlte er Colt und Annie an. „Es gibt ein Rodeo für Kinder wie mich! Könnt ihr das fassen? Für Sechsjährige wie mich!"

„Whoa, mach erstmal langsam und atme", sagte Colt lächelnd.

„Entschuldigung … Entschuldigung", sagte Norma Sue und schob sich auf sie zu. Da sie natürlich größer war als Leo, mussten die Männer aufstehen, um ihr den Platz zu machen, den sie brauchte, um durch die Menge zu kommen. Ihr Ellbogen traf einen Cowboy versehentlich am Kopf. Sein Stetson flog und landete zwei Reihen weiter vorne auf einer Frau. All das während des Ritts des Abends, dem Ritt des Bullenreiters, der versuchte, Colt in der nationalen Gesamtwertung zu überholen!

„Hey", polterte der Cowboy und starrte Norma Sue an.

Offensichtlich nicht aus dieser Gegend hatte der arme Kerl keine Ahnung, mit wem er sich da anlegte, als er Norma Sue finster anstarrte.

Die robuste Rancherin blieb stehen und wirbelte zu ihm herum. Unglücklicherweise für den zuvorkommenden Kerl, der aufgestanden war, um sie durchzulassen, wurde er von ihren Hüften zurückgestoßen, als sie sich dem Unruhestifter zuwandte. „Ich hatte nicht vor, Ihnen den Hut vom Kopf zu stoßen, Junge", entschuldigte sie sich, als sich die Leute umdrehten, um zu sehen, was los war.

„Sie müssen besser aufpassen", begann die arme, fehlgeleitete Seele und hielt dann inne, als Norma Sue ihre Faust in ihre Hüften stemmte und sich zu ihm beugte. Ihr Gesichtsausdruck spiegelte ihr Missfallen angesichts seiner Unhöflichkeit wider.

„Habe ich Ihnen nicht gesagt, dass es mir leid tut, junger Mann?", empörte sie sich. Als er nicht antwortete, hob sie eine Braue und zuckte mit ihrem Kinn. „Also, habe ich oder nicht? Wollen Sie jetzt die Klappe halten, nachdem Sie eine alte Frau so aufgeregt haben?"

„Also, ich, ich..." Er schluckte schwer und blickte mit irritierter Miene von einer Seite zur anderen und bemerkte, wie lächerlich seine Situation war.

„Jawohl. Und jetzt denken Sie mal über Ihre Manieren nach. Ich bin mir sicher, dass Ihre Mutter es Ihnen wahrscheinlich besser beigebracht hat. Wenn nicht, Honey, haben Sie sich mit der Richtigen angelegt, um Ihnen den Kopf zurechtzurücken."

Colt verschluckte sich fast an seinem eigenen Lachen, und Annies Schultern zitterten.

Leo sah Norma Sue mit offenem Mund erstaunt an. „Dieser böse Mann hätte den Mund halten sollen", flüsterte Leo hinter vorgehaltener Hand in Colts Ohr.

„Ich denke, das wäre das Beste gewesen", lachte Colt.

„Also, wollen Sie mir jetzt nicht etwas sagen?", fragte Norma Sue den Cowboy, der offensichtlich am liebsten unter einen Felsen gekrochen wäre.

„Es tut mir leid, Ma'am. Ich hätte mich nicht so aufregen sollen, als Sie..." Er starrte auf seine Stiefel. „Als Sie nur versucht haben, an mir vorbeizukommen."

Norma Sue entspannte sich, grinste, streckte die Hand aus und klopfte ihm gutmütig auf die Schulter. „Na bitte. Fühlen Sie sich jetzt nicht besser?"

Er nickte langsam, und sie grinste von Ohr zu Ohr, ohne zu bemerken, dass sie gerade alle in der Umgebung von einem Acht-Sekunden-Bullenritt abgelenkt hatte.

„Jetzt könnt ihr alle wieder dem Bullenreiten zusehen. Die Show ist vorbei." Sie rutschte das letzte Stück zu ihrem Platz und ließ sich neben Annie nieder. „Unhöfliche Leute. Jemand musste ihm ein paar Manieren beibringen."

„Aber sowas von", sagte Leo, und sein kleines Gesicht verzog sich vor Empörung über die Situation. „Das haben Sie richtig gemacht, Miss Norma Sue."

Sie lächelte. „Danke, Honey. Vergiss nur nie, dass ein echter Cowboy auch immer ein Gentleman ist."

„Ja, Ma'am. Ich verspreche es."

„Gut. Jetzt, wo das geklärt ist, wollte ich das mit dem Kinderrodeo erklären. Annie, ich hoffe, du wirst Leo erlauben, teilzunehmen."

„Also ich denke, das wäre in Ordnung. Er sieht

aus, als ob er es wirklich will. Aber er weiß nicht, wie das alles geht."

„Ach, das ist nicht schlimm", lachte Norma Sue und sah Colt an. „Colt lebt nur einen Zaun weit entfernt. Colt kann ihm alles zeigen, was er will. Nicht wahr, Colt?"

„Ja, kannst du Colt?", fügte Leo hinzu, und sein ganzer Körper bebte angesichts der Aussicht auf das Kinderrodeo.

Colt lachte und wollte in diesem Moment Norma Sue nicht widersprechen. „Du und ich, kleiner Mann. Wir haben dich in kürzester Zeit bereit für das Rodeo."

„Ja", stimmte Norma Sue zu. „Genau das habe ich gemeint."

„Welche Wettbewerbe gibt es?"

„Hammelreiten!"

Colt amüsierte sich über Annies verblüfften Gesichtsausdruck, als sie ihn fragend ansah. „Ja, Hammelreiten ist normal. Die Kleinen sind einfach zu jung, um Bullen zu reiten."

„Das ist das süßeste, was du jemals gesehen hast", fügte Norma Sue hinzu. „Leo würde einen Riesenspaß daran haben."

Die Menge um sie herum begann zu toben. Alle hörten auf zu reden, als ihre Aufmerksamkeit auf den fantastischen Ritt in der Arena gelenkt wurde. Der

Bullenreiter ritt auf dem sich bockenden Bullen und gab alles. Colts unverletzte Hand ballte sich zu einer Faust, und er registrierte alles, was an dem Ritt gut war, und alles, was er anders gemacht hätte. Alles in allem hatte der Reiter einen tollen Job gemacht und die Aufmerksamkeit verdient, die sein Ritt erhalten hatte. Obwohl er mit Annie und Leo beschäftigt gewesen war, war Colt sich sicher, dass das der Siegerritt der Veranstaltung war.

Leo pumpte seine kleine Faust in die Luft. „Das war der Hammer!"

Annie schluckte schwer. „Norma Sue, ich muss über dieses Hammelreiten nachdenken. Was gibt es sonst noch bei diesem Rodeo?"

„Aber Tante Annie!", protestierte Leo. „Leo, ich sagte, ich muss darüber nachdenken."

„Ich denke, es hört sich nach Spaß für ihn an", sagte Colt verständnislos. Es war Hammelreiten – wo war ihr Problem?

Als Annies Augenbraue hochschoss und sie ihre großen Augen zusammenkniff, sagte sie damit alles. Er hatte gerade einen Fehler gemacht. Und wie es aussah, würde es ihm nicht viel besser ergehen als dem armen Cowboy, der es ein paar Minuten zuvor gewagt hatte, Norma Sue auf dem falschen Fuß zu erwischen.

KAPITEL ELF

„Wir werden das später besprechen, Leo", sagte Annie, als sie Leo ins Bad schickte, damit er sich vor dem Schlafengehen die Zähne putzte. Als er protestierte, schüttelte sie den Kopf. „Junger Mann, wenn du willst, dass die Antwort Nein lautet, dann mach weiter so. Ich habe dir gesagt, dass ich mehr Informationen brauche, und bis ich sie bekomme, werde ich dir sicher nicht erlauben, auf einem wildgewordenen Hammel zu reiten."

Er seufzte übertrieben. „Ja, Ma'am." Er stapfte den Flur entlang und verschwand im Bad.

Annie seufzte. Ihr Herz war schwer beim Gedanken, Leo zu enttäuschen. Sie war hier, um ihn zu beschützen, und sie wollte alles über dieses Rodeo wissen, bevor sie Leo etwas erlaubte, was ihn in Gefahr bringen könnte. Und wie konnte Colt es wagen?

Sie wandte sich wieder ihren Hausarbeiten zu und ging zum Waschbecken, um das Geschirr zu spülen, das dort auf sie wartete. Sie hatte keine Zeit gehabt, den Abwasch vor dem Rodeo zu erledigen, da sie viel zu lange vor ihrem Schrank verbracht hatte, um zu überlegen, welches Outfit sie anziehen sollte. In Gedanken versunken ließ sie das heiße Wasser in die Spüle laufen und starrte darauf, während der Schaumberg zu wachsen begann.

Was erwartete Colt? Dass er seinem Sohn verschweigen konnte, dass er sein Vater war, und dennoch entscheiden konnte, wo sie noch nicht zu einem Entschluss gekommen war? Und was hatte sie sich gedacht – der Mann war schließlich sein Vater. Ihn in Leos Leben einzubeziehen gab ihm Rechte. Es schien jedoch nicht fair, dass er sie damit überstimmte.

Annie schnappte sich einen Teller, und obwohl darauf nur ein Truthahnsandwich gewesen war – Leos Lieblingsessen –, schrubbte sie ihn, als würden drei Tage alte eingetrocknete Eier daran haften. Colt sollte besser froh sein, dass er den Wink verstanden hatte und nach Hause gefahren war, sobald er sie abgesetzt hatte. Sie schrubbte noch härter. Er sollte besser froh sein, dass sie ihren Ärger größtenteils für sich behalten hatte.

„Was hat er sich nur gedacht?", knurrte sie, als sie

das Schrubben wieder einstellte und den blitzsauberen Teller unter dem klaren warmen Wasser abspülte.

Und das, wo sie geglaubt hatte, dass sie auf der Tribüne für eine Minute eine echte Verbindung hergestellt hatten – nicht, dass sie sich überhaupt sicher gewesen war, was sie tat, doch etwas war zwischen ihnen geschehen. Ihre Hände hielten im Spülwasser inne. Colt hatte eine Familie, mit der er reden konnte. Im Gegensatz zu ihr hatte er jemanden, der ihm in schwierigen Situationen mit Rat und Tat beistand. Er war nicht wie sie, die sich auf sich selbst verlassen und fast völlig ohne fremde Ratschläge klarkommen musste. Sie ließ den Kopf hängen, kämpfte gegen die Mischung aus Wut und Verwirrung an und packte das Spülbecken. Sie musste sich in den Griff bekommen und keine vorschnellen Entscheidungen treffen. Sie schloss die Augen und betete, dass sich ihr Geist beruhigen möge, und um die Antworten, die sie brauchte.

Als sie mit dem Abwasch fertig war, kam ein Gefühl der Ruhe in ihr auf. Sie war entschlossen, die richtigen Entscheidungen für Leo zu treffen. Sie musste sich auf Leo konzentrieren und ihre eigenen Bedürfnisse hintanstellen.

Was Colt anging, brauchte sie eine Anleitung, wie sie mit dem Mann umgehen sollte, der den Wagen nicht fahren und dennoch die Richtung bestimmen wollte. Und wenn es eine Sache gab, die Annie nicht mochte, waren es schlechte Beifahrer. Entweder hatte jemand seine Hände am Lenkrad, bereit, die Verantwortung für das beladene Auto zu übernehmen, oder derjenige war nur Passagier.

Colt Holden würde sich darüber klarwerden müssen, ob er auf dem Fahrerplatz sitzen wollte, wenn er ihr sagen wollte, wie sie ihren Neffen großziehen sollte. Bis zu diesem Zeitpunkt würde sie allein entscheiden, ob Leo auf den Rücken eines großen, fetten, verfilzten Schafs geschnallt wurde oder nicht. Was im Grunde ziemlich harmlos zu sein schien, doch was, wenn es heute Hammel- und morgen Bullenreiten war?

Alle Wege führten irgendwohin, und sie war sich einfach nicht sicher, ob es eine Straße war, auf die sie fahren wollte.

Meine Güte, was in aller Welt hatte Jennifer sich nur gedacht, sich für Männer zu begeistern, die sich nichts dabei dachten, ihr Leben auf dem Rücken eines gemeinen Bullen zu riskieren? Jennifer hatte nicht gedacht. Nein, und genau wie alle anderen in Annies Leben hatte sie sich früh verabschiedet und das ganze Denken und die Sorgen Annie überlassen. Frustration überkam sie. Annies Nerven und ihre Geduld waren erschöpft, und ihre Fähigkeit, rational und klar zu denken, löste sich schneller in Wohlgefallen auf als ein frisch gebackener Kirschkuchen in einem Raum voller hungriger Cowboys.

Sie brauchte jemandes Rat, um zu wissen, was für Leo richtig war.

Und sie musste ihr Herz schützen, denn sie durfte sich auf keinen Fall in Colt Holden verlieben.

„Was denkt ihr?", fragte Gabi strahlend vor Aufregung, Annie und Susan ihr Hochzeitskleid zu zeigen. In einer durchsichtigen Plastiktüte hing es an der Tür. Weiß mit kleinen Rüschen, die sich vom Knie abwärts zu Boden ergossen, war es ärmellos, und das Oberteil hatte einen weiten U-Bootausschnitt, der von Schulter zu Schulter mit winzigen Perlen verziert war.

„Es ist wunderschön", sagte Susan mit Ehrfurcht in ihrer Stimme, als sie das Kleid betrachtete. „Und an dir wird es noch viel schöner."

Annie strich mit den Fingern über das Plastik, als würde sie das Kleid berühren. „Gabi, es ist einfach perfekt." Annie liebte es, Brautkleider anzusehen. Als kleines Mädchen hatte sie nachts im Haus einer Pflegefamilie nach der anderen gelegen und davon geträumt, dass sie eines Tages heiraten würde. Oder in jenen Tagen, als sie von Aschenputtel begeistert war, hatte sie davon geträumt, ihren Prinzen zu finden. Dass er kommen, ihr Herz im Sturm erobern und sie heiraten würde – sie in ihrem perfekten Kleid und er in seinem perfekten Smoking – und sie würden glücklich bis ans Ende ihrer Tage in ihrem perfekten Schloss leben. Damals war sie kaum älter als Leo gewesen. Als sie vierzehn war, waren sie und Jennifer auf die Mädchenranch geschickt worden, wo sie gelebt hatten, bis das System sie mit achtzehn allein in die Welt spuckte. Da hatte Annie aufgehört, von Liebe zu träumen. Sie hatte ihr Herz verschlossen und den Schlüssel weggeworfen. Sie hatte erkannt, dass ihr Herz zu öffnen sie anfällig für Leid machte. Zu viele Leute waren der Meinung gewesen, sie sei der Liebe nicht würdig. Und sie würde bestimmt keinen anderen Menschen finden, in den sie sich verlieben könnte, nur, damit er mit ihrem Herzen spielen und es mit Füßen treten konnte.

Nein. Annie träumte nicht mehr von einem Prinzen und wahrer Liebe ... doch sie konnte ihre Liebe zu Brautkleidern nicht leugnen. Sie hatte eine Schwäche dafür.

„Danke euch allen. Ich bin so aufgeregt, wie eine Frau nur sein kann. Ich meine, wirklich, ich hatte keine Ahnung, dass ich Jess treffen würde, als ich hierhergekommen bin. Und jetzt habe ich ein Brautkleid."

„Wird es eine große Hochzeit?", fragte Annie. Sie freute sich für Gabi und Jess.

Susan und Gabi sahen einander an und kicherten. „Wer weiß? Es könnten hundert Leute kommen oder dreihundert. Jess hat alle eingeladen. Du und Leo kommt doch, oder? Vielleicht kann Colt euch begleiten…"

In Annies Kopf begannen die Alarmglocken zu läuten. „Das glaube ich nicht. Gehört Colt nicht zur Hochzeitsgesellschaft? Er wird sicher zu beschäftigt sein."

Draußen fuhr ein Truck vor. „Die Mittagspause ist vorbei." Susan grinste. „Du solltest das besser an einen sicheren Ort bringen, Gabi – oder Max, der Zerstörer, könnten sich entscheiden, es als kleinen Nachmittagssnack zu verspeisen."

Gabi tat so, als hätte sie Angst, als sie sich ihr Kleid schnappte und es vor dem übereifrigen, großen Hund in Sicherheit brachte, den Annie auf dem Ladebett des Trucks springen und bellen sah. Er war riesig.

„Ziemlich lebhaft", bemerkte sie und war froh, etwas zu haben, das sie von der Unterhaltung über Hochzeiten und Colt ablenkte, den sie einfach nicht aus dem Kopf bekam. Sie winkte den wilden Riesen von einem Hund und dessen zierliches Frauchen Ginger herein. Annie konnte ehrlich nicht verstehen, warum eine so zierliche Frau einen so großen Hund haben wollte. Max kam in die Klinik gestürmt und zerrte Ginger hinter sich her, als wäre sie ein niedrig fliegender Drachen. Er marschierte schnurstracks hinter der Theke, sprang mit den Vorderpfoten auf ihren Schoß und versuchte sofort, Annie zu Tode zu lecken.

Annie, Gabi, Susan und Ginger mussten den überdimensionierten Schoßhund mit vereinten Kräften davon überzeugen, in den Untersuchungsraum zu gehen. Annie war außer Atem, als alle im Raum waren und sie die Tür schloss.

„Puh, was für ein Job", murmelte sie und kehrte an ihren Schreibtisch zurück. Sie hatte sich gerade hingesetzt, als Colt auf den Parkplatz fuhr. Ihr Magen schlug einen Salto, wie Max beinahe, als er am Bauch gekrault werden wollte. Sie erinnerte sich daran, dass sie böse auf ihn war, und betete um Einsicht, was ihn anging. Bauchkraulen stand nicht auf der Tagesordnung. Doch den gutaussehenden Bullenreiter zielstrebig in die Klinik kommen zu sehen, als wäre er auf einer Mission, und diese Mission war sie ... nun, das konnte ein Mädchen nicht ungerührt lassen. Sogar eines, das Abstand halten wollte.

„Okay, schau." Colt blieb auf der anderen Seite ihres Schreibtisches stehen. „Ich weiß, dass du gestern Abend böse auf mich warst. Und ich weiß, dass du jedes Recht dazu hattest, nachdem ich dir wegen des Hammelreitens auf die Zehen getreten bin. Aber..." Er sah sich um, als würde ihm zum ersten Mal klar werden, dass sie möglicherweise nicht allein waren. „Naja, weißt du, da ich – können wir nach draußen gehen?", fragte er.

Annie war schon unterwegs. Sie eilte an ihm vorbei, um ihn so schnell wie möglich wieder loszuwerden. Vor der Tür wirbelte sie herum. Auf dem Heimweg vom Rodeo hatten sie nicht viel gesprochen. Sie hatten nichts sagen müssen, weil Leo immer wieder aufgeregt über das Hammelreiten geplappert hatte, von dem er überzeugt war, dass er daran teilnehmen würde – weil Colt den Mund nicht hatte halten können und in ihren Verantwortungsbereich eingedrungen war.

„Du hast mir gestern Abend die Rolle der Bösen aufgedrängt!", blaffte sie und wurde sich plötzlich eines weiteren Puzzleteils bewusst. „Du wusstest den ganzen Abend, dass Bullenreiten mich nervös macht. Du hast es gewusst und hast dich doch eingemischt, bevor ich nein sagen konnte, und gesagt, dass Hammelreiten okay ist."

„Das sind nur Kinder, die auf Schafen reiten, Annie."

„Heute ein Schaf, morgen ein Bulle. Schau mich nicht so an. Hast du nicht auch so angefangen?"

Er presste die Lippen aufeinander.

„So war es, oder?"

„Naja, es hat Spaß gemacht, als ich es ausprobiert habe. Obwohl ich es nicht bei einem Rodeo machen konnte. Ich musste mich in den Pferch des Nachbarn schleichen und reiten, wenn niemand zugesehen hat."

Annie verschränkte die Arme und starrte ihn an. Er trat näher. Seine Augen erforschten ihre, und ihr Puls beschleunigte sich. Sie kämpfte darum, ihre Verteidigungsmauern aufrecht zu halten. Doch das war schwer, wenn Colts warme Melasse-Augen ihr Herz in schmelzende Butter verwandelten. Er seufzte, senkte den Kopf und starrte auf seine Stiefel. Er war so nah, dass sie das Trommeln seines Herzens im Atem zwischen ihnen spüren konnte. *Was, oh was war da nur los?*

Colt hob seinen Blick, und die Qual in seinen Augen zerrte an Annies Herz, als er näher kam, seinen unverletzten Arm um sie legte, und sie an sich zog.

Annie war zu geschockt, um sich zu bewegen.

Ihre Gesichter waren Nase an Nase, ihre Lippen so nah, dass sie sein Zittern spüren konnte; ihre Herzen pochten zusammen, und Annie befürchtete, dass ihre Knie nachgeben und sie zu seinen Füßen zu einer Pfütze schmelzen würde, wenn er sie jetzt losließ. Um dies zu verhindern, ergriff sie seine gesunde Schulter und hielt sich fest. Obwohl er nicht vorzuhaben schien, sie loszulassen. Er sagte kein Wort, als sein Arm sich um sie legte und seine Lippen ihre einfingen und ihr den Atem nahmen.

Annies Finger spannten sich an. Sie konnte nicht denken. Sie konnte wirklich an nichts denken, außer wie wunderbar dieser Kuss war, wie absolut ... *Nein!*

Annie zwang sich, sich aus seinem Arm zu befreien. Er blinzelte, als wäre er genauso fassungslos von dem, was passiert war, wie sie.

Er schluckte. Sie schluckte. Sie starrten einander an und beide blinzelten, als sich die Stille zwischen ihnen hinzog.

Er rieb sich die Schläfe. „Schau, Annie, es tut mir leid. Das hätte nicht passieren dürfen. Ich bin hergekommen, um dir zu sagen, dass es mir leidtut. Wenn du nicht willst, dass Leo reitet, lasse ich mir eine Ausrede einfallen, warum er nicht kann, denn ich war schließlich derjenige, der es ihm in den Kopf gesetzt hat."

Annie drückte ihre Hand an ihren Bauch und wollte antworten. Dazu war sie durchaus in der Lage.

Sie erinnerte sich an eine Zeit, in der sie Worte zu sinnvollen Sätzen hatte aneinanderreihen können. „D-das ist nicht nötig."

Er sah genauso erstaunt aus wie sie.

„Es ist nicht nötig?" Er runzelte die Stirn über seinen verwirrten Augen.

Annie versuchte, den Kuss zu vergessen. Es war ein großer dummer Fehler gewesen. Sicher, es gab eine gewisse Anziehung zwischen ihnen, doch sie konnte diese Dreiecksbeziehung, die sie jetzt untereinander und mit Leo hatten, nicht mit einer Romanze verkomplizieren. „Du bist sein Vater, und du hast das Recht, deine Meinung zu äußern. Ich würde es nur begrüßen, wenn wir Entscheidungen in Zukunft besprechen würden, bevor sie von einem von uns herausposaunt werden. Ich muss aber auch anfangen, loszulassen. Ich kann Leo nicht für immer verhätscheln. Ich wollte, dass er einen männlichen Einfluss in seinem Leben hat, und das Hammelreiten ist so ein Männerding."

„Kleine Mädchen lieben es auch."

„Ich hätte es wissen sollen. Ich muss wieder rein. Wann soll ich Leo zu dir bringen, oder wo auch immer ihr zwei für das Rodeo trainieren wollt?"

„Bis heute Nachmittag habe ich einen Reitdummy für ihn fertig. Komm einfach vorbei, wenn du mit der

Arbeit fertig bist." Colt lächelte, drehte sich um und schlenderte pfeifend zu seinem Truck. Colt war ein Pfeifer ... wer hätte das gedacht?

Sie wirbelte herum, um in die Klinik zurückzukehren. „Annie", rief er, und sie blieb stehen.

„Ja."

„Was diesen Kuss angeht."

Ihr Herz flatterte. „Ja?", sagte sie und kämpfte gegen die Erinnerung an seine Lippen an.

„Mach dir keine Sorgen. Wird nicht wieder vorkommen. Versprochen."

* * *

„Versprochen", murmelte Colt ein paar Stunden später, als er ein kleines Fass zwischen zwei Bäume hängte. Seile hielten es ein paar Zentimeter über dem Boden, gerade hoch genug, damit Leos Füße nicht hinunterreichen würden. Er zurrte das Seil fest und zog den Knoten stramm, so angespannt wie seine Frustrationen. Sie würden jeden Moment hier sein, und er stellte sich furchtbar ungeschickt an. Er hatte die Knoten dreimal gebunden, bevor sie fest genug waren. Er war neben der Spur, seit er sich lächerlich gemacht hatte, indem er Annie vor der Tierklinik geküsst hatte. Er hatte es in einem Moment der

Unzurechnungsfähigkeit getan. Sie hatte dort gestanden und ihm die Leviten gelesen, dann hatte er sie einfach geküsst. Sie war wunderschön und…

Und von diesem Moment an war er zu nichts zu gebrauchen gewesen. Die Erinnerung an die Berührung ihrer Lippen jagte ein elektrisches Gewitter durch ihn hindurch. Er trat vom Fass zurück und griff nach dem Führstrick, mit dem er es kontrollieren konnte, während Leo versuchte, es zu reiten. Mit der Hand seines verletzten Armes zog er am Seil. Die Bewegung verursachte ein wenig Schmerz in seiner Schulter, aber nicht viel. Es würde nicht lange dauern, bis sein Arm wieder voll funktionsfähig sein würde. Im Gegensatz zu seinem Gehirn.

„Was hast du dir nur dabei gedacht, Holden?", murmelte er, als er Stimmen durch den Wald kommen hörte. Leo war hier. Colts Herz weitete sich beim Anblick seines Sohnes. Liebe, wie er sie nie gespürt hatte, drohte, ihn auf die Knie zu zwingen.

Lieber Gott, lass mich gut genug für diese Aufgabe sein.

Als Annie in Sicht kam, glänzte ihr seidig goldenes Haar, und sein Magen zog sich zusammen. Sein Herz sackte plötzlich in seine Stiefel, und seine Hände wurden feucht. Er wusste, ohne einen Arzt konsultieren zu müssen, dass er eine schwere

Krankheit hatte. Oh ja, er war krank. Krank im Kopf. Was hatte er sich nur gedacht? Dass sie wunderschön war, voller Feuer und Temperament.

„Hey, Colt, ich habe den ganzen Tag darauf gewartet, dich zu sehen." Leo rannte aus dem Wald und schlang seine Arme um Colts Beine.

Colts Herz explodierte vor Liebe, und es kostete ihn einige Kraft, sich nicht zu bücken und Leo fest zu umarmen.

Doch er tat es nicht. Eine dunkle Emotion lag hinter seiner Freude, und eine innere Stimme sagte ihm, dass er es nicht wert war, das ihm angebotene Geschenk anzunehmen. Leo zu helfen, diesen kleinen Nervenkitzel zu spüren, nur sein Lächeln zu sehen, fühlte sich nach viel mehr an, als er verdient hatte ... doch er konnte nicht anders. Und Annie ... Colt blickte von seinem Kind auf, das sein Bein umklammert hielt, und begegnete ihrem vorsichtigen Blick.

„Hey", schaffte er, obwohl sein Mund trocken war und die Worte rau klangen. Er räusperte sich – und versuchte, dasselbe mit seinem Verstand zu tun. Hier ging es um Leo. „Ich habe alles vorbereitet."

„Was ist das?", fragte Leo, als Annie mit ihren Fingern über das Fass fuhr und Leo es schob.

„Du wirst dich da draufsetzen und dich festhalten, während ich an diesem Seil ziehe und es schaukeln lasse. Du musst dich festhalten und lernen, deine Beine zu benutzen, um nicht runterzufallen."

„Wie bei einem echten Schaf", sagte Annie.

„Ich verstehe!" rief Leo und starrte sie mit untertassengroßen Augen an. „Kann ich schon aufsteigen?"

Colt lachte, schob seine Hände unter Leos Arme, hob ihn hoch und setzte ihn auf das Fass. Seine Schulter protestierte nur leise. „Halt dich an dem Seil hier fest", sagte er und deutete auf ein Seil, das er um das Fass geschlungen hatte.

Leo plapperte ohne Punkt und Komma, während Colt seine Haltung korrigierte. Annie stand ruhig mit verschränkten Armen da und beobachtete sie aus ein paar Schritten Entfernung. Er fragte sich, was sie dachte. Wahrscheinlich, dass sie ihm gerne den Hals umdrehen würde ... oder noch schlimmer.

Ihre Situation war kompliziert. Das war nicht zu leugnen.

„Okay, sitzt du gut? Hast du das Seil im Griff? ... Gut so, genau richtig. Wir müssen dir ein paar kleine Handschuhe bei Petes Futterladen holen, aber für den Moment siehst du gut aus."

Leo konzentrierte sich zu sehr, um etwas anderes zu tun als zu nicken. Es war offensichtlich, dass der kleine Kerl oft Bullenreiten im Fernsehen gesehen hatte und wusste, wie man sich hielt. Er hatte seine Handfläche zwischen dem Fass und dem Seil. Seine Augen waren geradeaus und nach unten gerichtet, das Kinn gesenkt, und als Colt zurücktrat, hob Leo seinen linken Arm über seinen Kopf. Da traf es Colt, wie sehr er wie eine kleine Version von ihm selbst aussah. Colt hatte genug Bilder und Stunden Filmmaterial von sich gesehen, mit deren Hilfe er seine Technik verbessert hatte, um zu wissen, dass Leo nicht irgendeinen Bullenreiter kopierte. Er kopierte Colt. Jennifer war dafür verantwortlich.

Auf ihre eigene seltsame Weise hatte sie ihnen eine Verbindung gegeben, obwohl sie ihm nie die Wahrheit gesagt hatte. Zumindest dafür konnte er ihr danken.

Das Bullenreiten war eine Verbindung, derer Annie sich nicht sicher war, und von der sie sich nicht sicher war, ob sie ihr gefiel. Sie verdrängte ihre eigenen Gefühle, um ihm das zu erlauben. Dafür schätzte er sie.

„Auf geht's. Jetzt versuch, dich mit den Oberschenkeln am Fass festzuhalten. Das ist dieser Teil." Er legte seine Hand auf Leos Oberschenkel. „Da hast du Muskeln, von denen alles abhängt."

Leo blickte auf und nickte ungeduldig. Colt kicherte. „Okay, Kumpel, mach dich bereit zu reiten."

Damit zog er sanft am Seil und bewegte das Fass ein bisschen, gerade genug, um Leo zu zeigen, wie es sich anfühlte. Dann zog er fester.

Leo johlte, riss seinen Arm in die Höhe und hielt sich ein paar Sekunden lang. Dann rutschte er in den Mulch, den Colt darunter verteilt hatte, damit er weich fiel. Leo lachte, rollte sich ab und sprang auf die Füße.

„Das war toll – kann ich gleich nochmal!"

„Steig auf", sagte Colt und konnte das Grinsen auf seinem Gesicht nicht verbergen. Das war sein Kind, das stand fest. Sein Sohn.

„Toller Ritt, Leo." Trotz ihrer Angst lächelte Annie.

„Ich weiß", rief Leo und platzte fast vor Stolz. Vollkommen von sich eingenommen. Colt fand das amüsant und machte den nächsten Ritt etwas schwerer, damit der kleine Kerl nicht anfing, seine Entschlossenheit von einem überdimensionierten Ego kaputtmachen zu lassen.

Offensichtlich auf der gleichen Wellenlänge kam Leo ernst zu ihm. „Colt, weißt du nicht, dass du das Fass härter schaukeln musst, wenn du willst, dass ich gewinne? Wie soll ich lernen, wenn ich nicht ein paarmal herunterfalle?"

Colt verzog das Gesicht und begegnete Annies wachsamen Blick. „Er hat Recht. Ist das okay für dich?"

Annie biss sich auf die Innenseite ihrer Lippe und dachte über seine Worte nach. Er nahm an, dass sie ihn für die gesamte Situation – einschließlich Kuss – am liebsten würgen würde, doch sie holte tief Luft.

„Ich vertraue dir. Tu, was du für sicher hältst."

Colt musste lächeln. Diese Frau hatte Herz. Colt und Leo waren nicht die einzigen hier, denen es an Entschlossenheit nicht mangelte. „Danke für das Vertrauensvotum. Steig auf und halt dich fest, mein Sohn, denn ..." Er verstummte. Annies Augen wurden riesengroß. Leo blinzelte.

„Ich halte mich fest, Colt", sagte er, ohne zu wissen, was Colt da gesagt hatte.

Colt beruhigte sich. Erwachsene benutzten den Begriff Sohn andauernd. Leo hatte keine Ahnung, dass er zum ersten Mal in seinem Leben tatsächlich gehört hatte, wie sein Vater ihn Sohn nannte.

Die Erkenntnis war traurig für Colt. Ein Kind hatte es verdient, dass sein Vater ihn Sohn nannte. Ein Vater hatte es verdient, dass sein Sohn ihn Dad nannte.

Colt brauchte jeden Funken Entschlossenheit, um sich daran zu erinnern, dass es Leute gab, die nichts davon verdient hatten ... und er war einer davon.

KAPITEL ZWÖLF

Annie stand auf dem hölzernen Gehsteig und starrte die Hauptstraße hinunter. Sie liebte diesen Ort – es war erstaunlich, wie schnell er ihr ans Herz gewachsen war. Und wie sollte er auch nicht mit all seinen verrückten Farben? Allein die bunten Gebäude zu sehen, machte sie munter. Und sie konnte sicher etwas Aufmunterung gebrauchen. Sie fühlte sich wie eine Gitarrensaite, die so fest gespannt war, dass sie vor der Versuchung zitterte, jeden Moment zu reißen. Sie verdrängte das und konzentrierte sich auf Mule Hollow. Da war der Heavenly Inspirations Salon, der Mandys Cousine Lacy Brown Matlock gehörte. Das zweistöckige Gebäude war pink wie ein Flamingo. Davor parkte Lacys 1958er Caddy Cabrio mit Heckflossen und allem was dazu gehörte. Annie stellte sich Elvis vor, der sich aus diesem Caddy schwang, sich in der exzentrischen Kleinstadt umsah und sich fragte, in welches Kaninchenloch er gefallen war.

Petes Futterladen war gelb mit leuchtend grünen Zierleisten um die Fenster und Türen. Jedes Gebäude hatte seine eigene wilde Farbkombination, als hätten sie die Farben mit Augenbinden gewählt.

Ein Lächeln umspielte Annies Lippen, als sie den Futterladen betrat. Freude – das war die Farbe dieser Stadt, mit überbordenden Blumenkästen, die während der Dürre durch konsequente Pflege und Bewässerung durch die Bewohner der Hauptstraße am Leben erhalten wurden. Annie wusste, dass alle um Regen beteten, doch bisher hatte die trockene, rissige Erde keine Hoffnung, bald etwas zu trinken zu bekommen.

Während Annie sich umsah, bog ein Truck auf die Hauptstraße und fuhr auf den Parkplatz vor ihr. Es war Colt.

„Und so sehen wir uns wieder", sagte er gedehnt und rieb sich den frisch rasierten Kiefer, als er aus seinem Truck stieg.

Sie konnte anscheinend nichts tun, ohne Colt zu begegnen. „Was für ein Zufall", sagte sie. Die Anziehungskraft, die sofort von ihm ausging, irritiert sie.

„Nett, dich hier zu sehen", sagte er und zog die Hutkrempe tiefer über seine Augen, als er sie musterte. „Ich dachte, du arbeitest."

„Ich musste ein paar Vorräte abholen, die Pete für

die Klinik bestellt hat", erklärte sie. „Und ich wollte Leo ein Paar Handschuhe kaufen."

Ein langsames Lächeln breitete sich über Colts Gesicht aus. „Deswegen bin ich auch hier."

„Oh", sagte sie. „Na dann hole ich nur die Bestellung ab. Ich weiß sowieso nicht wirklich, was er braucht."

Er nickte. „Sollen wir sie zusammen aussuchen?"

„Wenn du meinst." *Nicht wirklich.*

Er kniff die Augen zusammen. „Ich weiß, dass dir das schwer fällt, aber danke. Er hat Spaß dabei. Und es ist gut für ihn. Ein Kind wie er sehnt sich nach einer Herausforderung." Colts Blick wanderte über ihren Körper und blieb dann für einen Moment an ihren Lippen hängen.

Sie zwang sich zu einem Lächeln und versuchte, nicht daran zu denken, was zwischen ihnen knisterte. Sie hatte genug im Kopf, selbst wenn sie nicht an den Kuss dachte. Aber trotz allem lauerte er am Rande jedes Gedankens, den sie hatte, und wartete darauf, Schmetterlinge in ihr aufzuscheuchen.

„Er spricht über nichts anderes mehr", brachte sie heraus, als Colts Blick ihren traf.

Sie gingen in den staubigen Laden. Annie nahm an, dass sich seit dem Tag, an dem Pete den Laden geöffnet hatte, im Inneren nichts geändert hatte.

„Hallo", begrüßte Pete sie von hinter der Theke. Annie war schon einmal dort gewesen, um eine Lieferung abzuholen, und hatte den fröhlichen Mann bereits kennengelernt. Er war groß und hatte kaum mehr Haare auf dem Kopf, mit einer entspannten Ausstrahlung. Er zog einen Bleistift hinter einem Ohr hervor und fragte: „Braucht ihr Hilfe?" Annie fiel auf, dass der Besitzer des Futterladens dachte, sie wären zusammen gekommen. Er hatte es einfach angenommen, als sie zusammen den Laden betreten hatten.

„Ich würde gern die Bestellung für die Klinik abholen", sagte sie und versuchte, damit sein Missverständnis auszuräumen.

„Oh ja. Hab alles fertig." Er ging um die Theke herum und hob eine große Kiste auf, in der sich diverse verzinkte Metalleimer und Sprühflaschen befanden. Er stellte sie auf die Theke und grinste. „Ist ein bisschen schwer." Er zwinkerte. „Aber Colt kann das für dich tragen."

„Das wird nicht nötig sein. Ich kann es selbst tragen."

Pete grinste Colt amüsiert an. „Dein Charme wirkt wohl nicht mehr?"

Colt schmunzelte. „Sieht so aus."

Heute wirkte er nicht wie ein Mann, der an einem

Überlebendensyndrom litt oder eine Menge Sorgen mit sich herumschleppte. Er wirkte wie jeder andere Cowboy, der über das Flirten mit einem Mädchen witzelte. Doch er war kein anderer Cowboy – er war Colt Holden, der Vater ihres Neffen, und er witzelte darüber, mit ihr zu flirten.

„Willst du dir jetzt die Handschuhe ansehen?", fragte sie und hörte die Irritation in ihrem eigenen Ton. „Ich muss wieder arbeiten."

„Oh, kaufst du Leo Lederhandschuhe fürs Hammelreiten?", fragte Pete.

Wussten alle im County, dass Leo beim Hammelreiten mitmachen würde?

„Ja", sagte Colt. „Er ist schon ganz aufgeregt. Und beim Lassowerfen macht er auch mit. Sieht vielversprechend aus."

Pete verschränkte die Arme vor seinem Bauch. „Hat sein Vater sowas auch gemacht?"

Die unschuldige Frage überraschte Annie. „Ja, hat er. Kannst du uns bitte die Handschuhe zeigen, Pete? Ich muss wirklich weiter."

„Sicher, aber Colt weiß, wo sie hängen."

Zu ihrer Erleichterung ging Colt ihr voraus zur Rückwand des Ladens, die von hohen Regalen verdeckt wurde. Sie hatte nicht geplant, heute Zeit mit Colt zu verbringen. Und mit ihm in einer Ecke zu stehen sicherlich auch nicht. Sie war sich seiner als Mann viel zu bewusst, und das machte es unmöglich, in seiner Nähe *nicht* an den Kuss zu denken. Sie wollte nicht zugeben, dass es ein fantastischer Kuss gewesen war. Sie hatte versucht und versucht, dieses Wort zu vermeiden. Aber finster gab sie zu, dass es eine zutreffende und ungefärbte Beschreibung des Ereignisses war.

Colt nahm ein paar winzige Handschuhe vom Haken und hielt sie ihr entgegen. „Halt die mal", sagte er und sah amüsiert aus, als sie sich bemühte, seine Finger nicht zu berühren, als sie sie ihm abnahm.

Während sie den weichen Lederhandschuh betastete, nahm er einen anderen vom Gestell, untersuchte ihn und hängte ihn zurück, ohne ihn ihr anzubieten. Schließlich fand er ein anderes Paar, das ihm zu gefallen schien, und gab es ihr. Als sie sie nehmen wollte, hielt er sie fest und schmunzelte. Sie sah ihn mit kühlen Augen an. Er zog wieder am Handschuh, und seine Mundwinkel zitterten. Sie kämpfte gegen die Anziehungskraft, zog fester und starrte ihn an. Er ließ lachend los.

„Du bist heute nicht sehr gut gelaunt."

„Erstklassige Beobachtung, Sherlock."

Er musterte sie für einen langen Moment, während

Staubpartikel durch einen Sonnenstrahl aus einem Fenster über den Regalen tanzten. „Du siehst heute wirklich hübsch aus, Annie."

Ihre Augen verengten sich. „Du musst nicht bemerken, wie ich aussehe", antwortete sie gereizt.

„Vielleicht nicht, aber es ist so. Wenn du nicht so gereizt wärst, wäre es noch besser."

„Wenn du deinem Sohn die Wahrheit sagen würdest, wäre es besser."

„Das wird nicht passieren", sagte er und sah sich um, um sicherzugehen, dass niemand lauschte. „Es ist für alle das Beste, wenn wir alles so belassen, wie es ist."

Annie wusste, dass er Recht hatte. „Das ist wahr, doch es würde helfen, wenn du mich nicht packst und küsst, wie du es neulich getan hast."

Annie spielte mit den Handschuhen und versuchte, sich nicht zu wünschen, dass der Cowboy sie küsste. Sie versuchte, ihm nicht helfen zu wollen, seine Vergangenheit zu überwinden. Doch tief im Inneren wünschte sie sich, sie wäre Frau genug, genau das zu tun. Doch das würde bedeuten, ihre Mauern fallen zu lassen. Das würde bedeuten, ihn näher an sich heranzulassen … das Risiko einzugehen, ihr Herz für ihn zu öffnen. Konnte sie das? Ihre Vergangenheit hielt sie zurück. Ihr Herz zu öffnen bedeutete, es Colt anzuvertrauen, und nein, das konnte sie einfach nicht tun ... oder?

„Küssen. Hat sie gesagt, er hat sie geküsst?"

„Still, Esther Mae", zischte Norma Sue und stieß ihre Freundin in die Rippen. „Das hat sie gesagt, und wenn du nicht gegackert hättest, hättest du ihn sagen hören, dass er Leos Vater ist."

Esther Mae blieb der Mund offenstehen. „Wir hatten Recht!"

Die beiden alten Damen standen in einem kleinen Lager des Futterladens und holten Futtersäcke als Dekoration für Gabis Hochzeit. Sie hatten zufällig neben der Lüftung gestanden und Annies und Colts Gespräch durch den Schacht mitangehört, durch den der alte Kanonenofen vor Jahren die beiden Räume verbunden hatte. Das Gespräch wehte klar wie eine Glocke durch die Öffnungen zu den ahnungslosen beiden, und sie erstarrten.

„Was treibt ihr zwei denn gerade?", fragte Adela, als sie um die Ecke kam, nachdem sie eine Bestellung durchgesehen hatte, die Pete gerade für sie hereinbekommen hatte.

Esther Mae bedeutete Adela zu schweigen.

Norma Sue sah Adela besorgt an. „Vielleicht sollten wir für eine Weile hier raus."

Adela sah sie argwöhnisch an, als sie die Stimmen hörte.

„Annie, komm schon. Ich weiß, dass du wütend auf mich bist, weil ich Leo nicht sagen will, dass ich sein Vater bin. Ich kann es nicht und ich ... ich kann es nicht erklären."

„Es hat mit dem Unfall zu tun, nicht wahr?"

„Ja, hat es. Leo anzusehen erfüllt mich mit Freude. Hoffnung. Dich zu küssen, Annie, das war wie der Vierte Juli. Ich weiß nichts über dich, aber es hat mich aus den Steigbügeln geworfen. Ich habe es nicht verdient, solche Gefühle zu empfinden. Und du ... du scheinst genau das Gegenteil zu empfinden – deinem Gesichtsausdruck nach zu urteilen willst du keine Wiederholung."

Adela war geschockt. „Wir müssen gehen. Das ist ein privates Gespräch."

„Ich will keine Küsse", sagte Annie nachdrücklich. „Aber Leo muss wissen, dass du sein Vater bist. Jennifers Entscheidung, ihn dir vorzuenthalten, war falsch. Ich weiß nicht, ob ich mich zurücklehnen und diese Lüge fortsetzen kann. Nicht, wenn ich denke, dass du Leo so brauchst, wie er dich braucht.“

„Raus jetzt, aber schnell“, schimpfte Adela ihre Freundinnen, die auf die Lüftung starrten, als wäre sie ein Breitbildfernseher.

„Ja, du hast Recht“, flüsterte Norma Sue und ging. Sie drehte sich um, packte Esther Mae am Arm und zerrte sie mit sich. „Komm, neugierige alte Schachtel.“

Esther Mae stolperte ihr hinterher. „Hey, warte – ich wollte nur sichergehen, dass wir richtig gehört haben.“

„Oh, wir haben richtig gehört“, blaffte Norma Sue, jetzt, wo sie wieder draußen auf der Laderampe waren, wo sich zwei Räume zwischen ihnen und dem Lüftungsschacht befanden.

Adela war ein bisschen blass. „Ich bin wirklich geschockt.“

„Und ob wir das sind“, schnaubte Esther Mae. „Dieser arme kleine Junge weiß nicht, dass sein Held sein Vater ist.“

„Nein“, sagte Adela, und ihre sanfte Stimme zitterte vor Empörung. „Das war ein privates Gespräch. Wir hätten das nie hören sollen.“

„Hmph“, schnaubte Norma Sue. „Alles geschieht aus einem Grund. Und du kannst mir nicht erzählen, dass das nicht einer dieser Fälle war. Wir waren nicht zufällig hier."

Esther Mae wurde vor Freude rot. „Bestimmt nicht. Wenn wir nicht bei Lacy vorbeigeschaut hätten, um Hallo zu sagen, wären wir vor dem Futterladen gewesen, als die beiden hereingekommen sind. Und wenn wir nicht plötzlich die Inspiration gehabt hätten, Futtersäcke als Dekoration zu verwenden, wären wir nicht in diesem Raum und nicht in der Nähe dieser Lüftung gewesen."

„Vollkommen korrekt", nickte Norma Sue. „Fünf Minuten später und nichts davon wäre passiert. Adela, du warst diejenige mit der Inspiration für die Futtersäcke. Gib es zu."

Adela seufzte. „Ja stimmt. Ich bin jedoch kein Lauscher und es gefällt mir nicht ... Diese armen Lieben. Was für ein Dilemma. Und der süße kleine Leo erst."

Norma Sue und Esther Mae runzelten die Stirn.

„Der Junge braucht eine Familie." Esther Mae schüttelte ihren roten Kopf. „Und Colt braucht einen Grund, sein Leben weiterzuleben."

Norma Sues Lächeln war schelmisch. „Und sie haben sich angehört, als wären sie wegen diesem Kuss hin- und hergerissen. Was denkst du, Adela? Ich meine, wir können die Uhr nicht zurückdrehen und rückgängig machen, dass wir es mitgehört haben."

Adela senkte den Blick. Ihre Freunde kannten und respektierten ihre Weisheit in Zeiten wie diesen. „Ich glaube, wenn es so sein soll, bekommen wir eine Gelegenheit, ihnen zu helfen."

„Stimmt." Norma Sue dachte über alles nach, was passiert war. „Wir werden wissen, wenn es passiert."

Esther Mae seufzte lange und übertrieben. „Aber dieser arme kleine Junge braucht –"

Adela berührte den Arm ihrer Freundin. „Esther Mae, du musst ein wenig Vertrauen haben."

„Ich weiß, aber du weißt, dass ich ungeduldig bin." Sie seufzte.

„Ich auch." Norma Sue stopfte ihre Hände in die Taschen ihres Overalls und wippte auf ihren Stiefel zurück. „Das wird schwer."

„Und ob es das wird", schnaubte Esther Mae. „Aber wir können es schaffen. Wir können abwarten, bis sie unsere Hilfe brauchen. Vielleicht schaffen sie es ohne uns."

„Wir können warten", stimmte Norma Sue zu.

„Ladys", unterbrach Adela sie. „Euer Überschwang ist lobenswert, doch eure Entschlossenheit, geduldig am Rande zu warten, ist es auch. Ich glaube, das erfordert eine Tasse Kaffee und etwas Kokoscremetorte bei meinem Sam."

„Und ich glaube, du hast Recht. Findest du nicht, Esther Mae?"

„Ja, finde ich." Esther Mae ging schnell mit schwingenden Hüften den Gehsteig entlang. „Lasst uns gehen", rief sie über ihre Schulter. „Ich habe viel zu lange Diät gemacht. Zeit für eine Belohnung. Mach dich bereit, Sam, wir kommen." Sie ging schneller und fügte hinzu: „Und vielleicht können wir einen Plan ausarbeiten. Es tut nie weh, vorbereitet zu sein. Immerhin sind wir berühmt für all die Paare, die wir verkuppelt haben."

Norma Sue johlte, und Adela kicherte.

Annie saß auf dem Terrassenstuhl, den Colt von Mandy und Kurt ausgeliehen hatte. Er hatte gesagt, wenn sie ihre Abende damit verbringen würde, ihn und Leo zusehen zu müssen, wie sie Lassowerfen übten, musste sie bequem sitzen. Es war eine nette Geste, und sie hatte sich die ganze Woche über sehr wohl gefühlt, wenn sie dasaß und dem unermüdlichen Leo und Colt beim Reiten auf dem Dummy oder Lassowerfen zusah.

Annie wollte, dass die Beziehung zwischen Leo und Colt funktionierte und ihre Bindung stärker wurde.

Doch an ihrer und Colts Situation wollte sie nichts ändern. Es war jedoch eine Lüge zu glauben, dass es keine Bindung zwischen ihnen gab. Das erschreckte sie. Und sie nahm an, dass es ihm auch Angst machte. Oder er glaubte nicht, dass er es verdient hätte, eine solche Verbindung zu spüren. Sie vermutete das jeden Tag mehr und mehr. Auf dem Stuhl zu sitzen und zuzusehen gab ihr Zeit zum Nachdenken. Sie war sich sicher, dass Colt Leo liebte.

Gabi hatte es so arrangiert, dass Colt sie zur Hochzeit mitbringen würde. Sie hatte gesagt, selbst wenn Colt nicht öffentlich zugeben würde, dass Leo sein Sohn war, würde er ihn mit zur Hochzeit bringen, und der Fotograf würde viele Aufnahmen von ihnen zusammen machen. Sie hatte die Geschichten gehört, wie Leo Colt anbetete, und Gabi wollte es bildhaft festhalten.

Annie hatte nicht nein sagen können, darum würde sie von Colt zu Gabis und Jess' Hochzeit begleitet werden. Was für ein nervenaufreibender Gedanke.

Der Plan war ihr heute offenbart worden, und ihr Magen rebellierte immer noch.

„Tante Annie", rief Leo selbstbewusst. Es überraschte sie und doch wieder nicht, denn sie hatte gesehen, wie er sich verändert hatte, seit sie Zeit mit

Colt verbrachten. Er schien sich seiner sicherer zu sein. Das war ein normaler Vorgang des Älterwerdens.

„Was gibt's, kleiner Mann?"

„Ich arbeite an meinen Sporen", rief er und als Colt am Seil ruckte, zog Leo seine Knie hoch und ließ seine Fersen an den Seiten des Fasses herunter, als würde er einen Stier reiten. Zu ihrer Bestürzung sah es fantastisch aus.

„Zieh mich schneller, Colt!", rief er und hielt sich gut, während das Fass hin und her ruckte.

Colt riss lächelnd fester. „Reit das Fass, Cowboy", rief er und zog noch einmal daran.

„Yee-haw!", schrie Leo kurz bevor er das Gleichgewicht verlor und in den weichen Mulch fiel. Er schrie vor Schmerz, als er aufschlug und Colt und Annie reagierten sofort.

Colt war näher und kniete zuerst neben ihm.

„Was ist los, mein Sohn?", fragte er besorgt.

Leo krümmte sich und hielt seine Schulter.

Colt zuckte zusammen.

„Mein Arm", wimmerte Leo.

„Sieht so aus, als müssten wir einen Ausflug in die Ranger-Notaufnahme machen."

„Ohhh", stöhnte Annie. „Meinst du, er hat sich den Arm gebrochen?"

Colt hob ihn behutsam hoch und trug Leo mit seinem gesunden Arm zum Auto. Annie folgte ihm. „Willst du fahren, und ich halte ihn, oder willst du ihn halten, und ich fahre?"

„Meine Hände zittern. Ist es okay, wenn du fährst?"

„Steig ein. Auf geht's." Nachdem sie auf den Sitz geklettert und angeschnallt war, legte er Leo sanft in ihre Arme.

„Alles wird gut", sagte er, eilte dann um den Truck und setzte sich ans Steuer.

Innerhalb weniger Minuten waren sie auf der Straße nach Ranger, das eine Autostunde entfernt lag. Leo stöhnte, als sie durch ein Schlagloch fuhren.

Der besorgte Ausdruck in Colts Gesicht, als er in ihre Richtung schaute, ließ Annies Herz noch härter schlagen. Die Liebe, die mit der Angst um seinen Sohn vermischt war, war unverkennbar. Annie wusste, dass es dem Ausdruck gleichen musste, der auf ihrem Gesicht lag, als sie Leo vorsichtig hielt, um ihm nicht noch mehr wehzutun.

KAPITEL DREIZEHN

„Danke, Doktor", sagte Colt und schüttelte dem Arzt die Hand.

Annie umarmte Leo und schüttelte dem jungen Arzt ebenfalls die Hand. „Wir schätzen alles, was Sie getan haben."

Der Arzt lächelte. „Das ist mein Job. Pass auf dich auf, Leo. Und viel Glück beim nächsten Rodeo."

Leo sah ein wenig verloren aus. „Ich wollte unbedingt bei diesem Rodeo reiten." Er hielt seinen Arm mit seinem brandneuen, leuchtendblauen Gips hoch. „Aber jetzt hab ich das."

„Und alle deine Freunde können darauf unterschreiben", erinnerte Annie ihn.

„Oh ja." Er strahlte Colt an. „Kannst du mir ein Autogramm geben?"

Colt sah zerrissen aus und verwirrte Annie damit

erneut. Er hatte in seiner Karriere wahrscheinlich viele, viele Autogramme gegeben. War er hin- und hergerissen, weil Leo sein Sohn war? Für sie schien das jedoch ein unwahrscheinlicher Grund für sein Zögern zu sein.

„Weißt du, Leo, vielleicht solltest du nur deine Freunde unterschreiben lassen."

Leo runzelte die Stirn. „Aber ich will dich. Du bist mein Held."

Colt zog einen Stift aus der Tasche. „Okay, ich werde unterschreiben, aber ich bin nur ein Cowboy, Leo. Ich bin gut darin, Bullen zu reiten. Helden sind Menschen, die das Leben anderer Menschen verändern. Ich möchte, dass du das weißt. Ich unterschreibe deinen Gips, weil du mein ... mein Freund bist. Okay?"

Leo grinste. „Ich mag es, dein Freund zu sein. Aber du bist ein Held. Du weißt es einfach nicht."

Annies Herz erwärmte sich bei Leos Worten. Er machte Colt Mut. Colt inspirierte Kinder zum Erfolg und tat dies, indem er ein gutes Vorbild war. Darum war er ein Held.

Sie war so besorgt um Leo gewesen, dass es eine Erleichterung gewesen war, Colt bei sich zu haben.

Er half Leo vom Untersuchungstisch, und mit einem Lächeln gingen sie alle den Flur hinunter.

Krankenschwestern, die ihnen geholfen hatten, winkten und verabschiedeten sich. Einige erkannten Colt, und sie merkte, dass einige ihnen besondere Aufmerksamkeit schenkten, was jedoch nichts damit zu tun hatte, dass Leo ein süßer kleiner Junge mit einem gebrochenen Arm war. Colt hatte nicht zurückgeflirtet, als sie geflirtet hatten – nein, er hatte sogar unangenehm berührt ausgesehen.

„Sag den netten Schwestern auf Wiedersehen, Leo. Und danke ihnen, dass sie dich gut zusammengeflickt haben", sagte Colt und legte eine besitzergreifende Hand auf Leos Schulter.

„Ja, Sir", sagte Leo. „Sie haben das wirklich toll gemacht", rief er. „Danke."

„Halt dich beim nächsten Mal besser an deinem Fass fest", sagte eine der Schwesternhelferinnen, als sie um den Schreibtisch kam und Leo anlächelte. Annie entging nicht, dass sie Colts Arm berührte und ihm ein gefaltetes Papier in die Hand drückte. Annie hätte fast laut nach Luft geschnappt, so schockiert war sie von der Dreistigkeit der Frau. Doch es war die Eifersucht, die sich in ihrer Magengrube regte, die sie am meisten schockierte. Sie waren kein Paar, doch diese Krankenschwester wusste das nicht, und trotzdem drückte sie ihm ihre Telefonnummer in die Hand.

Als sie das Gebäude verließen, fühlte sie sich niedergeschlagen. Sie stellte sich der Tatsache, dass sie begeistert und erleichtert gewesen war, dass Colt während des Notfalls bei ihr war. Er hatte die Kontrolle übernommen und ihr das Gefühl gegeben, dass alles gut werden würde. Seine Unterstützung hatte ... es hatte sie berührt. Dieses Gefühl hatte sich jedoch in dem Moment aufgelöst, als er den Zettel angenommen hatte.

Als sie an einem Mülleimer neben dem Ausgang vorbeikamen, erschrak sie erneut, als er den Zettel ohne Kommentar hineinwarf. Annies Herz klopfte vor Glück. Colt ertappte sie beim Zusehen und zwinkerte ihr zu.

Ein warmes Lächeln breitete sich auf ihrem Gesicht aus, und sie konnte es nicht verhindern.

Leo schlief im Truck ein, noch bevor sie den Parkplatz verlassen hatten. Annie warf einen Blick auf den Rücksitz, wo er seinen Kopf gegen die Armlehne gelehnt hatte. „Er schläft", sagte sie, als sie zurück zur Straße blickte. „Das hat ihn richtig fertig gemacht."

„Es ist schon spät. Hast du nicht bemerkt, dass es schon fast Mitternacht ist?"

Annie stützte ihren Ellbogen an die Tür und rieb sich mit den Fingerspitzen die Schläfe. „Kein Wunder, dass Leo so erledigt ist."

„Er hat sich tapfer gehalten, findest du nicht?“ Colt sah stolz aus, und es regte etwas in ihrem Innersten.

Fast alles, was er tat oder sagte, jeder Blick, den er ihr zuwarf, ließ sie etwas fühlen. „Danke, dass du da bist“, sagte sie, setzte sich aufrecht und wandte sich ihm zu. Sie konnte nicht riskieren, zu erwähnen, dass er sein Vater war, nicht einmal wenn Leo schlief. Was, wenn er sie belauschte? Nein, sie wollte dieses Risiko nicht eingehen.

„Hey, ich bin froh, dass ich da sein konnte. Es tut mir wahnsinnig leid.“ Er begegnete ihrem Blick kurz im trüben Licht des Armaturenbretts. „Du kannst sagen, *ich habe es dir gesagt*, wenn du willst.“

Sie kicherte. „Das sage ich nicht. Es tut mir leid, dass er sich verletzt hat, aber ich denke, wenn man in etwas gut sein will, gibt es immer Höhen und Tiefen, wenn man seine Fähigkeiten verbessern will. Leo hat wirklich Spaß gehabt.“

„Ich auch. Annie. Danke, dass du Leo nach Mule Hollow gebracht hast, damit er in meiner Nähe sein kann. Das muss ich dir sagen.“

Sie sah ihn nicht an, sah aber, dass seine gute Hand das Lenkrad fester umklammerte. Sie seufzte. „Deshalb bin ich gekommen. Als ich in meinem Lager eingesperrt war und nicht raus konnte und dachte, ich würde sterben ... alles, woran ich denken konnte, war, dass Leo in eine Pflegefamilie geschickt werden würde, weil er niemanden hatte. Zumindest würden sie glauben, dass er niemanden hatte." Tränen traten ihr in die Augen, und als sie Colt ansah, konnte sie sie nicht verbergen. „Er hat Besseres verdient. Ich habe dir das ja schon einmal gesagt. Aber ja, ich war froh ,und es war eine Erleichterung für mich, dass du heute Abend da warst."

Sie starrten einander einen Herzschlag lang an, bevor er den Blick wieder auf die Straße richtete. Annie wünschte sich ... sie verdrängte den Gedanken aus ihrem verrückten Kopf. Sie wünschte sich nichts anderes als dass Colt Leo gegenüber zugab, dass er sein Vater war. Sie schloss die Augen in der Dunkelheit und betete, dass es passieren würde. Dass Colt über all das hinwegkam, was ihn davon abhielt, es seinem Sohn zu sagen.

Und sie versuchte ihr Bestes, nicht darüber nachzudenken, wie viel seine Anwesenheit, sein Kuss und seine Stärke für sie als Frau bedeuteten. Hier ging es nur um Leo.

„Ich kann es immer noch nicht glauben", sagte Colt und sah Leo im Rückspiegel an. Kein Zweifel, der Junge schlief tief und fest. Seine Augen waren geschlossen, und er schnarchte leise gegen die

Armlehne. „Ich kann nicht glauben, dass ich das ganze bisherige Leben dieses kleinen Kerls verpasst habe. Ich meine, ich weiß, dass meine Karriere mein Leben war, und das habe ich allen interessierten Frauen auch klar gemacht. Ich wollte nur nicht, dass eine von ihnen auf die Idee kommt, dass ich mich demnächst häuslich niederlassen würde. Ich hatte nicht die Absicht, jemanden hinzuhalten." Er konzentrierte sich auf das Fahren und beobachtete aufmerksam die Straße. „Ich habe genug Erinnerungen an eine traurige Kindheit für ein ganzes Leben. Ich wollte auf keinen Fall jemanden hinhalten."

„Darf ich nach deiner Kindheit fragen?", fragte Annie.

Colt erzählte ihr von seinem alkoholkranken Vater und der Vernachlässigung. Er erzählte ihr von seiner Mutter und wie Kurt die Verantwortung für ihn und Jess übernommen hatte. „Als wir hierhergezogen sind, ist mein Vater wohl vor Eintreibern geflohen. Kurt fand hier einen richtigen Job bei Clint Matlocks Vater Mac. Da wurde unser Leben dann besser, weil Kurt so ein reifes Kind war und viel auf sich genommen hat. Und alle hier waren gut zu uns. Mac hat Kurt Boni für harte Arbeit gezahlt. Es war seine Art zu helfen, ohne bei uns den Eindruck zu erwecken, dass es aus Mitleid geschah. Natürlich war ich zu jung zum Arbeiten, und

Kurt hat immer dafür gesorgt, dass ich was zu essen hatte." Er sprach mit niemandem außer Jess und Kurt über seine Vergangenheit. Und selbst dann nicht viel. Seine Mutter war in ihre Leben zurückgekehrt, doch es war nicht einfach gewesen. Sie hatten alle ihren Frieden mit ihr geschlossen, denn wie Kurt sagte, war es einfach das Richtige. Aber sie spielte keine große Rolle, da sie in Fredericksburg lebte. Das erzählte er Annie auch.

Annie fuhr mit ihrem langen, schlanken Finger über den Rand der Konsole, und Colt mochte das Aussehen ihrer Hände. Er mochte Annies Aussehen, Punkt. Sie war dünn, aber nicht mehr so dünn wie bei ihrer Ankunft in der Stadt. „Du hattest Glück, Kurt und Jess zu haben", sagte sie. „Du warst nur zwei Jahre älter als Leo, als deine Eltern dich im Grunde verlassen haben."

„Du warst jünger als das, oder?", bemerkte er. „Wie kann jemand seine Kinder auf einer Kirchentreppe zurücklassen und gehen? Besonders eine Zweijährige und eine Dreijährige?"

„Wir hatten beide keine leichte Kindheit, Colt. Aber ich will mehr für Leo. Ich bin so froh, dass ich ihn hierhergebracht habe."

Als sie endlich Annies Haus erreichten, wachte

Leo auf, als Colt ihn hineintrug. Annie war sich nicht sicher, wie Colt es mit seinem verletzten Arm schaffte, doch er bestand darauf, seinen Sohn zu tragen. Annie sah zu, wie Colt Leo in sein Bett legte, nachdem sie seine Decke zurückgeschlagen hatte. Ihr Herz schmerzte angesichts des Anblicks der beiden.

„Du hast dich gut geschlagen, kleiner Kumpel", sagte Colt leise mit heiserer Stimme.

Leo sah ihn im Halbschlaf an. „Du auch." Er seufzte und schloss die Augen, während er wieder in den Schlaf driftete. „Ich hab dich lieb…" Seine Worte waren undeutlich, doch sie verstand, was er sagte.

Colt erstarrte. Annies Herz zog sich zusammen. Als Colt zu ihr aufblickte, von wo er neben dem Bett kniete und über die Stirn seines Sohnes strich, war die Feuchtigkeit, die in seinen Augen glitzerte, nicht zu leugnen.

„Das ist was Besonderes, nicht wahr?"

Annie schlang die Arme fest um ihren Bauch und versuchte, ihr Herz zu verschließen, doch es gelang ihr nicht. „Es gibt nichts Vergleichbares", flüsterte sie und erkannte die unbestreitbare Wahrheit – Colt Holden hatte die Fähigkeit, ihre Verteidigung niederzureißen, und verleitete sie dazu, sie vollständig fallen zu lassen.

Colt, der seinen Sohn mit solcher Liebe ansah,

erfüllte sie mit der Sehnsucht nach der Familie, von der sie immer geträumt hatte. Der Familie, für die ihr Herz zu öffnen sie zu viel Angst hatte.

Colt folgte Annie auf die Veranda. Sein Herz war voll und jede Faser in ihm wollte Leo als sein Kind haben. Es war ein glühendes Verlangen, das seine Seele verbrannte und nach dem fehlenden Teil schrie. Draußen zog er Annie in eine enge Umarmung. „Danke, Annie. Danke, dass du meinen Sohn in mein Leben gebracht hast."

Sie war sprachlos, und er konnte verstehen, warum, da er sie ohne Vorwarnung gepackt hatte wie ein Verrückter. Er ließ sie los und ging auf seinen Truck zu. Er musste Abstand zwischen sie und das Gefühl von Heim und Herd bringen, das sich um ihn herum gelegt hatte wie die Verpackung eines lang ersehnten Weihnachtsgeschenks. Das war ein Geschenk, das er nicht verdient hatte, und er durfte sich nicht zu lange im Land der Fantasie aufhalten.

Abstand und Tageslicht. Das war, was er brauchte. Morgen würde er wieder klar denken können. Morgen würde er sein Herz hinter den Schild zurückgezerrt haben, den er brauchen würde, wenn es um Leo – und Annie – ging.

KAPITEL VIERZEHN

„Tante Annie", sagte Leo am nächsten Morgen. Sein Haar war vom Schlaf zerzaust, als er auf den Stuhl rutschte und auf das Schokomüsli starrte, das sie in seine Schüssel gegossen hatte.

„Ja, Sweetie. Fühlst du dich heute morgen besser?" Annie hatte die ganze Nacht immer wieder nach ihm gesehen. Sie hatte selbst nicht viel geschlafen und war erfreut zu sehen, dass sein Schlaf tief gewesen war.

„Ja, Ma'am." Er studierte sein Müsli und sah sie dann nachdenklich an. „Ich wünschte, Colt wäre mein Vater."

Und da war es. Die Luft verließ schlagartig Annies Lungen, als hätte ihr jemand einen Schlag in die Magengrube verpasst. Was konnte sie dazu sagen? Sie war völlig naiv gewesen, zu glauben, dass das nicht kommen würde.

„Er hat auf deinem Gips unterschrieben. Das ist doch was Besonderes, oder? Iss auf, Honey, wir sind heute spät dran." Sie konnte ihren Neffen nicht ansehen. Konnte ihm nicht sagen, was —wie sie in ihrem Herzen wusste – das Richtige gewesen wäre ... und es brach ihr Herz. Die Erinnerung an Colts Arme, die sie festhielten, ließ Schmetterlinge um ihr Herz flattern. Erschüttert beeilte sie sich, sich für die Arbeit anzuziehen, und ließ ihre Gedanken nicht bei den Emotionen verweilen, die um Colt kreisten. Hier ging es um Leo. Es ging immer um Leo.

Und Leo wollte seinen Vater.

Konnte sie das für den kleinen Jungen ändern, den sie mehr als alles andere auf der Welt liebte?

Annie hielt inne, während sie ihre Wimpern tuschte, und begegnete ihrem eigenen Blick im Spiegel. „Du wirst Leo seinen Daddy geben." Sie hob eine Braue. „Und du wirst nicht aufgeben, bis er ihn hat. Aufgeben ist nicht." Sie nickte ihrem Spiegelbild zu und bemerkte den Schimmer der Entschlossenheit in ihren Augen. „Aufgeben ist nicht", wiederholte sie mit einer Eindringlichkeit, die sich weigerte, abgelehnt zu werden.

Gabi und Mandy waren begeistert, dass Annie Leo an diesem Nachmittag nach der Arbeit zu ihrem Haus gebracht hatte. Die beiden geheimen Tanten platzten vor Glück und wollten Leo verwöhnen. Ihr Wunsch, dass Leo eine glückliche Kindheit hatte, trieb Annie an, als sie Gabi umarmte.

„Wünsch mir Glück ... ich meine, bete für mich.“

„Wir stehen voll hinter dir, Annie. Jess und Kurt auch. Leo ist ein echtes Geschenk für uns alle, ein wahrer Segen. Und du weißt es vielleicht noch nicht, aber du auch. Wenn du nicht gekommen wärst, wäre das hier nie möglich gewesen. Inmitten seiner Trauer und seiner Tragödie war es einfach eine unerwartete Antwort auf unsere Gebete, dass ihr zwei auftaucht.“

„Colt muss dem allerdings zustimmen“, erinnerte Annie sie.

Mandy kam zurück, als sie Leo am Küchentisch mit Keksen versorgte. „Er liebt diesen kleinen Jungen, und ich glaube, er liebt dich auch. Und jetzt überzeuge ihn, Annie. “

Colt probierte seine Schulter aus, als er einen Heuballen von der Rückseite des Flachbettaufliegers zog. Die Sonne war heute glühend heiß. Er war sich sicher, dass, wenn er ein Stück Speck auf den Radkasten des Anhängers legen würde, dieser innerhalb von Minuten gar gebraten sein würde.

In der Ferne sah er eine dunkle Wolke. Es war die

erste Andeutung von Regen seit Monaten. Colt studierte die Wolke und hielt inne, um sich mit dem Arm über die Stirn zu wischen. Er hatte das getan, was fast jeder Texaner, der diese Dürre ertragen hatte, bereits getan hatte. Er hatte um Regen gebetet. Gebetet, dass Gott es für angebracht halten möge, Mule Hollow und den Rest von Texas mit einem guten, langen Regen zu segnen.

Dann entlud er weiter das Heu.

Hitze oder Regen, es fühlte sich gut an, seine aufgestaute Energie einzusetzen.

Besonders wenn seine Gedanken so durcheinander waren.

Er hatte überhaupt nicht geschlafen, nachdem er Annie und Leo zu Hause abgesetzt hatte. Er hatte nicht gehen wollen. Er hatte sich zwingen müssen, aus dem Haus zu gehen und sie allein zurückzulassen.

Ein Grund, warum er so aufgewühlt war, war, dass er nicht nur Leo, sondern auch Annie nicht verlassen wollte.

Sie war während der Krise so stark gewesen, nachdem Leo vom Fass gefallen war. Sie war erschüttert, riss sich aber zusammen, als sie ihn in den Truck gepackt und ins Krankenhaus gebracht hatten. Colt war wütend über den ungerechten Tod der

Everson-Familie, doch er musste dankbar sein und Gott dafür preisen, dass er Annie geschickt hatte, um sein Kind in den Jahren, in denen Jennifer ihn aus der Gleichung herausgelassen hatte, glücklich zu machen und ihm Sicherheit zu geben.

Seine Wut darüber war immer noch groß, und das würde sich wahrscheinlich nie ändern ... Doch Annie saß zwischen Baum und Borke. Er hatte ihr das vergeben, und sein Groll gegen sie hatte sich mit der Zeit aufgelöst, als er sie mit seinem Sohn beobachtete.

Er dachte daran, wie sehr er sie festhalten wollte, als er gespürt hatte, wie besorgt sie war und wie sehr sie versuchte, stark zu sein. Er wollte so sehr für sie da sein, als sie ihm sagte, wie viel seine Gegenwart gestern Nacht für sie bedeutet hatte.

Colt warf den Heuballen vom Truck und starrte dann in die Ferne – er hatte kein Recht, mehr von ihr zu wollen. Er hatte kein Recht, sie zu wollen.

Doch er tat es.

Eine Staubwolke stieg über die Hügellinie auf, wo die Straße in die Richtung führte, aus der er gekommen war. Ein Auto oder ein Truck kam auf ihn zu. Durch seine dunkle Pilotensonnenbrille beobachtete er das Auto auf dem Hügel – es war Annie.

Sein Inneres schrie beim Anblick ihres alten

Autos. Er zog seine Lederhandschuhe aus und sprang vom Anhänger. Seine Schulter protestierte nur wenig bei der Landung.

Er warf seine Handschuhe auf den Anhänger und wartete, als sie anhielt. „Hey"", sagte er in dem Moment, als sie aus dem Auto stieg. „Alles okay? Wie geht's Leo heute?"

Annies Stirn war gerunzelt, und ihre Augen waren fest auf ihn gerichtet, als sie ihre Autotür schloss. „Leo geht's gut. Er ist bei Mandy und Gabi."

„Ach so?" Er konnte an ihren blitzenden Augen erkennen, dass ihr etwas im Kopf herumging, gedämpft von Schlaflosigkeit oder Sorge.

„Sie sind seine Tanten." Ihre Augen loderten. „Was machst du mit diesen Ballen?", fragte sie, kletterte auf den Anhänger und starrte auf die Heuballen.

Verblüfft von ihrem Verhalten entschied Colt, dass es angesichts der mühsam beherrschten Reizbarkeit, die in Wellen von ihr ausging, klug war, vorsichtig zu sein. Sie ein bisschen von der Wut, die unter ihrer angespannten Fassade schwelte, abkühlen zu lassen. „Ich werfe sie vom Anhänger."

Bevor er den Satz herausgebracht hatte, versuchte sie, einen Ballen aufzuheben, um ihn vom Anhänger zu werfen. Erschrocken konnte er nur ihren hartnäckigen Versuch beobachten, den schweren Ballen zu werfen. Ächzend und mit vor Anstrengung und Entschlossenheit rotem Gesicht, schaffte sie es, den Heuballen hochzuwuchten und ihn dann mit einem weiteren Stoß vom Anhänger zu werfen. Der Frau ging etwas im Kopf herum, und man musste kein Genie sein, um herauszufinden, was es war. Er wusste, dass sie wollte, dass er Leo sagte, dass er sein Vater war.

„Für ein Mädchen hast du ordentlich Muskeln", feixte er, weil er nicht wusste, was er sonst sagen sollte. Er konnte ihr nicht sagen, was er von ihr wollte. Egal wie sehr er es wollte.

Sie atmete schwer und starrte auf ihn herab. „Ich muss anfangen zu trainieren. Das ist anstrengend."

Er lachte trotz der Unterströmung zwischen ihnen. Sie wusste, dass er wusste, warum sie hier war. Als sie einander anstarrten, fühlte es sich fast so an, als wären sie zusammen in einem Boxring und umkreisten einander, um sich auf den nächsten Schritt vorzubereiten.

Er nickte zu den Weiden. „Rancharbeit ist mehr als nur zuzusehen, wie das Gras wächst und das Vieh frisst."

„Ha! Besonders jetzt, wenn es kein nennenswertes

Gras gibt." Sie seufzte und holte erneut tief Luft, während sie einen weiteren Ballen betrachtete.

Sie war süß, wie sie dort oben in ihrem übergroßen orangefarbenen T-Shirt, Jeans und Joggingschuhen stand. Ihr Haar war heute offen und fiel wie ein seidiger Wasserfall aus Gold- und Bronzetönen über ihre Schultern. Colt sah sie an und lächelte. Das Lächeln reichte tief und schoss auf die Dunkelheit, die sich in ihm verschanzt hatte.

Sie griff nach einem weiteren Ballen, doch Colt hielt sie auf. „Ich muss den Truck ein Stück weiterfahren, bevor ich mehr ablade."

Sie hielt inne, ließ sich an der Kante des Anhängers nieder und ließ ihre Beine baumeln. Anstatt herunter zu hüpfen, blieb sie sitzen. „Nochmal danke, dass du gestern da warst."

„Ohne mich wäre er nie gefallen. Ich bin froh, dass ich da war, um ihm zu helfen. Ich werde von jetzt an da sein, Annie. Alles wird gut."

„Es ist eben *nicht* alles gut, Colt. Ganz und gar nicht."

Ihre Worte waren verzweifelt und trafen Colt tief, obwohl er bereit war, ihre Argumente, warum er es Leo sagen musste, abzuwiegeln.

Sie zupfte einen Halm aus dem Bein ihrer Shorts.

„Bevor ich ihn in die Kindertagesstätte gebracht habe, hat Leo mir heute Morgen gesagt, dass er sich wünscht, du wärst sein Vater."

Sie sprach leise, obwohl er wusste, dass sie ihn anschreien wollte. Es brach ihm das Herz, und der Schmerz, ein heftiges Beben, durchfuhr ihn. Leo wünschte sich, er wäre sein Sohn.

Jedes bisschen Willensstärke, jedes bisschen Kraft und Können, das nötig war, um die gemeinsten und härtesten Bullen zu reiten, die er jemals geritten hatte, reichten nicht an das heran, was nötig war, um sein Herz zu verschließen und sich dazu zu bringen, das Bedürfnis abzustellen, Leo die Wahrheit zu sagen. Er konnte es nicht.

Würde es nicht.

Colts Abscheu vor sich selbst saß zu tief.

„Hat das überhaupt keine Wirkung auf dich?", fragte sie.

Er riss seinen Hut von seinem Kopf und schlug ihn gegen seinen Oberschenkel. „Natürlich. Wie auch nicht?"

„Dann sag es ihm."

„Ich kann nicht, Annie. Egal wie sehr ich es will ... Schau, Annie, ich kann einfach nicht."

Annie sprang vom Trailer, blickte zu ihm auf und suchte in seinen Augen, als könnte sie Antworten finden, wenn sie nur tief genug blickte. Er konnte kaum atmen, als sie ihn ansah.

„Warum? Begreifst du es nicht, Colt? Heute Morgen konnte ich nichts dazu sagen. Was hätte ich ihm sagen sollen? Du wirst dich damit abfinden müssen, dass er nur dein Held ist, Honey, denn er ist nicht dein Vater? Das wäre eine *Lüge* gewesen. Es wird immer öfter passieren, dass ich so kompromittiert werde. Du musst es ihm sagen, Colt."

„Ich muss gar nichts, Annie", sagte er mit Nachdruck und setzte seinen Hut wieder auf seinen Kopf, während er sie anstarrte und sie quasi herausforderte, ihm zu widersprechen.

Ohhh, dieser Mann machte sie so wütend.

Annie versuchte, ihre Beherrschung nicht zu verlieren. Es war eine seltsame Kombination, die sie Colt gegenüber empfand. Sie wollte ihn festhalten und ihm sagen, dass alles gut werden würde. Sie wollte ihn schütteln und ihm sagen, dass er endlich aufhören sollte, sich in Selbstmitleid zu suhlen – doch sie wusste, dass das nicht das war, was er empfand. Er fühlte sich wertlos. Doch Leo brauchte ihn und mit jedem Tag wurde ihr klarer, wie sehr.

„Colt, ich verstehe, dass diese Tragödie, die du

durchgemacht hast, schreckliches Leid und Schuldgefühle in dir ausgelöst hat. Aber du kannst es nicht länger als Ausrede benutzen, deinem Kind kein Vater zu sein."

Sie musste zu ihm durchkommen. Sie wollte das mehr als alles, was sie sich je gewünscht hatte. Sie wollte mehr als alles andere, dass er Leos Vater war. Noch mehr als sie sich in all ihren Gebeten gewünscht hatte, dass ihre eigenen Eltern zurückkamen.

„Weißt du, wie sehr ich wollte, dass meine Eltern in mein Leben zurückkehren? Ich habe jede Nacht dafür gebetet. Ich bin mir ziemlich sicher, dass Jennifers Verhalten auf gewisse Weise darauf zurückzuführen ist, dass sie uns verlassen haben. Es tut mir so leid, dass du von ihr verletzt wurdest, weil sie dir nichts von Leo erzählt hat. Es tut mir leid, dass du durch die Rolle, die du beim Tod der Everson-Familie gespielt hast, verletzt wurdest. Der Verlust dieser Familie ist tragisch. Aber du konntest nichts dafür. Und du kannst nichts dagegen tun. Doch gegen die Tragödie, dass dein Sohn nicht weiß, dass du sein Vater bist, kannst du sehr wohl etwas tun. Du hast die Kontrolle darüber, Colt. Wie viel tragischer wird es sein, wenn Leo eines Tages herausfindet, dass du sein Vater bist und es wusstest, es ihm aber trotzdem nicht gesagt hast?", fragte sie und sah zu, wie die Farbe aus

Colts Gesicht wich. Er wirbelte herum und ging von ihr weg, doch sie folgte ihm. „Colt, wohin gehst du?"

Er blieb stehen und ließ die Schultern hängen. „Nirgendwohin. Ich überlege nur." Langsam drehte er sich zu ihr um, und Trauer stand ihm ins Gesicht geschrieben. „Annie, ich habe ihn nicht verdient." Seine Stimme brach.

Wut brandete in ihr auf. „Schluss mit dem Unsinn. Sofort. Gott hat ihn dir geschenkt, also muss er entschieden haben, *dass* du ihn verdienst. Außerdem ist Leo dein und Jennifers Kind. Er gehört dir, ob du denkst, dass du ihn verdienst oder nicht. Und, Colt Holden, ich weiß, dass du verletzt und voller Trauer bist. Und ich weiß, dass du wütend bist, doch es ist Zeit, dass du darüber hinwegkommst, dich aufraffst und der Mann bist, den dein Junge braucht. So einfach ist das. Es gibt eine Zeit für alles. Eine Zeit zum Weinen und Trauern, wie du es getan hast. Doch es gibt auch eine Zeit zum Leben – und es ist Zeit für dich, dich nicht mehr für den Unfall zu hassen und deinen Sohn und das Leben dafür zu lieben, dass dir die Gelegenheit gegeben wurde, mit ihm zusammen zu sein. Dein Sohn braucht dich. Bitte, bitte, wirf das nicht weg." Sie griff nach seiner Hand. „Ich werde das nicht zulassen."

Colt starrte auf ihre Hände. „Ich werde es Leo nicht sagen."

Sie konnte nicht glauben, was sie hörte. „Und einfach so hast du deine Wahl getroffen." Man konnte einfach nicht sinnvoll mit diesem Mann argumentieren! Sie warf die Hände in die Höhe und stapfte zurück zu ihrem Auto.

„Annie–"

„Was?", fragte sie, wirbelte herum und starrte ihn an. Ihr Herz donnerte.

„Komm schon, Annie. Hab ein bisschen Nachsicht mit mir."

Annie stürmte zurück zu ihm und packte sein Gesicht. „Colt, bitte, bitte wach auf. Dein Sohn braucht dich als seinen Vater. Nicht als seinen Bullenreiterhelden. Ich muss dir Zeit geben, weil ich keine Wahl habe. Aber ich werde es ihm sagen." Bevor sie ihre Hände von seinem Gesicht sinken ließ, beugte sie sich vor und küsste ihn entschlossen auf die Lippen.

Sofort entzündete sich die Energie, die zwischen ihnen brodelte. Annie schnappte nach Luft, als Colt seine Arme um sie schlang und er sie fest an sich zog. Ihre Gedanken wurden verschwommen, als die Empfindungen übermächtig wurden und er ihren Kuss erwiderte.

Plötzlich riss er seine Lippen von ihren und schmiegte sein Gesicht an ihren Hals, während er sich an sie klammerte. Sie atmeten beide schwer, und Annie konnte nicht sprechen, so verblüfft war sie von dem, was gerade zwischen ihnen passiert war. Sie wusste nur, dass nichts mehr so sein würde wie früher, wenn er sie losließ. Colt Holden hatte gerade ihre Welt auf den Kopf gestellt und sie war gefährlich ins Wanken geraten.

Eine Zeit zum Lieben ... Eine weitere Zeile aus dem Vers, von dem sie zuvor Teile zitiert hatte, traf sie wie ein Pfeil ins Herz.

Eine Zeit für alles ... und jetzt war ihre Zeit zu gehen.

Als sie sich aus seinen Armen löste, starrten sie einander an. Er sah genauso fassungslos aus, wie sie sich fühlte. Seine warmen braunen Augen waren so durcheinander wie aufgewühltes schlammiges Wasser. Annie wirbelte herum und schaffte es diesmal zu ihrem Auto, ohne dass er ihr folgte oder sie zurückrief.

Doch selbst wenn er es getan hätte, hätte sie diesmal nicht angehalten oder sich umgedreht. Sie musste dringend hier weg.

Warum, oh warum, musste Liebe immer zu einer Situation werden, in der man nicht gewinnen konnte?

KAPITEL FÜNFZEHN

„Was denkt ihr?", fragte Norma Sue, während sie die Tischdekoration für die Hochzeitsfeier in die Höhe hielt. Sie hatten Dosen genommen und sie in Futtersackstreifen gewickelt und dann Spitze und bunte Bänder darum gebunden, um sie als Vasen zu benutzen. Es hörte sich vielleicht ein bisschen merkwürdig an, doch der Effekt war charmant und ländlich. Besonders in Verbindung mit dem Spitzenstoff und den groben Seilen, die auf den cremeweißen Tischdecken lagen.

„Ganz bezaubernd", strahlte Gabi Norma Sue und die anderen Damen an, die auf ihre Zustimmung warteten, während Annie, Mandy und Gabi in Norma Sues Scheune gingen.

Annie war zu aufgebracht gewesen, um viel zu sagen, als sie zurück ins Haus kam, um Leo abzuholen.

Alles, was nötig gewesen war, war ein Blick auf ihr Gesicht, und Mandy und Gabi wussten, dass das Gespräch nicht gut gelaufen war. Sie hatten darauf bestanden, dass sie mit ihnen kam, um beim Dekorieren für den Hochzeitsempfang zu helfen. Leo war beschäftigt draußen in der Scheune mit Kurt, der Kälber mit der Flasche fütterte – nicht, dass er mit dem Arm in Gips viel mehr hätte tun können, als zuzusehen. Doch er amüsierte sich prächtig und hatte ihr ernst mitgeteilt, dass er, wenn sie die Kälber fertig gefüttert hatten, ein paar Boxen ausmisten würde.

„Oh, das machst du sicher, oder?", hatte sie gesagt, und ihr Herz platzte angesichts der Freude in seinem Gesicht und der Tatsache, dass er ohne sein Wissen Zeit mit seinem Onkel verbrachte.

„Oh ja, und das wird lustig", hatte er kopfschüttelnd gesagt und sie mit großen Augen angesehen, als ob er ein Geheimnis wüsste, das sie nicht kannte.

Annie brauchte die Zeit zum Entspannen und hatte ihn gerne bleiben lassen. Sie hatte auch die Zeit gebraucht, um Dampf abzulassen. Mandy und Gabi waren fassungslos wie sie.

„Er glaubt nicht, dass er es wert ist", hatte Gabi ihnen erklärt. „Ich sage euch, er bestraft sich für den Tod der Eversons. Ich glaube nicht, dass irgendetwas ihn davon überzeugen kann, dass es nicht seine Schuld war.“

„Zeit“, sagte Mandy und sah zuversichtlich aus, als sie in Richtung Stadt gefahren waren. „Zeit heilt alle Wunden … wenn sie gepflegt werden. Wir müssen nur dafür sorgen, dass seine Wunde weiterhin den Balsam der Liebe und Fürsorge erhält, damit sein Herz nicht mit Narbengewebe überwuchert wird.“

Annie dachte darüber immer noch nach, als sie sich in der Scheune die hübsche Dekoration ansah, die ihr Herz vor Freude für Gabi leichter werden ließ.

„Oh, das wird so schön.“ Sie umarmte Gabi. Sowohl sie als auch Mandy hatten sie aufgenommen und in ihrem Herzen war sie sehr dankbar für sie und diese ganze Familie. Sie waren die Familie, nach der sie sich immer gesehnt hatte. Sie war vielleicht nicht verwandt, doch in ihrem Herzen konnte sie träumen. Sie fühlten sich wie Familie an, und für Leo waren sie es, auch wenn sein Vater sich nie entscheiden sollte, ihm seinen Namen zu geben.

„Ich liebe die Weinrebe und die Spitze“, sagte Gabi, und berührte die, die auf dem Tisch lagen, und von mehreren lächelnden Frauen geflochten wurde, von denen einige Annie in der Kirche getroffen hatte. Die Aufregung im Raum war spürbar und trotz ihrer schlechten Laune konnte sie nicht anders, als sich besser zu fühlen.

„Ich komme aus dem Staunen nicht raus." Mandy lachte und sah sich mit großen Augen um. „Ihr überrascht mich immer wieder. Nach all den Hochzeiten, die diese Stadt veranstaltet hat, ist immer noch keiner müde!"

Annie lachte mit allen anderen. Aus dem Radio dudelte Country-Musik, und mehrere der Frauen tanzten zur Musik durch den Raum, während sie verschiedene Dekorationen zu ihren Zielen trugen. In Texas gehörte bei einer Hochzeit und natürlich auch während der Vorbereitungen darauf ein Two-Step und ein Line Dance dazu. Getränke standen auf einem Tisch, und alles war natürlich kostenlos für die Helfer.

Annies Herz schwoll vor Sehnsucht an, als sie die vielen Heliumballons sah, die Esther Mae an einem Tisch in der Nähe füllte.

„Du brauchst einen davon", sagte Esther Mae zu ihr und lächelte, als hätte sie gerade Annies Gedanken gelesen. Und das hatte sie! „Komm her und hilf mir", fuhr die Rothaarige fort und winkte sie herüber.

Mandy und Gabi wurden beide zur Arbeit gerufen, um Norma Sue dabei zu helfen, eine Weinrebe zu entwirren. Also ging Annie zu den Luftballons. Esther Mae gab ihr einen. „Kannst du die für mich knoten, während ich sie fülle? Ich hab schon Knoten in meinen Fingern, und wir müssen reden."

„Das ist nicht das Einzige, was bei dir verknotet ist", lachte Norma Sue. „Dein Gehirn auch."

„Mein Gehirn ist *nicht* verknotet", schnaubte Esther Mae.

„Oh, wenn das nicht das Problem ist, was dann?", johlte Norma Sue.

„Die Frau hätte Komikerin werden sollen. Nur, weil ich versucht habe, sie bei abgedrehtem Gas zu füllen."

„Es wäre nicht so schlimm gewesen, wenn sie nicht gedacht hätte, dass die Luftballons kaputt sind." Norma Sue zwinkerte Annie zu, und Esther Mae wurde rot.

„Ja, das ist wahr. Aber hey, wenn ich nicht über mich selbst lachen kann, was soll ich dann tun?"

„Ich frage mich, worüber alle anderen lachen", kicherte Norma Sue.

„Ich weiß, wo du wohnst, Norma Sue, und vergiss es nicht."

„Also, wir haben gehört, dass du mit Colt zur Hochzeit kommst." Esther Mae strahlte Annie mit den grünen Augen an, die vor Schalk glitzerten.

„Nun, es ist darüber gesprochen worden. Aber ich bin mir nicht sicher."

„Doch, das ist sie", sagte Gabi mit gesenktem Kinn, als sie herausfordernd eine Braue hob. „Ich sorge dafür, damit ihr Mädels euch nicht die Köpfe zerbrechen müsst, wie ihr sie dazu bringen könnt. Colt hat seine Anweisungen direkt aus dem Mund der Braut. Und er will seine neue Schwägerin nicht vergrätzen."

Das brachte ihr Jubel und Klatschen von allen ein. Annie musste kichern, obwohl sie nicht besonders daran interessiert war, von Colt zur Kirche begleitet zu werden. Sie würde es für Leo tun. Die Erinnerung an den Kuss erhitzte ihre Wangen. Zum Glück dachten jedoch alle, dass es an Gabis Bemerkung lag.

„Also, Gabi, wenn du das Kuppeln übernimmst, was sollen wir dann tun? Nimmt einem irgendwie den Spaß", klagte Norma Sue.

„Ähm", Annie räusperte sich. „Ich stehe genau hier, und niemand hat mich gefragt, ob ich verkuppelt werden will. Ich gehe mit Colt zur Hochzeit, weil Leo das gerne so möchte."

Norma Sue und Esther Mae tauschten schamlos Blicke aus und lächelten.

Adela, die am Ende des Tisches saß und Spitze an den Rand der Futtersäcke nähte, lächelte sie herzlich an. „Colt und Leo verstehen sich so wunderbar. Was für ein Segen für die beiden."

Annie hatte plötzlich das seltsame Gefühl, dass sie es wussten. „Ja, Ma'am, es ist ein Segen."

„Ich persönlich denke, Colt braucht einen guten Kuss, um ihm den Tag zu versüßen. Annie, was hältst du davon?" Esther Mae hielt ihr einen Ballon hin. Anstelle des riesigen Lächelns, das Annie erwartet hätte, war sie sehr ernst. Zu ernst.

Annie lachte, überrascht von ihrer unverblümten Art. „Ich denke, wenn du ihm einen Kuss geben willst, Esther Mae, würde er es wirklich schätzen. Nur zu."

Norma Sue johlte. „Warte, lass mich ihn anrufen und ihn vorwarnen."

„Sehr witzig, ihr zwei. Mein Hank ist der einzige, der meine Küsse bekommt, herzlichen Dank auch. Und du weißt ja, dass ich dich nur aufziehe, Annie, aber ich weiß, *dass* du darüber nachgedacht hast."

„Woher weißt du –", platzte Annie heraus, bevor sie sich fing. Sie stocherten nur im Trüben. Sie hatten wirklich keine Ahnung, dass sie Colt geküsst hatte oder dass sie darüber nachdachte. Wie auch? Sie amüsierten sich nur. Das war alles. Sie war nur so verflixt unsicher, dass sie ihr Geheimnis beinahe preisgegeben hätte. Und das kam gar nicht in Frage. Absolut nicht.

Doch ob sie wütend auf den Mann war oder nicht, allein der Gedanke an diesen Kuss und die Art und Weise, wie er ihre Welt auf den Kopf gestellt hatte, machte sie schwindelig, und ihr Puls begann zu stolpern, als würde er ein SOS morsen.

„Woher ich was weiß?", fragte Esther Mae grinsend. „Willst du damit sagen, dass du Colt küssen willst? Oder hast du vielleicht schon? Ihr habt viel Zeit in seiner Hütte verbracht, um Leo Lassowerfen und Hammelreiten beizubringen."

Annie blieb der Mund offenstehen. „Ich dachte mir schon, dass ihr mit allen Tricks arbeitet, wenn es darum geht, Leute zu verkuppeln."

„Tricks", gluckste Norma Sue. „Wenn wir ein Mädchen und einen Cowboy sehen, von denen wir glauben, dass sie wie die zwei Teile eines Herzmedaillons zusammenpassen, haben wir keinen Grund, Tricks zu benutzen. In den meisten Fällen geben wir ihnen eine faire Warnung."

„Meistens", sagte Gabi. „Doch ich bin mir sicher, dass es in diesem Raum mehrere Leute gibt, die von ihnen unvorbereitet erwischt worden sind, bevor sie wussten, was ihnen geschieht."

Im ganzen Raum brachen Gelächter und Zustimmung aus, und mehrere Leute bestätigten, dass es ihnen genau so ergangen war. Annies Magen zog sich zusammen.

Sie war in Schwierigkeiten, und sie wusste es.

Sie hatte sich in den Vater ihres Neffen verliebt. Und wenn er Leo nicht wollte, würde er sie bestimmt nicht wollen.

Die Kupplerinnen von Mule Hollow hatten keine Ahnung, was sie sich vorgenommen hatten. Doch Annie schon, und sie wusste, dass es ein Weitschuss war. Zumal sie wusste, dass Colt bereit war, ganz schnell ganz weit in die entgegengesetzte Richtung zu rennen.

Der furchteinflößendste und schwierigste Teil war, dass der kleine Leo mittendrin in dieser Katastrophe saß.

Schwierigkeiten? Oh ja, sie war in Schwierigkeiten, kein Zweifel. Und hier war sie – diejenige, die Bullenreiten nicht mochte. Sie hatte das Gefühl, als wäre sie gerade im Chute auf den Rücken des schlausten Bullen gesprungen, das Tor öffnete sich und ihre Hand steckte im Seil fest, noch bevor der Ritt begann.

Colt musste mit jemandem reden, und wer wäre da besser als sein großer Bruder? Er bog in die Auffahrt der Ranch ein, stellte den Motor ab und ging auf das Haus zu, als er Lachen aus der Scheune hörte. Leo. Damit hatte er nicht gerechnet. Und er war gerade nicht bereit, seinen Sohn zu sehen. Nicht nach dem, was Annie ihm gesagt hatte.

„Colt!" Leo kam mit zwei Milchflaschen unter dem Arm aus der Scheune gerannt.

„Hey, ich sehe, was du getan hast." Colt lächelte seinen Sohn an, und das Bedürfnis ihn zu umarmen wurde stärker. Es war, als hätte er seit dem Tag zuvor, als er Leo umarmt und getröstet hatte, weil er verletzt worden war, sein Kind noch mehr in seinen Armen spüren wollen. Sechs Jahre Umarmungen, die er verpasst hatte. Es lastete schwer auf ihm, als er sich bückte. Leo grinste ihn an und steckte ihm eine Flasche zu.

„Magst du probieren?" Er verzog das Gesicht. „Total ekelhaft."

„Woher weißt du das? Ich wette, die Kälber beschweren sich nicht."

„Sie nicht – sie lieben das Zeug! Kurt sagt, er glaubt, Gott hat sie durcheinander gebracht und kleine Schweine in die Kuhfelle gesteckt."

„Oh ja", sagte Kurt, als er aus der Scheune kam. „Du hast sie gesehen, Leo. Du weißt, wovon ich rede."

Leo machte ein angewidertes Gesicht, das jeden zum Lachen bringen musste. „Ich habe in meinem ganzen Leben noch nie so viel Sabber gesehen."

„Sie haben nicht versucht dich zu küssen, oder?"

„Mich zu küssen? Sie haben mich fast zu Tode geleckt."

„Du siehst ziemlich angesabbert aus." Colt zog an Leos halb aus der Hose hängendem Hemd, das feucht war. „Was ist denn da passiert?"

„Das Ferkelkalb hat versucht, mein Hemd zu essen!"

„Du hast es überlebt. Und dein Gips auch."

„Oh ja. Schau, Kurt hat auch unterschrieben."

Kurt beobachtete ihn mit nachdenklichen Augen. Colt fragte sich, was sein Bruder dachte. Kurt wollte mehr als alles andere, dass er und Jess glücklich waren und sich häuslich niederlassen würden. Colt nahm an, dass Kurt dachte, er würde es vermasseln.

„Ihr hattet gestern einen aufregenden Abend."

„Nur ein bisschen. Leo ist im ungünstigsten Winkel vom Fass gefallen. Er ist nicht einmal sonderlich hart aufgeschlagen oder sowas."

„Sowas passiert eben", sagte Leo und strahlte sie an.

Colt umarmte ihn. „Ja, aber ich wünschte, es wäre nicht dir passiert, kleiner Cowboy."

„Schon gut, Colt. Ich habe jetzt ein ganzes Jahr Zeit, um an meinen Fähigkeiten zu arbeiten."

Seine positive Einstellung war inspirierend. „Und genau das wirst du."

„Du wirst doch immer noch mit mir arbeiten, nicht wahr, Colt?"

„Natürlich."

„Gut!" Er ging zum Haus. „Ich muss die hier für Mandy in die Küche bringen, für wenn sie nach Hause kommt."

Schweigend beobachteten sie ihn auf dem Weg zum Haus. Sobald er außer Hörweite war, hakte Kurt seine Daumen in seine Taschen und studierte Colt. „Das Kind ist großartig."

Colts Herz krampfte sich zusammen. „Ja, ist er."

„Was ist los, Colt? Als ich hergekommen bin, war Annie so weiß wie die Wand. Mandy und Gabi haben sie überredet, mit ihnen zu dekorieren, in der Hoffnung, dass es ihr später besser geht."

Colt hatte das Gefühl, als wäre er vom Bullen geworfen und in den Dreck geschleudert worden. Es gefiel ihm nicht zu wissen, dass Annie immer noch erschüttert gewesen war, als sie zum Ranchhaus gekommen war. Doch andererseits hatte dieser Kuss ihn auch erschüttert. Als sie sein Gesicht so unerwartet in ihre Hände genommen hatte, mitten in der Hitze ihrer Auseinandersetzung, hatte die Zärtlichkeit hart an etwas in ihm gerissen. Er war so angespannt, dass ihr Kuss, der bloße Kontakt ihrer Berührung, ihn aus dem Gleichgewicht gebracht hatten. Er hatte seine Arme reflexartig um sie geschlungen, und die Berührung ihrer Lippen mit seinen hatte tief in seine Seele gegriffen. Der Gedanke daran erschütterte ihn immer noch.

Er senkte den Blick, aus Angst, Kurt würde seine Gefühle in seinen Augen sehen. Er war im Moment nicht bereit, mit dem umzugehen, was er für Annie empfand. Er musste sich mit seinen Gefühlen über Leo auseinandersetzen. Wenn er nicht irgendwann mit Annie übereinkam, war der Kuss, den sie geteilt hatten, egal. Die Kluft zwischen ihnen würde einfach zu breit werden, um sie zu überqueren.

„Colt", sagte Kurt, als er nicht antwortete.

„Sie hat mir erzählt, dass Leo ihr gesagt hat, er wünschte, ich wäre sein Vater."

„Du bist sein Vater."

„Sie ist wütend, weil ich es ihm nicht sagen will. Sie hat versucht, mit mir über den Unfall zu sprechen. "

„Ich kann nicht verstehen, was in deinem Kopf passiert, wenn es um den Unfall geht. Ich bin mir sicher, dass die Gefühle in dieser Situation hart sind, aber, Colt, ich sage dir, es ist Zeit, vorwärts zu kommen. Wenn du das allein nicht kannst, musst du vielleicht zu diesem Arzt gehen."

„Ich brauche keinen Arzt."

Leo kam mit vollen Armen aus dem Haus. Bei näherer Betrachtung stellten sie fest, dass er drei Gläser Milch zwischen seinem Gipsverband und seinem Körper hielt.

Er grinste. „Ich habe uns was zu trinken gebracht."

Milch schwappte aus dem Glas über sein Hemd

und seinen Gips. Sowohl Colt als auch Kurt eilten die paar Meter auf ihn zu und nahmen ihm die Gläser ab.

„Danke", sagte Kurt und hielt sein halb volles Glas hoch.

Colt tat das Gleiche. „Das habe ich gebraucht."

„Oh, ich habe mehr." Leo griff in sein ausgebeultes Hemd, das fest in seiner Jeans steckte und zog eine Plastiktüte mit Keksen heraus. „Hier." Er strahlte. „Wir werden nicht verhungern."

„Weißt du, Junge", sagte Kurt und schoss Colt einen Blick zu, der sagte *krieg das auf die Reihe, und kümmere dich um dein Kind.* „Du bist ein schlauer kleiner Keks."

Leo stellte sein Glas auf den Boden und achtete darauf, nicht mehr zu verschütten, als er bereits verschüttet hatte. Er kramte in der Tasche und holte einen zerbröckelnden Keks heraus. „Das bin ich. Meine Mom hat mir immer gesagt, es liegt daran, weil ich die Gähne von meinem Daddy habe. Ich weiß nicht, was das heißt, weil Gähnen tue ich nur wenn ich müde bin."

Kurt schmunzelte und nahm den Keks, den Leo ihm reichte.

Nicht fertig, sah Leo Colt an, als er ihm einen Keks in die Hand drückte. „Ich habe Tante Annie gesagt, ich wünschte, du wärst mein Vater, Colt."

Colt starrte seinen Sohn fassungslos an. „Das hast du?" Seine Knie fühlten sich weich an und sein Herz stolperte. Wie um Kohlen auf bereits loderndes Feuer häufen, bog Mandys Truck in die Auffahrt ein und fuhr zum Haus.

„Ich denke, deine Tante ist in diesem Truck", sagte er hilflos. Benommen.

Colt hatte Annies Auto auf der anderen Seite von Gabis Truck gesehen, als er vorgefahren war. Annie stieg mit Gabi und Mandy aus dem Truck, und alle lächelten, als sie auf sie zu kamen.

Colt war nochmal gerade so davon gekommen, was Leos Bemerkung anging. Er verstand, was Annie so sehr aufgewühlt hatte. Doch bald würde Leo seinen Wunsch vergessen haben, und alles würde gut werden. Dann wäre es nicht mehr nötig, dem Problem auszuweichen.

Sich schuldig zu fühlen war etwas geworden, mit dem er lebte, und das hier war nur noch ein weiterer Grund. Er war jedoch ein bisschen auf der Hut, als Annie näher kam. Seine Gedanken wechselten wie ein Radiosender zum Kuss, und sein Kopf füllte sich mit statischem Rauschen, als er gegen die Erinnerung ankämpfte. Das war nicht die Zeit, darüber nachzudenken, wie dieser Kuss seine Welt auf den Kopf gestellt hatte.

Ich werde es ihm sagen.

Dann fielen ihm Annies Worte ein. Er hatte sie in der Hitze ihres Kusses fast vergessen.

„Hey Leute", sagte sie und legte ihre Hand auf Leos Schulter. „Was in aller Welt hast du denn getrieben?" Sie lachte, als er sie mit seinem Milchschnurrbart anstrahlte.

„Ich habe uns Jungs einen Snack besorgt."

„Das sehe ich. Ich bin sicher, Colt und Kurt wissen das sehr zu schätzen."

Sie tat so, als wäre nichts zwischen ihnen passiert. Er hatte das Gefühl, dass Mandy und Gabi wussten, was passiert war, und dass das ein Teil des Grundes war, warum Annie mit ihnen gegangen war. Er war sich ziemlich sicher, dass sie dachten, er würde es vergeigen, genau wie Kurt und Annie.

Doch Colt musste tun, was er tun musste. Er musste sie jetzt überzeugen, es Leo nicht zu sagen.

„Alles ist bereit", sagte Gabi, schoss in die Nähe von Colt und stupste ihn mit dem Ellbogen an. „Du holst Annie und Leo für die Hochzeit ab. Sie können früh mit dir kommen, weil ich sie gerne auf den Bildern dabeihaben würde."

Colt rieb sich den Nacken und machte sich Sorgen. „Sicher. Wenn Annie damit einverstanden ist, mache ich das." Vielleicht könnten sie dann reden.

Sicher würde sie es Leo vor der Hochzeit nicht erzählen. Sie würde nicht riskieren, ihn emotional zu verwirren und ein Drama bei der Hochzeit zu verschulden.

Annie lächelte, und ihre Augen funkelten so strahlend, dass er sich fragte, was mit der lodernden Wut von vor ein paar Stunden passiert war.

„Hört sich großartig an. Wir sind dabei, nicht wahr, Leo?"

Leo hielt Colt die Hand für ein High-Five entgegen. „Super!"

Colt schlug ein und fragte sich, ob er irgendwas nicht mitbekommen hatte ... irgendetwas Wichtiges.

KAPITEL SECHZEHN

Der Samstag kam schneller als Annie erwartet hatte. Sie hatte sich seit Donnerstag gesagt, dass alles gut werden würde. Ha! Dabei intrigierten die berüchtigten Kupplerinnen von Mule Hollow hinter ihrem Rücken. Sie hatte einen kleinen Jungen, der davon träumte und sich wünschte, sein Held, der tatsächlich sein Vater war, wäre sein Vater. Wenigstens waren Leos Tanten und Onkel zu hundert Prozent dafür, dass Colt es seinem Sohn sagte.

Zu diesem Zeitpunkt war sich Annie bei all den verworrenen und verdrehten Gefühlen, die in ihr herumwirbelten, nicht sicher, was *sie* brauchte – oder wollte. Wollte sie verkuppelt werden? Konnte sie jemandem ihr Herz anvertrauen, wenn ihre Angst vor Ablehnung so stark war? Als sie vor wenigen Wochen in den Ort gekommen war, wäre die Antwort auf diese Frage ein klares Nein gewesen.

Besonders, wenn es um jemanden wie Colt ging, der selbst so schwere emotionale Narben hatte.

Jetzt ... jetzt war sie sich nicht so sicher. Die Tatsache, dass seine Familie sie quasi adoptiert hatte, zog sie noch mehr an als die Anziehungskraft und Liebe, die sie für Colt empfand.

Tagelang hatte sie sich gefragt, was Colt an sich hatte, das sie dazu bringen konnte, sich in den Mann zu verlieben. Die Antwort war einfach gewesen. Obwohl er Leo nicht sagen wollte, dass er sein Vater war, wusste sie, dass er ihn liebte. Sie liebte auch seine Güte. Sie liebte seinen Drive, sein Engagement. Sie liebte die Energie, die sie spürte, wenn er sie ansah, und die Wärme im Umgang mit anderen.

Und tief im Inneren wusste sie, dass das, was ihn dazu brachte, Leo nicht sagen zu wollen, dass er sein Vater war, der tief verwurzelte Schmerz und die Trauer in ihm war. Seine Wärme, seine Güte und die Art und Weise, wie die Tragödie des Unfalls ihn auf einer so tiefen Ebene beeinflusst hatte, berührten sie. Er musste einen Weg finden, darüber hinwegzukommen und sein Leben weiterzuleben. Doch seine Fähigkeit, so Verantwortung zu übernehmen, wie er es tat, traf Annie. In ihrem ganzen Leben hatte sie diese Bereitschaft, Verantwortung zu übernehmen, nie gesehen. Wenn er mit der Zeit nur die Trauer verarbeiten und seinem Sohn sagen könnte, dass er sein Sohn war ... könnte sie ihr Herz riskieren. Wenn nicht, standen die Kupplerinnen vor einem enttäuschenden Ausgang ihrer jüngsten Verschwörung.

„Du siehst sehr schick aus." Sie rückte Leos langärmeliges weißes Hemd zurecht. Er hatte sein Bestes getan, es in seine Hose zu stecken, doch hinten hing es heraus. Annie korrigierte das schnell und nutzte die Gelegenheit, ihn zu umarmen und ihm einen Kuss auf die Wange zu drücken. „Weißt du, wie sehr ich dich liebe?"

Er breitete die Arme aus. „So viel und noch viel mehr, hast du letztes Mal gesagt. Aber ich bin seitdem gewachsen."

„Und ich liebe dich immer noch mehr als das. Deine Arme werden nie lang genug sein."

„Und deine Arme werde nie lang genug für meine Liebe sein." Er küsste sie auf die Wange, und sie hätte fast angefangen, auf sein weißes Hemd zu weinen.

„Du weißt, dass deine Mama unglaublich stolz auf dich wäre, oder?"

Er sah nachdenklich aus. „Ich wette, sie möchte, dass Colt mir beibringt, wie man ein Cowboy ist. Sie hat Bullenreiten geliebt. Und Colt auch. Ich habe in letzter Zeit viel darüber nachgedacht."

Annie war sich nicht so sicher, ob Jennifer sich

darüber gefreut hätte, dass sie Leo und Colt zusammengebracht hatte. Doch das würde sie Leo nicht sagen. Stattdessen lächelte sie. „Sie hätte es geliebt, solange du Spaß dabei hast."

Das Geräusch eines Trucks, der in der Einfahrt zum Stehen kam, machte sie beide darauf aufmerksam, dass Colt angekommen war. Annie strich ihr Kleid glatt. Sie hatte ihren Kleiderschrank durchwühlt und ein blass mintgrünes Kleid gefunden, das ihr jemand nach dem Brand gegeben hatte. Es war ein schlankes Design und passte sehr gut zu ihr. Der Saum fiel ihr gerade bis zu den Knien. Annie kombinierte es mit Sandalen mit fünf-Zentimeter-Absätzen, die sie in der Schachtel mit Schuhen gefunden hatte, die sie gespendet bekommen hatte.

Eines Tages würde sie in einen Laden gehen und selbst neue Kleider kaufen, doch es gab keine Eile. Sie war so dankbar für die Großzügigkeit all derer, die ihr zu Hilfe geeilt waren. Sie strich mit einer Hand über die Vorderseite des Kleides und warf im Flurspiegel einen prüfenden Blick auf ihr Make-up. Sie wollte sichergehen, dass sie für die Hochzeit so gut wie möglich aussah. Die Tatsache, dass Colt sie als erster sehen würde – nun, das konnte sie nicht ändern.

„Lächerlich", murmelte sie und holte tief Luft. Sie würde sich benehmen und sicherlich keinen Kuss provozieren. Es war offensichtlich, dass auch er die Chemie spürte, die zwischen ihnen herrschte. Aber ob seine Gefühle so involviert waren wie ihre, wusste sie immer noch nicht.

Leo riss die Tür auf, bevor Colt die Stufen erreichte. Der Junge rannte nach draußen und warf sich vom Rand der Veranda in Colts Arme. Zum Glück fing Colt den größten Teil von Leos Gewicht mit seinem gesunden Arm auf, und zum Glück war sein verletzter Arm fast vollständig verheilt. Das war offensichtlich gewesen, als sie ihn am Donnerstagabend beim Abladen des Heus gefunden hatte.

„Guter Fang", jubelte Leo und streckte die Füße aus, damit Colt seine Stiefel sehen konnte. „Was denkst du? Tante Annie hat meine Stiefel geputzt und poliert und alles."

„Hey, die sehen brandneu aus. Ich hätte gedacht, sie sind neu."

„Nein, die waren ein Geschenk von einem anderen kleinen Jungen in meinem Alter, der sie mir gegeben hat, nachdem das Feuer unser Haus abgebrannt hatte. Er hat sie ein bisschen getragen, aber als er gehört hat, dass all unsere Sachen verbrannt sind, hat er sie hergegeben, und ich habe sie bekommen. Ist das nicht was Besonderes? Tante Annie, sie hat mir erzählt, wie besonders das ist, denn dieser andere kleine Junge hat daran gedacht, anderen zu helfen, und nicht nur daran, wie sehr er seine coolen Stiefel mochte."

Colt hielt Leo immer noch auf seiner Hüfte, und obwohl Leo sechs Jahre alt war, schien er nicht zu schwer für ihn zu sein. Für Annie war Leo zu schwer, um ihn länger auf dem Arm zu halten. Sie musste sich damit zufrieden geben, in einem großen, flauschigen Sessel zu sitzen und zu kuscheln, während sie ein Buch lasen. Die Tage, in denen sie ihn herumgeschleppt hatte, waren lange vorbei.

Nach der kurzen Begrüßung stiegen sie in Colts Truck und schnallten sich an.

„Ich bin noch nie auf einer Hochzeit gewesen, Colt. Du?"

„Ein paar. Meistens war ich aber unterwegs zu einem Rodeo, da die meisten Hochzeiten und Rodeos am Wochenende stattfinden."

Annie lehnte sich zurück und war zufrieden damit, ihnen beim Reden zuzuhören. Sie musterte Colt verstohlen, während er sich auf die Straße konzentrierte. Er trug schwarze Jeans und ein gestärktes Westernhemd, das mit seinen sandsteinfarbenen Haaren und seinen warmen braunen Augen großartig aussah. Sein Stetson hatte eine ähnliche Farbe. Der Mann sah gut aus, keine Frage.

„Also gehe ich richtig in der Annahme, dass wir

früh ankommen und sie dann anfangen, zu fotografieren?" Sie wusste, dass er Smalltalk machte, um die Stille zwischen ihnen zu füllen. Er war natürlich über den Zeitplan ab ihrer Ankunft informiert worden.

„Korrekt", sagte sie und spielte mit.

Das Beste wäre, wenn Leo wieder angefangen hätte, zu plaudern, dann hätten sie überhaupt kein Gespräch führen müssen.

Doch Leo war damit beschäftigt, aus dem Fenster zu starren, und seinen Augenbrauen nach war er tief in Gedanken versunken. Sie war überrascht, dass er Colt nicht noch einmal gesagt hatte, dass er sich wünschte, er wäre sein Vater. Annie war sich nicht sicher, ob das gut oder schlecht war, doch sie hatte beschlossen, sich da rauszuhalten und alles, was Leo seinem Vater sagen wollte, ganz natürlich geschehen zu lassen. Ohne ihre Einmischung.

„Tante Annie und Colt, ich habe nachgedacht", sagte er unerwartet. „Ich denke, wir fühlen uns wie eine Familie."

Annie erschrak. Und so, wie Colt am Lenkrad ruckte, traf die Bemerkung ihn auch wie ein Tritt in die Magengrube.

Doch Leo war noch nicht fertig. „In der Kindertagesstätte habe ich gestern Bobbie gesagt, dass ich mir wünsche, dass Colt mein Vater ist, und er hat mich ausgelacht. Ich habe ihm dann gesagt, dass Familien heutzutage in verschiedenen Formen daherkommen – das habe ich im Fernsehen gehört. Du könntest die Mommy sein, Tante Annie, und Colt der Daddy. Aber Bobbie meint, es könnte ein Problem sein, dass ihr nicht verheiratet seid. Er sagte, seine Mom und sein Dad mochten sich nicht mehr, und deshalb sind seine Mom und er ohne seinen Dad nach Mule Hollow gezogen. Ich habe ihm gesagt, dass ihr euch mögt. Naja", erklärte er weiter, als er sah, dass Annies Augen größer wurden. „So könnten wir eine Familie sein."

Colt war derjenige, der zuerst reagierte ... und das war gut, denn Annie fehlten die Worte.

„Leo", sagte er. „Es funktioniert nicht wirklich so. Aber bleib dran, denn eines Tages wird deine Tante Annie jemanden finden, den du lieben kannst, und dann wirst du deine Familie haben."

Annie war noch nie in ihrem Leben so glücklich gewesen, eine kleine weiße Kirche zu sehen. *Manche Männer!* Manchmal hatten sie nicht einmal den gesunden Menschenverstand einer Ameise. Sie schüttelte entnervt den Kopf und stieg so schnell aus dem Truck, wie sie konnte. Jeder andere Teil dieses Gesprächs, den Colt mit seinem Sohn führen wollte, konnte er ohne sie führen. Entweder das, oder sie würde den Mann am Ohr packen und es drehen, bis er Leo sagte, was er hören wollte – dass er sein Vater war, wenn auch ohne den Teil mit dem Heiraten.

Herr, gib mir Geduld und hindere mich daran, Gewalt anzuwenden, sang Annie schweigend den ganzen Weg zur Eingangstür der Kirche im Rhythmus ihrer Schritte. Distanz – das war, was sie brauchte, und sie brauchte sie sofort.

Annie hatte sich beruhigt, als die Hochzeit schließlich stattfand. Es war eine wunderschöne Zeremonie und Leo fragte sie während des Gelübdeaustauschs nicht, ob sie und Colt heiraten würden. Er wartete, bis sich das Brautpaar küsste. Dann zupfte er an ihrem Ärmel und sah zu ihr auf. „Ich wette, es würde dir Spaß machen, das mit Colt zu machen. Ich denke, wenn er einen Bullen so gut reiten kann wie er, dann kann er sich in allem gut machen. Sogar ein guter Küsser."

Das Kichern um sie herum sagte Annie, dass es viele Ohren gab, die Leos Bemerkung gehört hatten. Doch Leo wusste nicht, was für ein guter Küsser Colt war.

Der Abend war noch jung, und Leo war unaufhaltsam. Annie hatte ein wenig Angst, als sie eine strahlende Gabi und Jess den Gang entlang und zur Tür hinausgehen sah. Annie war sich nicht sicher, ob sie viele weitere solcher Bemerkungen von Leo überstehen würde.

Aber was konnte sie sagen? Nichts. Absolut gar nichts.

Wenn es um Colt ging, waren ihre Lippen versiegelt.

„Colt, du siehst saurer aus als der alte Applegate, der da neben deinen Brüdern steht", sagte Sam und kam zu Colt herüber, der alleine stand und rosa Punsch aus einer zierlichen Glastasse trank. Er hätte das Getränk fast nicht angerührt, weil er nicht erwischt werden wollte, wie er so etwas Unmännliches in Händen hielt, doch er musste etwas trinken, selbst wenn es rosa Punsch in einer Punschtasse war.

„Sam. Dir auch guten Abend." Die Musik spielte, und Colt hatte beobachtet, wie Paare an ihm vorbei zu guter Country-Musik Two-Step tanzten. Er trank Punsch, weil sein Hals jedes Mal trocken wurde, wenn er über die Tanzfläche blickte und sah, dass Annie beim Servieren des Kuchens half.

Er hatte nicht aufhören können darüber nachzudenken, was Leo auf dem Weg zur Hochzeit im Truck gesagt hatte. Und dann war da noch der letzte Kuss, den sie gehabt hatten ... er hatte nicht vorgehabt, sie zu packen und sie so zu küssen. Es war von dem

Moment an außer Kontrolle geraten, als er nach ihr gegriffen hatte. Annie Ridgeway entzündete Gefühle in ihm, die ihn aus der Bahn warfen. Und dann waren da noch sein Sohn und dessen Träume von einer Familie.

Es hatte alles in ihm gebraucht, um nicht mit der Wahrheit herauszuplatzen.

Doch er war stark geblieben und hatte die Wahrheit für sich behalten ... die *Wahrheit*. Er verstand, was Annie damit meinte, kompromittiert zu sein. Es fühlte sich an, als hätte er Leo angelogen, doch er hatte es tatsächlich geschafft, seine Antwort so zu formulieren, dass er nicht gelogen hatte. Doch war das fair Annie oder Leo gegenüber?

Esther Mae tauchte plötzlich aus dem Nichts auf. „Du weißt, dass du ein Mädchen zum Tanzen auffordern kannst."

„Na, Esther Mae", sagte er und drängte seine schlechte Laune ins Zwielicht. Das bunt gescheckte Kleid der älteren Frau reichte aus, um selbst die versonnensten Fälle wachzuschocken. „Ich bin geschmeichelt, dass du mit mir tanzen willst, aber was wird Hank sagen?"

Esther Mae drückte seinen Arm und färbte sich pink. „Er wird damit klarkommen." Ein schelmisches Funkeln blitzte in ihren Augen. „Es wird gut für ihn sein."

Colt wollte nicht wirklich tanzen, konnte Esther

Mae jedoch nichts abschlagen. Darum nahm er ihre Hand und führte sie auf die Tanzfläche. Alan Jackson hatte gerade angefangen, einen perfekten Song zum Two-Step-Tanzen zu singen. Als Colt Esther drehte, damit sie sich in eine Richtung über die Tanzfläche bewegten, drehte sie sie gleich zurück und übernahm mehr oder weniger die Führung.

„Entschuldigung", sagte sie. „Ich tanze nicht gerne rückwärts."

Sie stritten sich darum, wer führte und wer nicht, als Hank und Annie vorbeitanzten. Colt hatte sie den ganzen Abend nicht tanzen sehen. Genau wie er war sie von der Tanzfläche weggeblieben, doch hier war sie, eine Hand auf Hanks Schulter und die andere Hand in der Hand des alten Mannes.

„Ist das zu glauben", schnaubte Esther Mae. „Dieser Mann hat mich den ganzen Abend nicht gebeten, zu tanzen und hier ist er mit Annie."

Colt erkannte eine Falle, wenn er eine sah. Er wollte ihnen den Spaß nicht verderben, und er musste zugeben, er wollte mit Annie tanzen. Er drehte Esther Mae in Hanks Richtung. Er würde ihren Tanz mittanzen.

Annie war überrascht gewesen, als Hank sie zum Tanzen aufgefordert hatte. Auf keinen Fall konnte sie es dem süßen alten Mann abschlagen. Er war immer nett zu Leo, und sie schätzte das sehr.

„Na sieh mal, da ist ja meine Esther Mae." Er blieb plötzlich neben Colt und Esther Mae stehen. „Macht es dir etwas aus?", sagte er und grinste dann Colt an. „Darf ich?"

Esther Mae grinste. „Oh, Honey, das ist so süß. Macht es dir etwas aus?", fragte sie Colt, als sie bereits nach der Hand ihres Mannes griff. Colt und Annie standen mitten auf der Tanzfläche, und Annie fühlte sich ein bisschen albern, als Colt sie nicht bat, den Tanz mit ihm fortzusetzen. Sie drehte sich um, um zu gehen, doch er ergriff ihre Hand und wirbelte sie in seine Arme.

Annie schnappte nach Luft, als ein Arm um sie kam und sie an sich zog, und der andere ihre Hand nahe an sein Herz hielt, als er sie zur Musik führte.

„Ich wollte dich nicht da stehen lassen. Ich war nur kurz verblüfft."

Ihr Herz pochte so heftig, dass sie sich sicher war, dass er es in dem kleinen Abstand zwischen ihnen fühlen konnte. „Ich...", begann sie und versuchte, zu Atem zu kommen. „Ich war mir nicht sicher, ob du mit mir tanzen willst."

„Ich will."

Seine Antwort war so kurz und unkompliziert,

dass sie überrascht war und sie ihm auf den Zeh trat. „Tut mir leid."

„Kein Problem." Seine Lippen verzogen sich zu einem langsamen Lächeln, und seine Augen waren ruhig – voller unlesbarer Gefühle.

Oh, wie sie wünschte, sie könnte lesen, was ihm durch den Kopf ging!

Sie tanzten zur Musik, und Annie versuchte, nichts hineinzuinterpretieren. Es war nur ein Tanz. Ein Tanz, zu dem sie überrumpelt worden waren. Vollkommen bedeutungslos.

Ich will.

Seine Worte hallten durch die Distanz, die sie zwischen Colt und ihrem Herzen zu halten versuchte.

„Wegen dem, was Leo gesagt hat...", sagte er schließlich und riss Annie aus ihren Gedanken.

„Welcher Teil?" Es gab so viel, was er in so kurzer Zeit gesagt hatte.

Colt wirbelte sie fast so herum, als wäre es eine automatische Reaktion auf den Takt der Musik. Es war offensichtlich, dass er in seinem Leben viel mehr getanzt hatte als sie. Es war eine Erinnerung an sein Leben im Rodeozirkel.

„Ja, er hat wirklich viel gesagt, nicht wahr?"

Die Musik ging zu Ende, und sie blieben am Rand

der Tanzfläche stehen. Heuballen waren an verschiedenen Stellen als Dekorationen und Sitzgelegenheiten gestapelt. Blumenschmuck in einer Reihe von Körben verlieh der Scheune ebenfalls Charme und Wärme. Colt ließ sie los, ließ seine Hände sinken und vergrub sie in seinen Taschen, als wüsste er nicht, was er jetzt damit tun sollte.

Sie befanden sich in der Nähe eines ziemlich großen dekorierten Bereichs, der ein bisschen Abgeschiedenheit bot. Sie nickte – was hätte sie auch sagen sollen? Leo hatte weiter und weiter argumentiert: *Wir könnten eine Familie sein. Colt könnte mein Vater sein. Ihr mögt einander...* Sein kleiner Verstand hatte Purzelbäume geschlagen. Es machte Annie traurig. „Du musst ihm sagen, dass du sein Daddy bist, Colt. Er redet davon, dass er will, dass du sein Vater wirst, und hat keine Ahnung, dass du es wirklich bist."

„Ich kann das nicht."

„Ich weiß, dass du nicht *willst*. Dass du lieber so weitermachen würdest, doch ich kann ihn nicht mehr anlügen. Das habe ich dir schon gesagt. Ich kann ihn nicht weiter glauben lassen, dass du nur ein Mann bist, den er bewundert. Ob du es willst oder nicht, er hat das Recht, es zu erfahren." Annie hob kapitulierend die

Hände. „Werd dir darüber klar", sagte sie unbeschreiblich frustriert über den Widerwillen, der immer noch in Colts Augen schimmerte. Was war los mit diesem Mann? „Ich muss nach Leo sehen. Es ist eine Weile her, seit ich ihn gesehen habe."

Sie musste von Colt weg, und sie musste wirklich nach Leo sehen. Er war mit den anderen Kindern beim Empfang herumgerannt, doch als sie sich umsah, fand sie ihn nicht.

„Ich helf dir suchen." Colt folgte ihr.

Annie wollte schreien, sagte jedoch nichts. Stattdessen eilte sie ihm einen Schritt voraus, damit sie ihn nicht ansehen musste. Als sie Leo in der Scheune nicht fanden, gingen sie nach draußen. Es gab ein kleineres Gebäude nicht allzu weit entfernt, und sie gingen in diese Richtung. Je weiter sie sich von der Musik entfernten, desto besser konnten sie das Kläffen von Welpen hören. Colts und Annies Blicke begegneten sich, und sie wussten, dass er sehr gut dort sein könnte, da er Welpen liebte.

Und tatsächlich fanden sie ihn auf einem Heuballen sitzend, umgeben von sechs noch nicht entwöhnten Welpen. Anstatt zu strahlen und glücklich mit ihnen zu spielen, war Leos Gesicht rotgeweint, als er zu ihnen aufblickte.

„Hey, kleiner Kumpel", sagte Colt. „Was ist los?"

„Tante Annie, er ist mein Vater. Ich habe Kurt und Mandy darüber reden hören", sagte Leo und ignorierte Colt vollkommen. Seine Lippe zitterte, und eine große Träne kullerte über seine Wange. „Und er will mich nicht."

Die Worte waren keine Frage, sondern eine traurige Feststellung.

Und die brach Annie das Herz.

KAPITEL SIEBZEHN

„Nein, Leo, nein", keuchte Colt und kniete vor seinem Sohn. Tränen traten ihm in die Augen. „Ich will dich. Ich habe das nie so gemeint. Mir ist vor nicht allzu langer Zeit nur etwas sehr Schlimmes passiert, und das hat mich so richtig durcheinander gebracht. Ich wollte dir sagen, dass ich dein Daddy bin, sobald ich..." Jetzt war es Colts Herz, das brach. Den Schmerz in Leos Augen zu sehen, zerriss ihn innerlich. Er dachte an all die Kinder da draußen, deren Leben von Eltern aus der Bahn geworfen wurde, die sie nicht wollten oder sich nicht um sie kümmern konnten. Er konnte nicht fassen, dass er gezögert hatte, Leo zu sagen, dass er sein Vater war. Was hatte er sich nur dabei gedacht?

„Leo, ich liebe dich, mein Sohn. Kannst du mir vergeben?" Leo schniefte durch seine Tränen, als sich ein langsames und zögerndes Lächeln auf seinem Gesicht ausbreitete.

„Du bist mein Daddy. Ich kann dich nur lieben."

Gefühle überwältigten Colt, die so stark waren, dass er froh war, dass er bereits kniete, sonst hätten seine Beine unter ihm nachgegeben. Er schlang seine Arme um Leo und hielt ihn fest. Ihre erste Umarmung als Vater und Sohn. Das war der Beginn ihrer Zukunft. Die Tragweite des Ganzen packte Colt, und er übernahm gerne diese Verantwortung, auch wenn er sich des Segens immer noch unwürdig fühlte.

Als er aufblickte, sah er, dass Annie weinte. „Danke", formte er lautlos mit den Lippen. Sie lächelte und wischte sich mit den Fingerspitzen die Tränen ab.

Leo hob den Kopf und strahlte. „Siehst du, Bobbie hat keine Ahnung. Ich hatte die ganze Zeit Recht. Wenn du mein Vater bist, können du und Tante Annie jetzt heiraten, und wir können wirklich eine Familie sein!"

Annie stöhnte. „Leo, genieß du es, deinen Daddy zu haben, okay? Ich mag alles so wie es ist." Colt half dabei, Leos Gedanken abzulenken und stand auf. „Komm, mein Sohn, ich denke es ist Zeit, nach Hause und schlafen zu gehen. Es war ein langer Tag für dich."

„Aw, Colt ..." Leo machte eine Pause. „Colt, kann ich dich ... Daddy nennen?"

Colt nickte. Im Ort würden einige Erklärungen nötig werden, doch er hatte keinen Zweifel daran, dass sich die Nachricht wie ein Lauffeuer verbreiten würde. Als er Leo ansah, schwoll seine Brust vor Stolz.

Er lächelte. „Nur, wenn ich dich Sohn nennen kann. Wie klingt das?"

„Das hört sich toll an!"

Jetzt, wo er es weiß, was kommt als nächstes? Annie lauschte dem fernen Ruf eines einsamen Kojoten und versuchte, sich nicht vorzustellen, dass sie so einsam war. Lange nachdem Colt sie abgesetzt und zu seinem Haus gegangen war, hatte Leo weiter über seinen Vater geplappert.

Und warum auch nicht? Er hatte das Recht, aufgeregt zu sein. Auf dem Heimweg von der Hochzeit musste sie ihm klarmachen, dass Colt sein Zuhause hatte und sie ihres und sie nicht heiraten und zusammenziehen würden. Es war peinlich – zum Glück hatte er nicht gewusst, welche Wirkung seine Begeisterung auf sie hatte. Colt fühlte sich auch unwohl, doch sie war diejenige gewesen, die es ausgesprochen hatte.

Und so wollte sie es. Sie wollte sicher nicht, dass

dieser Cowboy dachte, sie wollte ihn heiraten. Jedenfalls nicht wegen Leo.

Doch nun musste sie sich der Realität stellen. Es bestand die Möglichkeit, dass Leo nicht weiter bei ihr leben wollte. Der Gedanke traf sie ins Herz. Die Realität war, dass Colt Leos Vater war und er sehr gut wollen könnte, dass sein Sohn bei ihm lebte. Es bestand die Chance, dass ihre Rolle auf die der traditionellen Tante reduziert werden würde. Das war etwas, von dem sie wusste, dass es Realität sein könnte, darum hatte sie den Gedanken unter eine dicke Decke geschoben und sich bis jetzt nicht erlaubt, einen Blick darauf zu werfen.

Was sollte sie tun?

Sie ging auf der Veranda auf und ab und versuchte, die Kälte abzuschütteln, die sie trotz der warmen Temperaturen, die sogar noch um Mitternacht herrschten, ergriff.

Sie würde diesen Nagel mit einem harten Hammer auf den Kopf schlagen. *Das werde ich tun.* „Colt", sagte sie laut, auch wenn nur der einsame Kojote es hören konnte, falls er zufällig lauschte. „Ich denke, Leo hat Recht. Wir sollten eine Familie sein. Warum? Witzig, dass du das fragst, denn ich liebe dich und…"

Sie packte einen Pfosten der Veranda, lehnte ihren Kopf gegen das glatte Holz und holte tief Luft. Nur, weil ein Mann sie küsste, der der Vater des Kindes war, das sie liebte, und ihr die Luft nahm, wenn er sie ansah, war das kein Grund, sich zu verlieben. Dass er ihr die Luft nahm, war allein schon Grund genug, die Flucht zu ergreifen. Doch sie dachte an ... „Denken wird dich nur in Schwierigkeiten bringen", murmelte sie und schlug mit der flachen Hand gegen den Pfosten.

„Du wirst dir noch Splitter in deiner Stirn einritzen, wenn du so weitermachst." Colts warme, heisere Stimme ließ Annie aufschrecken.

„Tu sowas nicht!", entfuhr es ihr, und sie starrte ihn an, als er sich mit leiser Anmut auf sie zu bewegte.

Ihre Stirn schmerzte, und sie rieb die Stelle. „Was tust du hier?"

Er zuckte mit den Schultern. „Konnte nicht schlafen. Genau wie du. Ich denke, wir müssen reden – ohne, dass Leo das Gespräch dirigiert."

Junge, war das eine Untertreibung? „Da könnte ich nicht mehr zustimmen."

Zuvor war ihr kalt gewesen, doch jetzt spürte sie, wie die Hitze der Nacht ihren Haaransatz befeuchtete. Colt hatte sich umgezogen und trug jetzt ein T-Shirt und abgetragene Jeans. Er war ohne Hut, und seine Haare waren zerzaust, als hätte er sich im wahrsten Sinne des Wortes die Haare gerauft, als er über die

Weide gekommen war. Hinter ihm zerriss ein Blitz den Himmel, und zwei Sekunden später krachte Donner und warnte, dass sich der Himmel bald weit öffnen würde.

„Das hat mich heute wirklich zerrissen, Annie."

Sie nickte bei seinen leisen Worten. „Mich auch."

„Meine Kindheit verfolgt mich, Annie."

„Meine auch." Sie holte tief Luft, und ihre Nerven beruhigten sich ein wenig, als sie sich zwang, sich auf Leo zu konzentrieren und nicht darauf, welche Gefühle Colt in ihr weckte. „Ich möchte so sehr, dass Leo elterliche Liebe –" Sie verstummte. Wenn sie aussprächе, was sie sich mehr als alles andere wünschte, wäre es, dass sie wirklich wollte, dass sie eine Familie wurden, so wie Leo es sich auch wünschte. Doch das wäre zu viel.

„Ich möchte, dass er mehr hat als ich", sagte Colt und trat näher an sie heran. Seine Augen waren im Mondlicht fast schwarz. „Ich möchte, dass er die Liebe und Sicherheit einer Familie kennt."

„Das möchte ich auch — ich will das so sehr", platzte es aus Annie heraus, bevor sie es verhindern konnte. „Doch wenn wir ihn beide lieben und so nahe beieinander leben, wird das viel besser funktionieren als zuvor. Er wird Sicherheit haben ... und dann ist da noch deine Familie. Alle leben hier ganz in der Nähe", fuhr sie fort, denn die Intensität von Colts Gesichtsausdruck verwirrte sie. „Ich wünschte, wir könnten noch mehr tun – ich weiß aber nicht was."

„Heirate mich."

Annies Herz blieb stehen. Der Atem schoss aus ihren Lungen. „Wie bitte?" Endlich schnappte sie nach Luft, und ihr Herz donnerte gegen ihre Rippen.

Colt packte sie an den Armen. „Heirate mich, Annie. Wir können Leo alles geben, was du gesagt hast. Wir können das für Leo tun. Ich habe darüber nachgedacht, Annie. Früher dachte ich, ich wollte keine Familie – nicht nach der Kindheit, die ich hatte. Ich hatte einfach keine Lust auf eine. Leo hat das alles geändert, und ich wusste ehrlich gesagt nie, dass ich jemanden so lieben könnte. Wir könnten ihm ein gutes Leben geben. Wir könnten ein Zuhause schaffen, wie wir es beide nicht hatten. Wir beide lieben ihn – es wäre das Beste."

Annie kniff die Augen zusammen. Ihr Herz fröstelte. Sie zog erst einen Arm, dann den anderen aus Colts Griff und wich einen Schritt von ihm zurück.

Er bat sie nicht, ihn zu heiraten, weil er etwas für sie fühlte. Es war für Leo.

Es war purer Pragmatismus.

Ihr verräterisches Herz war versucht, ja zu sagen, nur um ihm nahe zu sein. Konnte Colt, der Leo liebte, nicht genug sein? Konnte es nicht genug sein, unter einem Dach zu leben?

Sie würde nicht weinen. Sie würde *nicht* weinen ... Sie blinzelte. „Ich ...", krächzte sie wie ein Frosch mit einer schlimmen Erkältung. „Ich muss darüber nachdenken."

„Ich weiß, dass es mehr sein sollte, Annie. Aber das ist alles, was ich geben kann."

Diese Worte schnitten tiefer als alles, was er bisher gesagt hatte. Liebe war nichts, was man kontrollieren konnte, das hatte sie gelernt. Sie hatte gedacht, sie könnte es, indem sie Mauern um ihr eigenes Herz baute, doch es war trotz aller Mauern und Ängste passiert.

Doch nur ihr und Colt leider nicht.

„Ich verstehe", sagte sie und hielt das Geheimnis ihres eigenen Herzens geheim. Sie zwang sich zu einem Lächeln, das sie nicht fühlte. „Ich werde es dich bald wissen lassen. Um Leos willen."

Er sah aus, als hätte er mehr zu sagen. Er schwieg, nickte, drehte sich dann um und ging von ihr weg. In der Ferne krachte ein Blitz, und Donner grollte.

„Soll ich dich fahren?", rief Annie, obwohl mit ihm zu fahren nicht das war, was sie gerade wollte. Distanz und Zeit. Das war, was sie brauchte.

„Schon gut, danke. Ich gehe gerne zu Fuß. Gute Nacht, Annie."

Sie fragte sich, wie es kam, dass er sie so verletzt hatte, und doch, als sie ihn gehen sah, fühlte sie sich, als hätte sie *ihn* verletzt. Hatte er wirklich, wirklich erwartet, dass sie sofort ja zu einer Vernunftehe sagen würde? Denn genau das hatte er ihr gerade vorgeschlagen. Komisch, wie so etwas in Filmen und Büchern trotzdem immer so romantisch wirkte.

Die Realität war jedoch keine Film. Annies Herz schmerzte, und keine Romantik der Welt würde im Moment dafür sorgen können, dass es sich besser anfühlte. Sie konnte nur hoffen, dass die Zeit ihr Herz heilen oder zumindest beruhigen konnte – um Leos willen.

Colt wusste, dass er Annie verletzt hatte. Er hatte es klar in ihren Augen gesehen, als er ihr seinen Vorschlag unterbreitet hatte. Oh, klarer als das, er hatte die Freude gesehen – dann den Unglauben –, doch die Freude hatte ihre wunderschönen blassen Augen strahlen lassen, als er gesagt hatte: „Heirate mich.“ Und dann war die Freude verpufft.

Wie die widersprüchlichen Gefühle, die in ihm rangen, rollte der ferne Sturm schnell herein. Er war auf halbem Weg zwischen seinem und Annies Anwesen angekommen, als der Himmel seine

Schleusen öffnete. Colt war klitschnass, bevor er Deckung suchen konnte. Es war egal; er wusste besser als jeder andere, dass es in beide Richtungen keine gab, außer seinem Haus und Annies.

Er beschleunigte seinen Schritt und senkte den Kopf gegen den prasselnden Regen. Regen, der seitwärts wehte, weil der Wind so heftig war. Weniger als dreißig Meter entfernt zuckte ein Blitz vom Himmel und traf einen Baum. Colt sah die Explosion und spürte das Zischen unter seinen Füßen in dem Moment, als er durch die Luft geschleudert wurde.

Annie starrte in den strömenden Regen hinaus. Colt war nicht lange weg gewesen, als sich der Himmel geöffnet hatte. Seit Monaten hatte Texas unter Wassermangel gelitten und war verdorrt, und ausgerechnet, wenn der Regen kam, musste Colt schutzlos da draußen sein. Und es regnete nicht nur, es war eine wütende Flut!

Colt war derjenige, der mitten in der Nacht über die Weide gekommen war, während der Donner in der Ferne gegrollt hatte. Auch, wenn es seit Ewigkeiten nicht mehr geregnet hatte, war das Wetter in Texas unvorhersehbar.

So seltsam sie sich dabei auch vorkam, sie machte

sich Sorgen um ihn. Als sich der ferne Himmel entzündete, nachdem ein Blitz in irgendetwas eingeschlagen war, konnte Annie es nicht länger aushalten. Colt hatte es unmöglich zu seinem Haus geschafft. Sie gab auf und sah schnell nach Leo. Er schlief mitten im Sturm – unglaublich, aber gut. Sie schnappte sich ihren Regenmantel und die Autoschlüssel und folgte Colt.

Ihr Auto war kein Truck. Das wurde schon nach den ersten Metern deutlich. Der Feuchtigkeitsmangel der ausgedörrten Erde in Kombination mit den vertrockneten Grasflächen ohne Wurzeln, die die Erde an Ort und Stelle hielten, war nicht hilfreich angesichts der enormen Menge Wasser, die vom Himmel rauschte. In den zwanzig Minuten, die sie damit verschwendet hatte, zu überlegen, ob sie Colt folgen sollte oder nicht, waren Spurrillen und Schlammlöcher aufgetaucht, die sie unerträglich langsam vorankommen ließen. Und schlimmer noch, die das Potential hatten, sie komplett von der zwischenzeitlich überfluteten Schotterstraße abkommen zu lassen.

Ihr Puls prasselte im Einklang mit dem Regen. *Bitte, lass ihn in Ordnung sein.*

Als ein Blitz zuckte und die Nacht erhellte, entdeckte sie ihn. Er war auf den Knien, als wäre er gerade von einem Stier geworfen worden und desorientiert. Er bemühte sich, wieder auf die Beine zu kommen.

Nicht weit entfernt stand eine riesige Eiche, die von einem mächtigen Blitz in der Mitte gespalten worden war. Sogar im Regen hörte sie das Knistern, und Rauch stieg vom Feuer auf, das im gespaltenen Stamm brannte.

Annie trat auf die Bremse. Das Auto rutschte, blieb jedoch unweit von Colt stehen. Bis sie ausstieg und es zu ihm schaffte, war er aufgestanden. Sie packte ihn an der Taille und hielt ihn fest, als er schwankte „Ich bin hier, Colt. Ich hab dich."

„Was machst du hier?", fragte er, während es wie ein Wasserfall auf sie herab regnete.

„Ich bin hier, um dir zu helfen, du dummer Esel."

Er lachte. „Du weißt, dass du gekommen bist, weil du mich liebst."

„Der Blitz hat dich ziemlich durcheinander gebracht, was?", bemerkte sie, als sie zu ihrem Auto gingen. Als wollte der Himmel zeigen, dass er noch viel mehr konnte, zuckte ein weiterer Blitz durch die Wolken. Annie zuckte zusammen, und Colt legte seinen Arm fester um sie.

„So schlimm ist es nicht. Ich bin von Bullen abgeworfen worden, da hat es schlimmer wehgetan."

In seiner Stimme lag ein derart übermütiges Grinsen, das Annie vor Erleichterung erschauerte.

„Da gehe ich jede Wette. Aber ich will es nicht herausfordern, also beeilen wir uns!"

Als sie das Auto erreichten, war Colt nicht mehr so desorientiert, und sie war froh darüber. Sobald er auf dem Beifahrersitz saß, rannte sie zur Fahrerseite, rutschte aber aus und fiel mit dem Gesicht voran in den Schlamm.

Colt verließ die Sicherheit des Autos, um ihr zu helfen.

„Ich bin okay." Sie spuckte Schlamm, als er sie an den Armen packte und sie hochzog.

„Sicher bist du das, aber wir sitzen hier im selben Boot", sagte er und zu Annies Überraschung schwang er sie in seine Arme und trug sie zur Beifahrerseite des Autos. Anscheinend hatte er keine lebensbedrohlichen Verletzungen davongetragen.

Nachdem er sie auf den Sitz gesetzt hatte, gab er ihr einen schnellen Kuss auf ihre schmutzigen Lippen. „Danke, dass du zu meiner Rettung gekommen bist", sagte er, schloss die Tür und rannte um das Auto herum. Zum Glück war er innerhalb von Sekunden wieder sicher im Inneren. „Bist du okay?", fragte er und ergriff das Lenkrad.

„J-ja." Ihre Zähne klapperten angesichts der Kälte des Sturms. „Und du?"

„Jetzt schon. Es gibt nichts Besseres als einen Blitz, um einen klaren Kopf zu bekommen."

Annie stöhnte. „Nur ein Draufgänger wie du kann sowas denken."

Colt griff nach ihrer Hand. „Nicht denken. Wissen, Annie. Bitte hör mir zu. Ich war so hin und hergerissen durch den Tod der Eversons und meine Rolle bei ihrem Tod. Nein ..." Er legte eine Hand sanft auf ihre Lippen, als sie protestieren wollte. „Nein. Es spielt keine Rolle, wie oft mir alle sagen, dass es nicht meine Schuld war. Ich weiß in meinem Herzen, dass ich zu erschöpft war, um die Kollision zu verhindern. Diese Tatsache allein werde ich nie vergessen. Das und die Tatsache, dass ich mich nicht an die Augenblicke vor dem Aufprall erinnern kann, werden mich mich immer fragen lassen, ob ich geschlafen habe, als er in mich reingefahren ist. Oder mein Verstand einfach das Trauma des Aufpralls ausgeblendet hat. Wenn ich mich nicht eines Tages daran erinnere, und der Arzt sagt, dass das höchstwahrscheinlich nicht passieren wird, ist es eine Frage, die mich bis ins Grab begleiten wird."

„Ich verstehe." Annie spürte jetzt die schwere Last der Verantwortung, die er immer auf seinen Schultern tragen würde.

„Es fällt mir schwer, Freude zu empfinden. Die

Schuldgefühle, wenn ich Leo ansehe, haben mich ein paarmal in ein tiefes Loch gerissen. Ich bin des Geschenks dieses Kindes nicht würdig, und doch gehört er mir. Obwohl ich nicht ein Haar auf dem Kopf dieses kleinen Jungen wert bin, hat Er ihn mir trotzdem geschenkt ... Es ist, wie –"

„Gnade und Vergebung, die jedem von uns geschenkt wird", sagte Annie und war sich der Wahrheit dieser Worte bewusst.

„Ja. Aber, Annie, als ich da draußen im Schlamm gelegen habe, benommen und unfähig, mich nach dem Stromstoß zu bewegen … als ich dagelegen und begriffen habe, dass ich noch am Leben war, habe ich nur an dich gedacht."

Plötzlich wagte Annies Herz zu hoffen.

„Ich liebe dich, Annie. Ich habe mir einfach nur nicht erlaubt, es zu fühlen. Oder es zuzugeben. Wie kann ich Leo verdient haben? Und dich auch? Ich weiß nicht, warum ich immer noch hier bin, aber als ich dagelegen habe, habe ich angefangen zu beten, dass du mich auch liebst. Liebst du…?"

Annie unterbrach seine Frage mit einem Kuss, Schlamm oder nicht. Ein Blitz erhellte die Nacht, und der Donner dröhnte, und Annie war es vollkommen egal. Sie war in den Armen des Mannes, den sie liebte. Und des Mannes, der sie liebte.

„Ich denke, das ist ein Ja?", fragte Colt, als sie ihn losließ.

Sie kicherte. „Für einen Bullenreiter bist du ein schlauer Cowboy."

„Ich bin ein gesegneter Cowboy, unwürdig, wie man nur sein kann, und doch unerklärlicherweise gesegnet."

Ein Kloß wuchs in ihrem Hals. „Ich liebe dich, Colt Holden. Das tue ich wirklich."

Mit einem zärtlichen Blick in seinen Augen zog er sie an sich und küsste sie. „Dann heirate mich, wie ich dich vorhin gebeten habe ... nur wissend, dass du es tust, damit wir ein Zuhause voller Liebe für uns alle schaffen können."

Annie konnte nur nicken, ihr Herz war so voll.

Colt lächelte verständnisvoll. Er berührte ihre Wange, und seine Finger waren warm, als sie über ihre Haut glitten.

„Ich liebe dich", sagte sie schließlich. „Für immer."

Seine Augen verdunkelten sich vor Emotionen. „Ich mag, wie sich das anhört."

„Ich auch."

Sie lächelten einander an.

„Dann, zukünftige Mrs. Colt Holden, lass uns

diese Rostlaube umdrehen, nach Hause fahren und es unserem Jungen sagen."

Annie schloss die Augen und ließ sich von all der Freude erfüllen, die sie ertragen konnte. „Auf geht's, Cowboy – ich bin für den ganzen Ritt dabei, die ganzen acht Sekunden und darüber hinaus."

Colt lachte und trat behutsam aufs Gaspedal. „Das ist mein Mädchen. Ich wusste, dass du meinen Sport lieben wirst." Er grinste. „Warte nur, bis ich es Leo erzähle."

Sein Mädchen. Sie mochte, wie sich das anhörte, sehr sogar…

EPILOG

Colt richtete seinen Hut und starrte auf sein Bild im Spiegel von Kurts Gästezimmer. Hinter ihm öffnete sich die Tür und ließ das Lachen und Geschwätz von der anderen Seite herein.

„Bist du nervös, kleiner Bruder?", fragte Jess, als er und Kurt den Raum betraten.

„Ich bin noch nie so nervös gewesen. Mein Adrenalinspiegel ist jenseits jeder Skala."

„Es ist normal, Angst zu haben, bevor du den Gang hinuntergehst." Kurt grinste.

„Ich habe nicht gesagt, dass ich Angst habe. Ich scharre mit den Hufen und bin bereit, den Chute zu öffnen und das Leben mit Annie und Leo anzufangen."

In den zwei Wochen, seit er sie gebeten hatte, ihn zu heiraten, hatte sich Colts Leben in vielerlei Hinsicht verändert. Sheriff Brady hatte ihn am Tag, nachdem

Annie zugestimmt hatte, ihn zu heiraten, angerufen. Er hatte gefragt, ob Colt in Erwägung ziehen würde, mit einem Fahrer, der weit über der Promillegrenze erwischt worden war, über seinen Unfall zu reden. Sie hatten geredet, und Colt hatte erkannt, dass er eine positive Veränderung in jemandes Leben bewirken könnte, wenn er darüber sprach wie dieser Unfall sein Leben verändert hatte. Besonders die Auswirkungen seines Schlafmangels und die Verantwortung, die man trug, wenn man sich nicht nur betrunken ans Steuer setzte, sondern auch, wenn man zu erschöpft war, um zu fahren, oder durch das Schreiben einer SMS oder sonst etwas von der Straße abgelenkt war. Es war ein positiver Schritt, zu dem er sich veranlasst gefühlt hatte. Wenn er helfen könnte, auch nur ein Leben zu retten ... konnte aus etwas Schlechtem etwas Gutes geboren werden. Der Gedanke gab ihm Hoffnung und ein Gefühl der Befriedigung, dass er helfen könnte, einen Unterschied zu machen. Und es wäre zumindest eine kleine Möglichkeit, seine eigene Fehlentscheidung wenigstens ein bisschen wieder gut zu machen.

Er lebte sein Leben wieder und war voller Aufregung und Hoffnung und Freude über das, was vor ihm lag, mit Annie und Leo.

Colt wandte sich wieder dem Spiegel zu und seine Brüder traten neben ihn. Kurt legte einen Arm um Colts und Jess' Schultern und begegnete ihren Blicken im Spiegel. „Ich bin stolz, euch meine Brüder zu nennen. Stolz darauf, die Männer zu sehen, zu denen ihr geworden seid." Colt sah Jess in die Augen, und sie wussten, dass nur die Tatsache, dass ihr älterer Bruders die Verantwortung übernommen hatte, die zu groß für ihre jungen Schultern gewesen war, sie dazu gebracht hatte, die Art von Männern zu werden, die sie sein wollten.

„Du weißt, wir haben noch einen langen Weg vor uns, um den von dir gesetzten Standards gerecht zu werden", sagte Jess mit einem neckenden Funkeln in seinen Augen.

„Ja", fügte Colt mit einem leisen Lachen hinzu, das sich gut anfühlte. „Wir wissen, dass du nur froh bist, dass wir diese Ranch mit jeder Menge Kindern bevölkern werden, genau wie du es dir an dem Tag vorgestellt hast, an dem du uns überredet hast, uns beim Kauf mit dir zusammenzutun."

„Hey, in diesem Fall lass uns endlich heiraten gehen und damit anfangen", sagte Kurt.

Es folgten drei hochgezogene Augenbrauen und mehr als ein breites Grinsen.

Die Tür öffnete sich hinter ihnen, und Leo spähte herein. Hinter ihm war Norma Sue zu hören.

„Bitte nehmt alle Platz,", befahl sie. „Das schließt dich auch mit ein, App. Schalt dein Hörgerät ein und setz dich, damit wir anfangen können."

„Norma Sue, ich habe in meinem ganzen Leben noch nie eine herrischere Frau gesehen..."

„Applegate Thornton, ich warne dich."

Leo hatte große Augen, als er die Tür schloss. „Ich glaube, Miss Norma Sue wird Mr. Applegate gleich fesseln. Er sagte, sie ist einfach nur stinkig, weil du und Tante Annie heiratet und sie und ihr Haufen von Kupplerinnen nichts damit zu tun hatten."

Als Colt, Kurt und Jess lachten, blickte Leo irritiert drein. „Esther Mae hat gesagt, es ist egal, ob mit oder ohne ihre Hilfe, solange ihr heiratet. Sie sagt, sie hätten ein paar Pläne gehabt, doch der Allmächtige da oben hat dich mit einem Blitz ins Herz getroffen."

Colt hob seinen Sohn hoch und umarmte ihn. „Da hat sie Recht. Und ich stimme ihr hundertprozentig zu. Solange ich dich und deine süße Tante bekomme, ist es mir egal, wer seinen Teil dazu beigetragen hat."

Leo strahlte und schlang seine Arme um Colts Hals. „Mir auch."

Als es an der Tür klopfte, öffnete Kurt.

„Juu-huu", rief Esther Mae und steckte ihren Kopf hinein. „Seid ihr bereit? Norma Sue dreht noch durch, wenn ihr nicht bald heiratet." Ihre Augen funkelten.

„Ich auch", stimmte Leo zu. Er löste sich aus Colts Armen und nahm seine Hand. „Komm, Daddy, lass uns das machen."

„Nach dir, mein Sohn."

Leo ging seinen Vater und seinen Onkels voraus aus dem Schlafzimmer in den großen Wohnraum, um sich neben den Pastor vor das große Fenster mit Blick auf die Weiden der Ranch zu stellen. Chance war begeistert gewesen, als er all die guten Nachrichten gehört hatte. Es hatte sich schneller verbreitet, als selbst Colt erwartet hatte. Sie hatten sich auf eine kleine Hochzeit mit einem großen Empfang danach geeinigt. Trotzdem war der Raum voller Menschen, die die Familie für Colt waren, die er, Kurt und Jess als Kinder nie gehabt hatten.

Eine lächelnde Adela begann Klavier zu spielen und wieder öffnete sich eine Tür. Zuerst kamen Mandy, dann Gabi den Gang entlang, um ihre Plätze ihren Männern gegenüber einzunehmen. Colts Herz pochte, als Annie den Raum betrat. Sie trug ein schlichtes weißes Kleid und raubte ihm den Atem, als ihr Blick seinem begegnete und ein Lächeln auf ihrem

Gesicht erblühte. Colt wusste in diesem Moment, dass sich der Kreis geschlossen hatte. Dass das der entscheidende Moment seines Lebens war. Es war ihm bestimmt, Annie Ridgeways Ehemann zu sein. Und Leos Vater.

„Wow", keuchte Leo und zupfte an Colts Hosenbein.

„Das schönste Mädchen der Welt", sagte Colt und drückte Leos Schulter. *Und sie gehört mir.* Er hatte nichts davon verdient, aber sie waren ihm dennoch anvertraut worden.

„Hey, Cowboy", flüsterte Annie, als sie vor ihm stand. „Bereit?"

„Oh ja. Ich dachte schon, du kommst nicht."

Leo neigte seinen Kopf, und seine Augen weiteten sich vor Bestürzung, als er ein lautes Flüstern hinzufügte, das den Raum erfüllte. „Und Norma Sue dreht gleich durch, darum hat Mr. Applegate gesagt, wir sollen endlich anfangen, sonst wird es überhaupt nicht schön!"

„Naja." Esther Mae kicherte. „Ausnahmsweise sind App und ich uns einig. Lasst uns anfangen, denn das Letzte, was wir alle hier brauchen, ist, dass Norma Sue durchdreht ..."

„Esther Mae!", empörte sich Norma Sue.

DIE WAHRE LIEBE EINES COWBOYS

„Würdest du bitte den Pastor diese beiden verheiraten lassen!"

„Ladies, schhh", sagte Adela vom Klavier aus.

App grunzte, alle lachten, und Leo strahlte seinen Vater und seine Tante Annie an.

„Ja, lass es uns tun. Das wird ein Spaß."

Colt und Annie blickten einander in die Augen. Sie waren sich völlig einig – der Spaß fing gerade erst an …

Weitere Bücher von Debra Clopton

Die Holden Brüder – Die Cowboys von Mule Hollow
Das Herz eines Cowboys
„Das Vertrauen eines Cowboys"
Die Wahre Liebe Eines Cowboys

Windswept Bay
Von Diesem Moment An
Irgendwo Mit Dir
Mit Diesem Kuss & Für Immer Und Ewig
Warten Auf Liebe
Mit Diesem Ring
Mit Diesem Versprechen
Mit Diesem Schwur
Mit Diesem Wunsch
Mit dieser Ewigkeit

Die Cowboys von Mule Hollow Serie
Liebe Mich, Cowboy
Tanz Mit Mir, Cowboy
Immer Ärger mit Lacy Brown
… plus Baby macht fünf
Mein Herz gehört dir, Cowboy
Halt mich, Cowboy
Sei mein, Cowboy
Operation: Bis Weihnachten Verheiratet

New Horizon Ranch Serie

Ein Cowboy für Maddie

Ein Cowgirl für Rafe

Ein Cowgirl für Chase

Ein Cowgirl für Ty

Eine Familie für Dalton

Eine Tierärztin für Treb

Maddies geheimes Baby

Ein Cowgirl für Austin

Die Cowboys von Ransom Creek

Ihr Cowboy-Held (Vorgeschichte)

Braut zu mieten

Cooper

Shane

Vance

Drake

Brice

Über die Autorin

Die Bestseller-Autorin Debra Clopton hat bereits über 2,5 Millionen Bücher verkauft. Ihr Buch OPERATION: MARRIED BY CHRISTMAS soll sogar als ABC Familienfilm verfilmt werden. Debra ist bekannt für ihre modernen Westernromanzen, texanischen Cowboys und temperamentvollen Heldinnen. Romantik und eine Prise Humor werden immer miteinander verflochten, um den Leser zum Lächeln zu bringen. Als Texanerin in sechster Generation lebt sie mit ihrem Ehemann auf einer Ranch im Herzen von Texas und freut sich immer über Zuschriften von ihren Lesern.

Besuche Debras Website unter
debraclopton.com/deutsch

Melde dich für ihren Newsletter
www.subscribepage.com/KostenloseTexascowboyromantik

Triff sie auf Facebook unter
www.facebook.com/debra.clopton.5

Folge ihr auf Twitter unter @debraclopton

Kontaktiere sie unter debraclopton@ymail.com